海上题襟丛书主编 王立翔

# 画间记

萧海春 著

上海书画出版社

# 蕴妙见于胸襟（丛书代序）

王立翔

古人常以胸襟、襟怀借指胸怀，"蕴六籍于胸襟"[①]、"抚胸襟而未识"[②]，或最能代表古人以才华自许与不遇愁郁的感受了。故而以题襟喻指抒怀，确属巧妙而极有意味的一个文词。至晚唐，段成式将与温庭筠、余知古等文士唱和酬答之作编为十卷，名之《汉上题襟集》，"题襟"一词被借为文人志同道合而聚合抒怀的代名词。而古人以文会友、啸咏唱和的传统由来长久，著名如"邺下之游""竹林七贤""兰亭修禊"，皆以志趣高洁、文章焕然而千古留名。及至宋元，文士中善书画之名士亦现身于雅集之中，其文采风流之盛，令后世文人墨客追慕不已。

逮至晚清，上海出现了一个书画金石团体，直接命名之曰"海上题襟馆"。这个风雅又与地域相连的名称，引来一众书画金石名家，他们崇文尚古，有志于弘扬国粹，其规模之大、活动之频繁，一时为上海之冠，大大促进了海上艺术的繁荣。究其原因，这一切当与上海开埠后商贸文化迅速兴盛最为有关。其时画人流寓上海尤多，因画风面貌融会古今中西而别具一格，被称为"海上画派"。然而，与风格流派意义上的"画派"定义不同，海上画家既守传统又尚开新，既取文人之趣又哺金石法乳，既采民间之长又学西洋之法，最终呈现的是题材多样、画风不拘一格的面貌，积淀起全新的观念，其开放、创新、包容、前瞻等先进的文化意义，已大大超越了绘画创作本身。"海派"之称，逐渐成为上海文化、艺术的代名词，其外延甚至已超越了地域所限。海派艺术构成了海派文化重要的内涵和特征，类似"海上题襟馆"这样的书画同道，则在推动海派文化多元和发展的过程中，发挥了极为可观的作用。

时间跨入了20世纪，在全国人民为实现中华民族伟大复兴而不懈进取的新征程中，已经成为国际化大都会的上海，跨越百年，正在重新审视如何打造这座城市在传承、发展和提升城市综合能级方面的文化影响力，而源自海派艺术的"海纳百川"内涵特质，已汇入上海的主体城市精神中，并成为上海三个更具有标志意义的文化内核之一。上海正以更加开放融通、追求卓越的襟怀，重塑着上海本土的文化和艺术，展现着世界的影响力。

作为以中国书画艺术为核心内容的现代出版传媒上海书画出版社，创立于上海。建社以来，尤其是改革开放后的四十年里，我们以几代人的努力，在传承和弘扬中华优秀传统文化艺术的工作中不懈耕耘，出版了大量图书；我们也以自己的专业能力，打造了包括《书法》《书法研究》《朵云》《书与画》等杂志在内的一系列优质的传播交流平台，为推进书画艺术的普及提高和学术研究发挥了一定的作用。在这个过程中，我们得到了许多作者的倾心支持，并与他们共同成长，结下了深厚友谊。如今许多作者都卓有建树，或成为著作等身的著名学者，或因艺术造诣深湛而为书画大家。值此我社即将迎来建社六十周年之际，我们特邀一批海内外作者，拣选、集结一批他们的用心之作，以奉献给我们热情、忠实的读者。

"吞八荒而不梗，蕴妙见于胸襟。"③中国的书画艺术植根于中华五千年文明之中，博大精妙，遗产丰厚，绵延至今，依然生命力强大，故足以令人思接千载，究天人之际，抒肺腑之怀；亦值得端倪既往之风规，穷测艺文之奥赜。今感佩先贤之志趣与胸怀，追慕古人之风雅和气度，因以"海上题襟"命为丛书之名，期盼海内外方家都来聚会、抒怀于"海上"。丛书如能启读者之心扉，发学者之思致，并为当今文化、艺术之积淀留下时代的痕迹，则亦属我们为接续中华文脉略尽了绵薄之力。

---

① 《魏书·阳固传》阳固《演颐赋》。
② 《隋书·后妃传》萧皇后《述志赋》。
③ 《隋书·宇文庆传》。

# 自传（代自序）

萧海春

1944年3月，我出生于上海浦江之滨，祖籍江西。父母皆不识字，唯赖勤俭，勉持家计，谋生海上。

幼时，我不善言辞，而性喜涂抹，且癖性落根，虽时遭师长呵斥，却无怨不悔，如此迄今一发不可收也。

稍长，求学于上海工艺美校，专攻玉雕，此既为唯一之正规美术训练，亦是我最高学历。理玉虽为小技，然惠我良多，受用终生。琢磨切磋，其要在智勇忍耐。琢璞为玉，须有随机之智、走险之勇、繁复之忍、时日之耐，每废寝忘食，意犹未尽，而不知东方之既白。如此经久历练，得与失，遇而化，唯投入其中者能感而悟。

既而志于画。画之为画，自有其道。古人云："五日一石，十日一水。"此乃为至理名言，其要旨在一"慢"字。"慢"之义有三：一曰平心静气，一曰切磋揣摩，一曰循进渐变。得此要义，则既不至于菲薄传统，又不至于杜撰新篇，水到渠成，绝活始出。故时有新旧，画分优劣，其中意蕴，恰如池水之冷暖始有鱼自知。

我钦慕石涛与石溪，额斋室曰"二石斋"；转而服膺八大山人，遂额斋室曰"抱雪斋"；又醉心董玄宰，更斋室名曰"烟云堂"。于此更迭中，或可略知吾意趣之所在。

## 自传（代自序）

我性好静，拗且迂，不喜交际，却不乏至交。喜美食，好喝茶，戒去烟嗜，纵容书癖，每遇好书常倾囊而归。然于读书则往往不甚勤苦，且不求甚解，略得辄止。若得三两至交徜徉于山水之间，必视为人生至乐。

日于书斋之中，坐拥万卷书册，执握一管毛锥，临池写画；畅和尽性之余，或电话神聊，或择席小酌，或登山临水——我能以此为终老之业，则不虚此生矣。

# 目　录

蕴妙见于胸襟（丛书代序）　王立翔 / 1

自传（代自序）　萧海春 / 4

## 上编　创作·画论

寻找耕耘的乐土——西北印象记 / 3

从西北莽原到胸中丘壑 / 9

艰难历程 / 16

关于线和笔墨的小记 / 21

恪勤以周　任重致远 / 24

徜徉丘壑间 / 28

同行山水间 / 30

心存林泉　游目骋怀 / 32

月光世界　诗意山水 / 34

巨幅山水画是时代的视觉要求 / 36

万壑松风赏心处 / 41

深山问道　明心畅神 / 47

文心·雕龙·超越——关于中国优秀传统绘画 / 52

中国画的山水精神 / 58

青绿·情怀

　　——从《千里江山图》的青绿山水到创作《春江入海》/ 68

## 中编　画史·题跋

历代山水画名家综论 / 85

搜妙图真——传统山水画基本技法与图式 / 124

杂花生树　独占芳菲——关于花鸟画史的随感 / 137

琉璃世界——我读董其昌 / 147

再谈董其昌 / 151

强其骨　诚其意——闲谈吴昌硕 / 157

董其昌画跋 / 159

黄宾虹画跋 / 183

## 下编　传承·教学

步履艰难的转型 / 205

山水画的临摹、笔墨与图式 / 211

用"注经"的功夫解读经典 / 223

传统经典是不竭的精神后援 / 225

笔墨的寻源与合参 / 229

山水课徒和写生 / 236

山水画写生是"回到原点" / 239

中国山水画写生的时代融变
　　——以李可染和陆俨少为例 / 243

谈艺卮言 / 259

后记　萧海春 / 304

上编

创作·画论

# 寻找耕耘的乐土
## ——西北印象记

美术的多元性无疑拓展了丰富多样的视觉世界，为艺术家提供了施展才能的无限空间。同时，新命题也带来了新的思考。失落的自我需要重新寻找，我的脚下需要一块坚实的土地，这也是企望创造的艺术家所需求的乐土。应该步入何地？新起点的寻找、视角的拓展始终是我思索的问题。

近几年，我的踪迹徘徊在丝路古道之上，一望无垠的平川、沙砾堆起的冈峦、被风沙割蚀的黄土断层、倾圮的墓冢和古堡的遗址，眼前的一切像夺魄的梦缠绕在我的心头。我生长在长江的入海口，虽然熏陶在清丽委婉的氛围中，却并不由衷地喜欢江南三月迷蒙的天气，莺啼微雨、淡泊幽致的世界似乎像依稀的别梦那么遥远。人的感观大多出于天性的缘故，西土的炽烈之火燃起了我内心的冲动，照亮了我幽暗的内心。我并不像游客带着猎奇的眼光，寻求感官的表层刺激，来抚慰被闹市的尘嚣折腾得疲惫的神经，我像羁旅在外的痴心游子急于回家，渴望见到亲人，跨地千里，踏着酷日下灰色莽原滚烫的沙砾，循着先民的足迹去寻觅探究过眼云烟般的历史陈迹，追思幽远神秘的历史意味。我仿佛找到了惜别的故土，冲动在内心深处澎湃不已，依恋之情似游子归故里那般热烈。

自然的伟大改变着人的生存观念，生活就在自然的壮观景象中启迪你，美的观念从僵硬的躯壳中突破出来，境移物迁也

萧海春《西部印象》

对你的情趣起着不可估量的影响。生活并不是自然的外在形态，而是它潜在的伟力，是你震颤不已的超物表的力量。

这里的一切是超感觉的单纯，单纯得有些不可名状的枯燥，地貌的行迹平淡而奇异，线条平缓，慢慢地流动，没有惊人的大起落，只是在视线的尽头偶然出现一些不易察觉的曲折。但它并不一览无遗，这里的单纯浑朴与天地包孕在一起，隐含着一种宇宙洪荒的蛮力和不可抗拒的诱人魅力。它也并不死寂，烈日下的沙砾闪闪发光，隆起的冈子突破了封闭的地平线，凝重的节奏富有力度地变化，沙海的骆驼刺像铁钉般扎在干裂的地表上，用暗绿色的尖刺织成生命的网络，极目望去，星星点

萧海春《秋峦带雨痕》

点的绿色像修拉的小色块涂在粗麻布上，清新而深沉，死灰色注入了旺盛的生命，这是一片活土。

莽原时而也有令人吃惊的景观。在古道边，在起伏的冈峦上或低洼的谷地里，长着一些形状古怪的土疙瘩。说它是长出来的，是因为它与自然浑然一体，没有离地孤立拔起的感觉。对这些外表古老混沌的土堆切莫以为无胜可探，很可能在擦肩而过的瞬间，你就错过一次了解古老历史的机会。古长城的断垣残壁虽然被沙土掩埋得明明灭灭，它却像巨龙的脊骨一直延伸到天的尽头，消融在苍茫的天穹里。一组组散乱在冈子上或谷地里的古墓群如乳头突兀在地表，那些名震世界的竹木简和钱币就埋在这苦涩的泥土里。

偶或在你眼前有段硕大的土墩横卧着，这里或许是古王国高大巍峨宫殿的房基。在古道旁或交叉的道口间，时而垂立着形象古怪的土柱体，透过风化的外表，可以辨认出斑驳的色彩或残缺的供养佛。在体无完肤的舍利塔下掩埋着曾经为人类取得西天极乐真经的行脚僧或载入史册的高僧大德的遗骨。旷野上那些形骸诡异的怪物，从坚硬无边的泥土里冒出来，它们不顾可憎的形象，唐突地出现在探胜者的面前，想用历经千年的历史行迹，向人们炫耀昔日辉煌的业绩，或无法想象的艰难困苦和无人知晓的悲剧史。历史与现实是如此对立，不可思议的超自然力量把一切值得赞叹的事业和无法描述的苦难统统毁灭殆尽，只留下无数的历史问号，让后人去思索、去进取。

这条在人类文明史上留下深深轨迹的黄金古道，虽历经千年，但在微弱的脉搏中至今仍然流淌着华夏民族与世界交融的血液，屡建屡毁的变迁被自然用金沙掩藏起来。大量古文物闪烁着古代先民们不可思议的创造力，自然的雄奇伟力和悲壮的文明相交辉，神秘的土地用深沉、粗犷、幽远、悲壮的旋律震撼着我的心，在不可捉摸的命运前面，它激起我内心深处的情感，企望用手中的画笔来表达心中早已寄存的热望和对这片土地的悱恻之情。

自然的感染力是超越表层的力量，而自我的容量也是一种超越的容量，自我的完成需要深厚的基础，需要对自然深邃的洞察力和超越个体的能力，才能达到高度的自由。自我在超越个体的高度上才能与自然超物表的本质相契合，艺术的生命力

萧海春《深雨遍空山》　　　萧海春《积素射晴霞》

在这个交点上迸发出夺目的光彩。独特的艺术语言、闪烁的个性色彩，本质地体现出艺术家对自然深刻的理解和物我相交的心中自然。

笔墨理应倾注画家的感情，自然的陶冶力量必须使我对现有的技巧做一番思考。郭熙、范宽、倪瓒、黄宾虹，他们丰富的遗产能否描述这块神奇莫测的土地？八大山人、石涛、髡残、龚贤，他们的酣畅、淋漓、苍茫的笔墨能否表现这块土地的精神？南方被水熏染的情致和纤巧灵动的技巧已不足以表现西北大地雄浑带野性的风貌。自然不会移动它的位置，它仍然以多姿的风采刺激着人们的观感，要真诚地披露自己的膜拜之情，应该要转换我们对自然的视角。粗犷遒劲的线形、苍茫疏阔的笔触、浓重朴茂的色彩、苦涩生辣的韵致，是这一片大漠的风骨。放笔直写无所顾忌，一切都无须修饰，矫揉反而会弄巧成拙，无法才能得到至理之法。新的意象在痛苦的折腾中萌生，特有的西北风味在笔下慢慢地呈现出轮廓，强烈的边地色彩、粗犷野性的笔触、奇特的景观、苦涩生辣的韵味、原始蛮荒的境界，直抒我对西北的感观，这是我天性所致。我在艺术中找到了自己。

这批作品只是我乐土上栽的第一枝花，无耀眼的色彩可言，大多是浅层的偏执之情。第一次西北的直觉产物，不免粗陋之极，但是，毕竟是我率真的感情流露，所以，我也不避敝帚自珍之嫌，亮出来望同好们指正。

1987年5月

# 从西北莽原到胸中丘壑

20世纪80年代是中国画受到西方现代艺术强烈冲击的年代。由于人物画主题先行的制约，古装人物画前景黯淡，于是我改道研究山水画。

当时有一股对民族"寻根"的思潮，在追寻先民、崇尚原始、复归民本思想的影响下，我迷上了西北黄土高原。黄土高坡的雄浑朴厚与悠远文明的纠结，构成了厚重的历史感和人文精神。

1988年上海《美术丛刊》发表了我一系列组画《西北印象》，并附文《寻找耕耘的乐土——西北印象记》。作品的基调是用粗率而苦涩的笔墨，简洁直白地写出我对黄土地的感受。

对于生长在上海的我，对西北苦涩干涸的黄土地的感受是直观的，有很强的感性色彩，对于地域的奇肆、朴拙的形质有全新的感觉，是一种赤裸裸的冲击力。我没有丰富的历史涵养和对边地的深刻理解，在作品中只能直抒我的印象。

但是西北的蛮荒和厚重恰恰与我厚实的禀赋重合，博大深沉，对有历史感的追寻和幽远的遐想，是天性的契合。外在的冲击叩响了我内心的琴弦，碰撞是那么直接，那么一发不可收。

后来，我又在《江苏画刊》上发表了另一组"黄土"系列。这些粗简直率，有原始本能的作品，是直露和酣畅的。

"黄土"系列在海上画坛可谓异乡别调。20世纪80年代，在海派绘画的尊崇和趣味的语境下，我的黄土西北风可谓一种

萧海春《黄土系列》

颠覆；在情感和形式的把握上，是一种前卫的做派。

这一西北风在海上刮起，它的成因除了主观上期盼释放和张扬外，也因我有机会与北京的一些画家同仁们的接触，他们的作品让我体会到海上画家从未有的审美取向。这种学术上的砥砺，使我的画更趋于追求雄浑博大的气象。

80年代中期的短短几年中，中国画被分解成许许多多的议题，各种名目的探索和实验都在柔性的宣纸上作出千百万种反反复复的试验，可以说无所不用其极。所有参与这次艺术实验的人们都亢奋而执着，一种以真诚、直露、宣泄为主流的运动在短短的时间内铺展演绎，我也是循着我的心路热烈地参与其中，那时的作品可谓唯新是图。不用讳言，那段时间的"西北风"试验，对我个人来说无疑是一次解放。这部分作品直至今日还被人们提起，是我始料未及的。

80年代后期至90年代初期，香港大业出版了我的画册《萧海春》，从所刊登的作品可以直观地了解我当时的创作状况。这本画册中作品的基本精神是对"黄土地"的种种感受。这组黄土地与《美术丛刊》的第一组"黄土"系列已经有明显的差别，尤其在形式上已经取代直抒己见的转换，但对黄土地的眷恋依旧如斯，只是换了一种形式语言。它不是用简率直抒的方法，而是转用细腻的笔调，在形式语言的努力探求中构建起我对黄土地景观的完整塑造，这种转变是由粗犷直率向细致含蓄并带有形式意味的完整追求。这是由外向内的转变，是情感的发泄向形式语言的自觉追求。那种高歌式地喊出的情感被设计的、刻意的、细腻的描述所取代，也就是作为一位画家真正意义上懂得用形式语言去表达你的感受，应该是主观的、理智的形式元素的成熟。

这本画册有两类作品主要是20世纪80年代中后期的作品：第一类是墨色浓重的意笔山水；第二类是山水表现形式上的探索，讲究形式，风格细谨，有明显的装饰感。这两种形式，不论粗细都强调笔墨的丰富和积墨的厚重。此外的第三类作品是用董其昌的笔墨写出细谨工致的西北山水，有一种典雅的抒情风格。

这本画册中的作品在形式元素上，突出了"点"的结构组合和层层渍染的方法。从粗犷放达到严谨规整的转变，其实是我的山水画观从粗放感性抒写向理智细腻形式转换的过程，也是向传统的回归。

萧海春《夜气如春烟》　　　　　　萧海春《巍巍秦川》

这时期山水画的风格特征和笔墨传承带有明显的明清特点，对于八大、石涛的继承也非常明显，还有石溪与龚贤。由于时代的局限，当时能参考的画作和图像非常有限，写意风格的作品有强烈的笔墨特点，这是对吴昌硕和齐白石花卉用笔的继承。在此之前我的人物画也是用花卉的笔墨来创作，但墨色的积累无疑是对黄宾虹、李可染的直接继承。

形式语言的探索不论粗放与细谨，都旨在对山水的丘壑的塑造，对形的理解往往是平面的结构形式，团块形，可以触摸。为了强化张力，我把绘画的主体部分放大，强化其体量特征，突出黑白的强烈对比，形成有压迫感的张力效果。有些作品在形式结构上突出设计的用心以期强化形式风格，有些作品在细节上着力装饰效果。

20世纪90年代香港大业又出版了我第二本画册《二十世纪中国水墨画大系——萧海春》。这本画册可以分为两个部分。

上编 创作·画论

萧海春《野含时雨润》

第一部分是西北山水，笔墨讲究，尤其在用笔上较之第一本画册更有变化，把握更细腻，一种幽远迷蒙的历史氛围构成了对黄土的缱绻之情。这时黄土地是我山水画风格和意境上的支点，成为我以后画作的灵魂内核。第二部分是对山水画本身的审视，对传统山水中的元素形式作了整合和解读。创作的视点开始从黄土地的表象上移开，那些博大雄浑的山水气象开始内化成对传统山水解读的底蕴，这批作品可以看作是我以后对山水画经典系统解读的前奏。这部分作品有一个明显的特征，是开始对经典山水中的董源、巨然、王蒙、吴镇、董其昌、王原祁的直接交流和以他们的图式元素作尝试性的解读，或是整体的模拟，或是局部的解构，或是在意蕴上的探求，这些都是以笔墨为主

萧海春《山水系列·寒碛》　　萧海春《山水系列·微曦》

要命题的解读。

90年代初中期,上海十五位画家选集中的两组画是我山水画真正发生转变的契机。

第一组以"点"式为画的主要形式语言,反反复复的点的积累在墨色的参与下氤氲出山水的深邃幽远的气象。这种墨天墨地的墨色世界,是我对黄宾虹的墨法的别样运用,是一种尝试和借鉴。其特别之处是"点"的参与,有一种闪烁不定的恍惚感,是游动的气团,在团块的架构里,布置出墨黑团里天地宽的视觉效果。可以说,用点塑造山水的形式语言,是我在当时画坛的一个特殊标志。

第二组是对经典图式进行解构,并以宋人的气格和心中丘壑的组合,尝试将山水画失落的传统重新构建和延展。并在画面上用文字参与山水的形式构成,其文字内容是古代画论的引

上编 创作·画论

萧海春《春云出翠岫》　　萧海春《峨峨上翠氛》

用，以小楷的形式参与山水画的形式构成，具有书画重新组合的尝试。正如邵琦先生在1995年《江苏画刊》第二期上发表的《传统：一种支援——当代中国绘画语境与萧海春的实践》一文中所说："80年代中期以来，萧海春所完成的从西北莽原大漠为母题的情绪宣泄，到以胸中丘壑为母题的笔墨营造的画风变革，便是传统作为一种支援在当下创作的一种典型而具体的表现。"

# 艰难历程

　　画家不满于现状，想在自己的作品中提供一些"生"的东西，使趋于成熟的东西出现一种不平衡。这种不安因素能使画面内涵注入一种活力，这种取向显现了画家的活跃心态，是画家生命形态的物化。

　　中国画讲传统是天经地义的。大文化背景与中国画自身都是以传统形式来展开其特殊天地，是与世界艺术对等的支柱。艺术的世界性只是体现出各地域的人以自己的角度来阐述并希望得到现代关注问题的共识点，这种共识不是以一种文明为归结点取代一切民族的文化。各文化都有其灿烂形态，丰富了人类的精神生活。如果不是以取代或歧视的心态来对待各类现代文化，那么这种对等能使一切文化保持在一条起跑线上，共同来阐述现代大文化的含义。各种艺术的共同交流和汲取引起艺术样式的蜕变，直至取代的事实客观存在。因为现代人的思想已使原有艺术样式很难负载，只能寻找既合本土又与现代衔接的载体。这种选择能使人的思维样式更年轻活跃、敏锐灵活。这种交流又恰恰是不公平的，很大程度上有蚕食性。这种压力会在表述者身上发生变化，以至取代。如果没有坚韧和超负荷的承受力来面对这种反方向上的冲击波，既要更新自我又要把握现代样式的确认是非常困难的。

　　面对严酷的现实，刊登的作品不同程度上显现出对负面压

萧海春《笔墨系列》　　　　　萧海春《笔墨系列》

力的策应。一块墨、一条线、一个点在不同文化背景和材质上会产生不同效果。人类都在不同程度上使用线条来表述人的感情，线并不是东方人，特别是中国人的专利品。对于线，中国人在挥洒时特别认真和洒脱。中国画是高度文化意义的艺术样式，对线意义的阐发显示出高于其他民族的睿智和创造性。中华民族对龙图腾的崇拜和赞叹，体现了对线条刚柔、动静的飘逸情致的高度理解，没有哪个民族能对线有如此出神入化的驾驭能力并创造出一种独特美。中国的书、画、印在本质上体现了线的意义，书法是对线最完美的发挥，中国画挥写时也体现了书法精神。中国水墨精神以线为框架，墨为天地。高度抽象的线形图式以其单纯而丰富、细腻而复杂的节律变化体现了天地万物的韵致，皴擦、点染不仅是线的扩延，而且更完善了线

萧海春《笔墨系列》

的表现形态，与自然形态的对应关系更为贴切。中国画旨在"似与不似"之间，以意象为坐标，强化了线的特征和表述的自由度。在画面空间里配以多层次的墨色，使线化的框架增加了厚度，其间充溢着阴阳调和的气象，天地间蕴藉着精气迷漫的意味，混混沌沌以虚相实，黑白对应与道的精神相一致。

中国人的哲学观注入了绘画，画家就依仗这些特殊语言阐发对时代的看法。我们所处的时代无疑是丰富的时代，画家在选择表达个人对现代的看法上与绘画语言在对应关系上产生的

上编 创作·画论

萧海春《笔墨系列》

萧海春《笔墨系列》

困惑，在与西方现代文化相比照时产生的"穷途末路"感，是对现代提出的问题无所适从的一种精神状态。中国画在适合现代审美上出现了障碍，并不意味着中国画到了山穷水尽的末路。中国画的特殊语言和材质是不会消亡的，我的思考基点已在作品中阐发了。如果完全放弃中国画的要素，做本质上的替换和取代也未尝不可。但是借助中国宣纸特殊的材质韵味，直接移植式用西方形式来取代中国画，做些肌理或色彩上的改变就冠以现代中国画的尝试，未免轻率肤浅。它只能算是宣纸派生出来的新画种，可以提供人们新的视野，但同时也取消了中国画自身。这种肤浅至少是对中国画未做深入研究的结果。中国画绵延千年，历代迭创新意，极大地丰富了人类的精神世界，是世界公认的大画种，它代表东方与西方文化相颉颃的主柱，它

19

非但不存在延续危机，而且更要以新的形态去发展和丰富。

中国画对笔墨的高度重视，并不是对技术的崇拜，不是一条线、一块墨低层次的雕虫小技。笔墨是中国画的灵魂，它注重笔墨的感情色彩，是人感情的轨迹，它经过无数代天才的锤炼，以其独特样式得到人类的首肯和认同。它以笔墨为导向，对自然的态度，对黑白的对应关系，对画的韵致品评以及对人格和价值的特殊理解，都充满着生命奔湍的激情。作为中国画家都必须以这些问题为思考的基点，没有这种思考就不能树立自信和承受外来的冲击力。我们也应该看到，由于规范的严格和难度以及历代的各种原因，使它的许多独特性在不同程度上受到抑制，不能发挥出更大的能量，这种抑制到近代出现了危机。齐白石、黄宾虹、林风眠、李可染等先辈从个人角度对传统绘画做出了杰出的贡献，使中国画出现了新的转机。到了今天，又有许多画家为之振奋和努力，使中国画发出了更为鲜明的时代之光。也许，这些闪光还不足以取得人们的认同，我们还要把个人的现代特色表现得更加鲜明，而且在发挥中国画独特性上达到真正的典范意义。

1993 年于抱雪斋南窗

# 关于线和笔墨的小记

艺术的世界性，其实就是生存在不同地域上的民族，用自己不同的视角来关注、阐述人类的生存问题。如果不以歧视取代或被歧视被取代的心态来对待各种文明样式，那么我们就能够看见一条确实存在的共同的起跑线。曾见否，毕加索从非洲土著艺术直汲灵感，马蒂斯缠绵于阿拉伯情韵，八大山人于青花图式中悟出个人的形式语汇，白石老人则徜徉于田垄竹篱间寻觅百姓家的主题。世界的艺术、经典的典范，只有在互动互惠中才能得到丰富。

每个民族都在不同程度上使用线条来表述内心世界，线并不是东方人特别是中国人的专利品。一块墨迹、一根线条在不同的质材上和文化背景中会产生不同效果，基本符号的价值、意义取决于运用它们的人的特殊理解。

中国绘画中，对线条的出神入化的驾驭能力，是中华民族睿智地认知自然的集中表现。线为框架、墨为天地、高度抽象的线性图式和丰富的墨色层次，以其单纯而复杂、细腻而明确的节律变化体现了天地万物的韵致。充溢在画面空间中阴阳调和的氤氲气象，乃是天地演化、心灵涌动的轨迹。以虚映实，辨黑证白，中国人的哲学观注入了绘画，画家就依仗这些特殊语言阐发自己对时代的看法。

中国画艺术对于线的热情关注已有千年的历史，多少画家

萧海春《古诗意》　　　　　萧海春《古诗意》

"为伊消得人憔悴"。情有独钟的执着，对于线的动态与静态的形质观照和情感的张弛与收放，从理论与实践上说是独一无二的。顾恺之的游空轻裒、张旭的癫狂张扬、怀素的淡烟枯藤、颜鲁公的清雄遒迈、董其昌的淡腴雅健、石涛的跌宕幻变，皆演示着线在各个时代的人格特点。在今天，东西交流，因视觉之需，线之境遇更具挑战。随时代之需，期待线有更开放的涵载量，形态与内质更具应对力和表现力，以表达当代的人格特点。

中国绘画在适应现代审美上是否出现了障碍？这个问题应

萧海春《古诗意》

该被提出来，但是，不要轻易给出结论。回答这个问题，与人们的思考基点紧密相关。这个基点的获取，取决于人们对中国绘画的历史与现状全面客观的认识与实践。

中国绘画对笔墨高度重视，但不是技术崇拜。一根线、一块墨迹，是符号，是技术，有时甚至是程式。不过，中国人认为，"技近乎道"。因此，用中国人的观点来看待"技"，不仅可以避免肤浅和轻率，还可以更深一层地悟入中国文化的独特境界。

2002 年

# 恪勤以周　任重致远

公众对艺术家的看法与艺术家本身所持的态度有时是有偏差的。作为个人来说，在传统的空间里寻求自己的艺术存在纯属自我需要，与历史使命感并没有太大的联系。

个人有个人的需要，社会有社会的需要，我相信赵孟頫、董其昌在倡导他们的学术要义之时，并未着意想到要对中国绘画史做出多大的贡献，仅是将他们自身学养积累到一定程度必然产生的认识述诸笔下。我们所知的古今名家，无不以他们独特的面目行世，这不是他们刻意迎合公众的结果，而是他们出于内心的需要，只不过这种个体的需要，因为其高度和卓越而被后世广泛认同罢了。假如在进行艺术创作时，想到的仅仅是社会公认度而丧失自我，这种作品是站不住脚，也不会有艺术感染力的。

从经典传统绘画里汲取营养，在任何时代都不会过时。对传统山水画的研习，我在三十年前就已开始，这是一个自然而然的过程。"自然而然"这四个字很符合我为人处世的风格。

对现代的艺术家来说，古代杰出画家的成就确实难以望其项背，但是我们也不能因此妄自菲薄，一发急，就想革传统的命。中国画发展到现在，它的创新在每一个历史阶段不能说都取得了成功，但创新还得继续。我认为，中国画的创新必须遵循绘画的基本准则，遵循中国画发展的自身规律。假如以反对这些

萧海春《笔墨系列》

准则为乐事,这种没有根基的"创新"无法使中国画真正振兴。反之,我们认真汲取古人作品里优秀的成分,从大自然中寻求时代感觉,才有可能步入中国画发展的广阔空间。

多样化是我们这个时代的特征,艺术也不例外。对所有画种,假如都以传统中国画的要义去要求难免苛刻,能接近一点已属不易。有些作品初看虽然不太成熟,但是在探索之中,就应该宽容与鼓励,不必匆忙下定论。

中西融合事实上是一种理想主义的自圆其说。吸收优秀成分可以，至于"融合"，几乎不太可能。历来以中西融合面目示人的画家，比如清朝宫廷画家郎世宁，用中国画传统准则去看，仍然是存在比较大的问题。优秀的文化要马是马、驴是驴，不应是个非驴非马的骡子；假如把骡子看作一种样式，那是丑陋不堪的，我们应该将此排除在多样化之外。

　　创作优秀的作品必然要耗费极大的心力体力，中国画的发展与振兴，需要画家有吃苦的心理准备，特别是画内功夫的锤炼。很多画家还不成熟就急于炒作，迷失于画外功夫中，其结果是日子越过越好了，留下的却是为后人所不齿的作品。

　　我不相信天才而相信天分，但光有天分是远远不够的。作为一个有追求的画家，没有"读万卷书，行万里路"的勇气，只能说他还不够专业。况且，我们今天的物质条件远胜前人，古代各家各派的画，我们能轻而易举地观赏到，不仅可以去博物馆看原作，还可以把高清的印本画册搬回家仔细研究，其中包括西方的艺术作品。我最近"发明"了一种办法，用电脑扫描画册，将古人的画放大，有时可以达到原作的数倍，可以发现古人绘画里许多原来不被注意的细节。我想，现代科技手段同样为中国画的发展提供了各种可能性，至于写生的条件，更不知比古人便利多少，汽车、火车、飞机等各种现代交通工具，能很快让你实现行万里路的梦想。

　　严谨是创作态度，率意是性情表达，要达到严谨里含有率意是不容易的。我一直主张画画要"熟中熟"，熟到不能再熟，胸有丘壑，随意生发，那样就离严谨的率意不远了。天生粗枝大叶的人是画不好画的，优秀的大写意画家也是有严密思维的人。齐白石画蟹与虾,研究了数年,蟹背是用一笔、两笔还是三笔,他都一丝不苟,反复锤炼,最终创作出既能生动表现客观对象,又能抒发文人情思的独树一帜的作品。八大山人、黄宾虹也是这样,看上去随性,实质是法度严谨。

人都有惰性,我也不例外,关键是你有无克服惰性的魄力。我之所以有恒心长时间创作一幅作品,这可能同我数十年的专业玉雕设计有关。玉雕这门工艺让我克服了诸多常人懒散的作风,从而也影响了我创作中国画的方式。

我经常说,艺术之路就像爬山,一群人同时出发,这过程之中跑在前面的很多,但我可能最终最早登上巅峰,这是因为我从不奢望大踏步快走就能赶超别人,我将自己定位于拾级而上一步一个脚印,通过不懈的努力,最终达到自己所向往的那个目标。

北宋郭熙在《林泉高致》中形容作画时说:"必恪勤以周之,不恪则景不完。""恪勤以周"是山水画家的创作态度,也是从事任何专业必须具备的严谨而坚韧的素质。执志不倦,任重致远,这种锲而不舍的探索过程和态度,是我所喜欢的感觉。

*2002 年*

# 徜徉丘壑间

长期居住在喧嚣冗杂的都市里，环绕的水泥森林隔断了人们的视线，身心犹如陷入热带丛林。大概除了每天的天气预报外，人们对自然气息的嗅觉已经麻木迟钝了。但是在物质重围的世界里，人们缱绻山林的天性却越来越躁动不安，只要一有机会就会突出水泥的围城，走进自然的怀抱。他们会以各种方式来排遣久被禁锢的心灵，乐哉逍遥。

被现代文明扭曲的生命个体在自然的母体中得到养息，激活性灵，获得再生。人类的原初就是从山林走出来的。我有时枯坐在由墙面围成的空间里，为了驱散心头的郁闷，会经常想起南朝宗炳的故事，心里总会漾起一种淡淡的妒意。这位山水游子拖着疲惫的身心远游暮归时，心里却翻腾着壮游时的热情，林泉之心让他捡起画笔，张开绢素，用极简古的方法勾画出一段段胸中的丘壑。"卧游"让少文先生重新体验到流逝的渺冥山川的神秘魅力。自然的神灵本无踪影，但"以形媚道"可以弥合自然与人之间的阻隔，竖画三寸当作千仞之高，横画数尺能有百里之遥，神思在四荒八极间遨游，物我齐一，逍遥无极。"畅神"的精神动力使传统山水画跨越千年仍历久弥新。

现代的物质文明不断地侵蚀我们的生存空间，可以让人们徜徉的山林日渐窘迫。我待在封闭的屋子里只能借用宗少文的卧游方式，释放出与自然保持亲和的情感，以维系被割断

萧海春《攒峰叠翠微》

的自然脉息。身在城市、心存林泉的自然观在当今的认知里让人们不合时宜,但是城里人要求回归自然、走向山林的情结,恰恰表明了人们对渐渐恶化的生存环境的忧虑和人性要求观照的愿望。

老子的名句"人法地,地法天,天法道,道法自然"在我耳边回响。哲人的睿智告诉人们,人性与天性息息相通,它是万物之母,人类从千变万化的自然中认识自我,获得智慧和热情。"智者乐水,仁者乐山。"回到林泉,我以悠悠然的心绪,徜徉在山水丘壑间。

2006年3月

# 同行山水间

"山水"这个名词,在中国人的眼里,不同于地理学的山脉走势和分布的水系,也不同于现代生活中作为旅游的自然风景,而是沿袭古人心中,尤其是文人所约定的"山水"一词。它不仅是人们的日常生活,更重要的是在精神上追求的一片自由天地,这就是庄子所谓的"逍遥"。"山水"一词的文化内涵还衍生出"山林"和"江湖"这两个表示人们内心栖息空间的词,隐含着"逃逸"和"偷闲"。

自然是万物之生母,它不仅为人提供栖息的空间,也是人心灵释放的逍遥地。六朝宗少文喜游历,感悟到山水"质有而趣灵",获得了"仁智之乐"。峰岫峣嶷,云林森渺,激起了心旌摇曳的冲动,披图以对,以形媚道,畅神而已。宗少文痴迷竟为六朝伊始的中国山水画掀开了大幕,下继唐宋,终成锦绣华章。自苏轼、米芾倡导确立了文人在山水画中的指导作用后,无论是着色的山水还是水墨山水都烙上"文"的印记,山水画的外在形式和内心需求更凸显了文人的品质,以写意为尚,客观的山水行迹与文人闲逸的气质相契合,畅神而已的山水情结升华为一种精神自由栖息地的文化符号。

人与山水比较,人无疑是渺小的,山水尚有许多未为人知的奥秘待人去探寻和解读,对"山水"有特殊领悟力的人们,为"山水"的神韵所倾倒,给予它太多的赞叹。我们"同行山

萧海春《拟文徵明笔意图》

水间",浅唱低吟。东晋王献之在携友游山时叹道:"从山阴道上行,山川自相映发,使人应接不暇。"这是千年前一位古人对"山水"的赞词,而现今的我们也迈入了同一时间隧道上巡礼,是无上的愉悦。但我们要心存感恩,要慢慢走,细细品,现代人的脚步似乎太仓促,匆匆的过客是会丢失灵魂的。

2010 年

# 心存林泉　游目骋怀

　　传统中国画常被称为卷轴画。卷轴的形式，分为直式与横式两种，尤以横式的手卷更受到中国人的青睐。宋代皇皇巨制《千里江山图》和《清明上河图》，被世人称颂是中国卷轴画的代表。手卷的展示形式以横向缓缓地展开，由前后隔水、诗塘、画心和题跋、拖尾组成，长则数十米，短则数米。它是卷起来的视觉艺术的历史，内涵深厚，好的手卷掩卷后仍有让人不尽之意的徘徊之感。手卷行于宋代，明清则是它的鼎盛时期，文人雅士皆喜展玩手卷，或藏之箧内，或携至净室雅玩。他们以闲适的心态展开卷轴徐徐而行，犹如驰进一条赏心乐事的长河，在空间移步换位的寸尺间，内里那些山河和人物故事，演绎出春花秋月、悲欢离合的故事，令赏者缱绻而悱恻。那些含蕴丰富的艺术，是观者与叙者互为合作的成果。有着上千年历史的手卷，如今依然以永无休止的时空形式，不断地催生艺术家在那狭长和绵远的河上划动双桨，倾情讴歌时代的音容笑貌。

萧海春《游目骋怀》

传统山水画在手卷的空间里，犹如一段没有开始也没有结束的自然，它浮游在悠远的时空中延伸它神秘的幽思。宗少文在山水序言中说道："山水以形媚道。"在他衰弱的晚岁，张绢素以远映，以昆阆之形，以方寸之内，竖画三寸当千仞之高，横墨数尺体百里之迥。他在卷轴中了却了"卧游"之想，以飨视听之娱，从而也开启了以卧式长卷的形式来写就胸中丘壑之无穷遐思的先河。

越千年，手卷也为现今的山水画家们提供了没有起止的新开端。在物质重围的世界里，都市生活被环绕的水泥森林割断了视线，然而人们缱绻山林的天性却一刻也没有停止过。王羲之在他著名的《兰亭序》中道出了人们要放开心胸，游目骋怀，仰观宇宙之大，俯察品类之盛，乐者逍遥，激活心灵，神思在四荒八极间遨游。让被现代文明扭曲的生命个体在自然的母体中得到养息。"畅神"的精神动力使传统山水画超越千年仍历久弥新，"身在城市，心存林泉"，回到自然，以悠悠然的心绪，徜徉在山水丘壑间。

2018 年 4 月

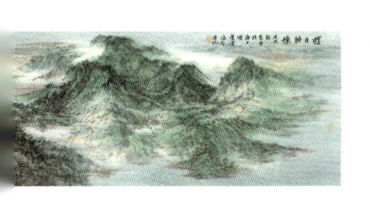

# 月光世界　诗意山水

西方风景画离不开空间和光，好比是"太阳艺术"；中国绘画要表现的是一种意境，是诗画的艺术，好比是"月光艺术"。诗意是一种宏观而非微观的东西，中国画中的一水一石，就像中国文化中的汉字一样。诗人很敏感，诗中所表现的一切，都是心中认为最美好的事物。

所谓"月光"，是让人有一种沐浴其中、身临其境的感受，而不是刻意描写具体的景物。月光下的场景，有一种银光乍现并带有诗意的特别感染力，让人把时间和空间全部忘记。它没有时间之分，也没有远近之分，犹如中国哲学对外物常保持距离，体现出一种精神上的超然。

山水画表现的是一种意境，是诗画的艺术。我赞成董其昌的提法，王维是南宗山水的分水岭。王维身为诗人、音乐家、水墨画家的代表，实至名归。他的诗，特别是对景的描写，道出人与自然融为一体的境界。王维诗中描写的意境最适合用中国山水画来表现。比如"明月松间照，清泉石上流"，就是很典型的一例，人坐在松间，月光洒入，又有清泉从身边流过，此时感受到人与自然的交融。

我从王维的诗句中体会诗的意境。我曾经去黄山，有次在月下从山头看谷底，左边是天都峰，右边是莲花峰，山下的雾气飘在峡谷中，一片清光，松树忽隐忽现，那种松涛、云海、月光所营造的氛围，让我马上想到王维的诗句。我也曾在太行山、雁荡山、峨眉山、庐山等地观赏过月光下的山色，我觉得最有山水画灵魂的就是王维"明月松间照，清泉石上流"的诗意。

"月光艺术"代表心灵的宁静，与中国哲学、中国审美紧密相通。作中国画要有智慧，人和环境相协调，不断改造自己，把内心的那种激狂和躁动藏起来，这是艺术家通过认识和心灵去陶冶酝酿的过程，然后才能表现出一种灵气。如果画中缺少这样一种灵气，就会显得呆板平实，缺少变化，没有生气。

"月光艺术"也表现为淡雅。传统山水画强调淡墨，那是对安静、清淡的追求，当代山水画最缺少这种淡墨的蕴藉。很多当代画家，用墨太浓，浓墨可以用来点睛，只有淡墨才能画出神采。一张画，淡墨的主体画得好，会感觉干净、不邋遢，这不仅是个技术问题，也是中国文化的品位和定位问题。

2011年

# 巨幅山水画是时代的视觉要求

早期山水画是为人物画服务的。山水作为背景，在今天看来这类作品可算作主题创作。随着绘画的发展，山水画科得以独立，逐渐为公众所接受，并最终成为中国画的最典型代表，发展出了独特的笔墨语言形式。

大家一般觉得山水画应该是属于纸本绘画，但在起初并非如此。早期的山水画还有壁画这种常见形式。相传唐玄宗命李思训和吴道子二人画四川山水，李思训用了几个月，而吴道子只用一日便在壁上画成嘉陵江山水。

宋代崇尚大画，这些绘画是为环境、建筑、空间服务的，这和后来西方古典主义时期的绘画相似，绘画和建筑融合成一种公共性艺术。宋画的大场景特点，表现为从一个场景转换到另一个场景时，从小构成到大构成，充满了各种纠葛，迂回曲折。宋代郭熙提出了"三远"，韩拙又补充了"阔远""迷远""幽远"，这"六远"的目的，就是在平面上营造浩荡磅礴、迂回峥嵘、曲折层叠的大场景。

宋代士大夫、文人的画是纯粹的中国画，他们把生活中的真切感画了出来。虽然宫廷画家、业余画家的作品与文人画不同，也有很多风格，但他们对自然事物的表现是一致的。进入北宋中后期，人们对自然有了更深入细致的观察和了解，自然被极大地张扬。比如李成和郭熙的基本表现元素相同，表现方式、表现韵调却已经不同。从北宋中后期的团扇可以看出，很多作品不再是大山大水，而是从眼中所见变为心源所出。所以我认为南宋人对水墨的掌控和写意能力比北宋人强，山水画由北到南的转变，是因为人对世界的看法变了，于是图式的创造也变了。

当赵孟頫把绘画的话语权拿到手后，绘画的公共性就开始向私密性转换。当然，宫廷艺术同样存在着，但对作品的内涵把握不同，相比而言，私密性作品更倾向于一种自我欣赏的艺术。所以，放大与缩小都是由社会决定的，因为时代有这样的要求，大尺幅作品就开始慢慢转为小尺幅作品，以至元代以后绘画是以卷轴式小幅作品为主。卷轴、册页作品只能在很近的距离下欣赏，才能充分感受其艺术魅力，距离稍远，观赏的条件即不成立，作品魅力全失。这说明视觉感受和环境因素紧密相关。

传统，其成立是有客观条件的，而客观条件变化后，形式也会变化，当这种变化被艺术家确认的时候，就有一种新体的诞生。当代视觉决定了我们要对大画进行尝试，这是一个新的问题。为了彰显视觉魅力，绘画形式一定要服务于公共空间，所以画一定要放大。假使王羲之活在当下，字也会写得像钵一般大。

因此，大尺寸不是主要的，在一个大尺寸范围内，给人视觉上传递什么，这才是主要的。一张大画，第一笔就要确定线条的粗细大小，因为这决定了最后是从多远的距离去观赏画作，视觉空间距离决定了最佳效果。所以不是简单把画放大，起笔

萧海春《摩诘诗意》

之时就要考虑好欣赏距离。

如果把画拍成照片，在视觉上的感受也是不同的，这是由线条的粗细决定的。比如将一张大幅作品中的粗厚线条缩小到像高古游丝描那样细，这条线和周围的关系就很容易确定了。而那么粗的线条竖立在原画上，现场视觉效果则是完全不同的。所以有些大画缩小后感觉很丰富充实，只有失败的作品，缩小后才感觉空洞乏味。

大画就像造大房子，先有大框架，然后再深入，过程是局部的，最后再把各部分勾连起来成为一个整体。画面的黑白关系，从开始到结束始终保持着，在此前提下，对每组山石的安

排都要明确。作画不能心急,要冷静地慢慢来,胸有成竹,每一个局部都要放在相应的位置上。

并不是小画如何画,大画也能如何画,所有图式都需要放大。大画还需要用全身的力量去协调,概括能力要强,不仅是概括图形,也是概括笔墨。中国画中笔墨是相当重要的,除了整体感受外,还要让人感受到丰富的笔墨形式。笔墨表现力要强烈,对于速度、粗细、快慢的把握就有要求。我提倡中国画要"写",近看是笔墨,远看是丘壑,每一处都和小画一样精致,每处都恰到好处,胸中丘壑和实际掌控一致,作画时胸有成竹,这种功夫,与对经典解读以及对图式的漫长临摹训练是密不可分的。勾描物象轮廓更多关注的是细枝末节，而笔墨写意是概括的，是以形写神，要得其形神，得其精彩。

大画主要是线条和架构的掌控，能写大字，对大结构就能很好地掌握，所以书法也十分重要。书画在笔墨精神上相通，比如吴昌硕的梅花、菊花、荷花都画得十分酣畅淋漓，这和他的篆书功力密不可分。

2011年

# 万壑松风赏心处

我用十张八尺整宣拼接创作了《万壑松风图》，画这么大的作品和传统的作画习惯是很不相同的。由于尺幅超出常规，所以，在视觉与观看方式上、空间距离上、形象尺寸上，都会与常规的作品很不一样。

普通大小的画，一般都在正常视觉区域中，比方在三到五米距离内看，画面基本能够被囊括。但是，超大的画需要更大的观看距离，如若太近，则会有被眼前的线条罩住，无法辨认画的是什么；可是当你后退看，画面就会呈现具体的物象；退后到五十米的地方，则会感觉像看一张工整的宋画。这就是奇妙的地方，每段距离上的感受都是不一样的，这是视觉发生变化的原因。

之所以画那么大，不是为了自娱自乐。这样大的画面，肯定是要放在巨大的空间中展示，是要给公众欣赏的，不是古代那种在私人空间展示的作品。由于现代社会有了展览空间和欣赏需求，大幅山水画更能显出它的视觉优势，这个课题就由此提出。古代壁画虽然也有尺寸很大的作品，但是它对欣赏距离的要求不像现代那样严格，比如古代寺庙中的壁画，人们是以接受宣教的形式去欣赏的，是逐段品读的方式，所以在视觉要求上和现在不同。

我作画绝大多数都是在墙面上挥毫的，这需要长期的经验

萧海春《万壑松风图》

积累，才能从容应对。在墙上画画时，每一笔的效果都可以立刻感受到，画家和画面之间的交流是无障碍的，直观显著；若是在桌面上创作，由于透视的问题，大画的视觉角度变形会影响观看的效果，画面比例失调，缺乏整体性的把握。

这幅画的创作过程，是以一种很独特的方式展开的，因为家中空间较小，我是从中间两张先开始画的。在画之前，脑中会浮现出一连串的景色，心里构想好后，在宣纸上起稿，仅用几根线就行。当最先的两张画得大致差不多时，就先抽去左面的一张，并往右拼接一张，继续进行，依次类推，一共十张，画面的整体感是用一段段的方式呈现的。到最后，再用两天时间找了一个很大的空间来调整画面。画面中最初的几根线条，我费了不少心思去做进一步调整，想方设法使它与画面整体感相统一。那几天气温高达39度，冒着酷暑，我用了两个上午把画调整好。

上编 创作·画论

"万壑松风"本身就是一个经典的山水画题。李唐的《万壑松风图》是我深感震撼的作品,所以我一直也想画一张类似的作品。但李唐的画太伟大了,想要挑战他简直是不自量力,所以我只把那种精神引到我的画中去。在这件作品中,主要融入了我对黄山的感受。

我经常去黄山,黄山给人以山水连绵、云烟四起、山势峥嵘、松姿奇特的感受。黄山的松林能形成松涛,像大海的涛声一样产生排空的声音。记得有一次在黄山西海大峡谷看锦绣画屏和它对面的鳌鱼峰,完全是两种格调。锦绣画屏云烟缥渺,鳌鱼峰则在阳光的直射下像油画一般厚重。两者给人的感受有很大不同。所以这幅作品中山石的基本形态,是取自黄山的;但是我处理得方一些,丰润一些,有棱角,就是借鉴李唐的斧劈皴,相对坚硬的笔触和质感,可以让画面整个撑起来。

自然山水最适合作为大画的主题,树木、山石不仅本身体量较大，而且层次丰富，这些因素都是适合大画创作的元素。就笔墨而言，大画不是寥寥数笔所能解决的，而是要解决一个巨大空间的高度、宽度和深度的问题，这就是为什么明清时代讲究逸笔的作品一般不会很大的原因。我在精神上追求宋画，而不是在方法上和宋人一样。传统的宋画，作画时先勾线，再用墨渲染，这和大多数作品画在绢上有关，材质决定了表现形式。我是用生宣作画的，所以崇尚笔墨写意挥洒的方式，这关系到我对笔墨价值的坚守。

大画和小画的区别，除了尺寸以外，还有更深层次的差异。作品尺幅放大后，包括线条的内涵和传统意义上的绘画体验是完全不同的。从用笔法来说，在墙壁上作画时必须悬肘，运笔才能有自由性。长期实践的经验告诉我，只要能掌握笔尖和笔肚的转换，都能获得中锋的效果。我自己觉得更适合在墙壁上作画，再加上我的画大多数是用积墨法，所以竖起来更加利于作画。唯一要注意的是，在墙上画水分较多的局部时，会相对比较困难，需要熟练才能掌控。

在画面虚实的处理上，传统画法中，前面的部分会画得比较清楚，后面的部分较为模糊。而我采用的方法是，除了一小部分在景物前面需要的地方画得比较清晰外，其余的地方简化、淡化掉。这样，自然就将视觉聚焦到中、后部分。

留白在画面中也是很重要，需要反复斟酌，节奏和虚实始终要把握住。画中最妙、最着力、最要下功夫的就是虚的地方，把很多物体的棱角模糊掉，这是一个虚实问题。因为重山复水，不断重叠，像军队不断前行，会产生一种气势，节奏的不断重复，这就是形式上的一种处理。这种方式在古代绘画中有，但古人运用的时候不像我们现在那么强化。当代人对这些问题特别关注，西方特别强调这个问题，对于合理的地方我们要借鉴过来运用，并且变为自己的东西。

处理虚实问题，就在于对所有事物都不是平均对待。有些地方加深，有些不需要的地方就把它们浑然一体，其出发点不是远近的距离，而是根据画面需要主观处理。虚实、浓淡、节奏的安排是主观的，至于哪里重要哪里不重要，由画家自己选择和把控。中国画有一种特殊的方法，若碰到画不下去的时候，就画树或者云或者小山头，形成自然的转折，转换的地方，相互联系，构成都是要模糊化的，这样会产生一种似是而非的感觉。

你也许会发现，此画给人一种夜景的感受，因为我曾在夜色中欣赏黄山的峡谷。天气好，有月亮，头顶天穹上的星星像一顶皇冠，嵌满了透明的宝石。那时的黄山通体透明，云烟徘徊在谷中的景色，它是澄明透彻的，万物囊括其中。这种视觉感的营造，很大程度上是在用色上下功夫。传统中的浅绛是用花青、赭石加墨，颜色成为评判一种形式的标准。我觉得如果这种形式不加以改变，那么在我们的视觉中就会感到单调乏味，它与现代审美就脱节了。

在这幅画中，我基本只用了三种颜色：花青、胭脂、赭石。表现松树时，我采用符号式的简化，并不断地用同一调子的色彩加以平涂，再用墨把空间拉出来，然后再反复在上面积墨、皴、擦，用色墨渍叠的方法使整体颜色控制在银灰色中。云和松是用花青和胭脂配制的，山石的色彩则是用胭脂和赭石相配，局部稍加藤黄，所有这些色都和墨色相交融，形成了整体以紫色的灰调为主。我通常先把山峰的色调确定好，若是冷色的，背景就用暖色调，反之亦然，说到底就是对颜色的把握。颜色的冷暖在西方绘画中是表现远近的处理手法，如果前面是冷色，后面就是暖色，我也借鉴这些方法。比如一个赭石的运用，就有偏冷的，也有偏暖的，只有非常认真地研究过，这种色调感才能体会和表现出来。

最后的画面效果是既朦胧又真切，内涵是表现王维"明月松间照，清泉石上流"的诗意。中国画讲究优雅，那属于一种柔性的美，我把它表现为唯美、委婉、淡雅、素净的夜景，正是出于这样的感悟。艺术是文化，山水画和传统诗文、哲学相通，这就是画外功。

2011 年 3 月

# 深山问道　明心畅神

《锦绣石壁》图是一幅横二十米，高近六米，由十张丈六拼成的超大规格山水画。看这张画需要在三十到五十米的距离才能获得最佳观赏效果，所以，要画好这张画，首先要接受大空间的视觉检验。现在有不少大展馆，巨幅画作会在大空间中产生超乎寻常的震撼效果。首先要肯定的是，大幅山水画最能显现它的视觉优势，巨大的树石符号组成的画面大空间，能够营造出一种让人身临其境的感觉，有难以言说的包容力，这种奇妙的视觉效果是促使我画大画的主要动机。

要创作如此巨幅山水，挑战也是空前的。大画不能一蹴而就，要从整体入手来解决巨大空间内高度、宽度和深度三维关系的难题。因为在作画时，人与画之间的比例失衡，原本那些习惯的形状和空间距离都无法在近距离中把握准确；同时大画的空间会形成巨大的心理压力，使人产生一种将被吞噬的错觉。大画必须站着画，因为视觉和空间的改变也带来了作画方式的改变，另外，画中线条的形态随着画面空间放大，笔墨内涵也要随之而变化。

《锦绣石壁》这张大画，我运用传统山水经典绘画的元素，用宋人构成的精神气象加上笔墨放逸的语言，和现代视觉对整体简约的要求，来取得传统山水对现代视觉的转换。第一是整体大关系的突显；第二是运用线条的笔墨表现，解决画中树石、

萧海春《锦绣石壁》

山峦、云雾等符号元素之间的关系，在巨大的画面空间里，使笔墨内涵的表现和应对能力落实到形色空间和意境之间的互动关系上。

首先，我采取主峰坐中的布局，但山形则向左前方倾斜，其他树石和云气都在设定的斜线上布置，与主峰相互辉映。主体山峦如一艘航空母舰破浪向前，有一种动态的美感。其次，在画的过程中，我始终坚持近看苍茫、远观依然周全精致的目标。山水的元素在新空间中由于笔墨功能的书意挥洒，使宋式结构发生了视觉的变化，粗厚的线条、喷洒的墨汁都在最大程度上启动了自然的情绪。可以说，宋格山水只是在精神气质上张扬了它的堂正宏博气象，同时在意象上近取质、远取势。笔墨的写意力度使其审美价值得到比较充分的落实，它已经从一般的传统宋格中蜕化出来，为山水画审美提供了新的样式。

上编 创作·画论

再说这张画的色彩问题。传统山水画原有两大主流,从唐五代至宋建立的青绿山水样式,由于文人画提倡水墨为上后,这种色彩表现的方式被逐渐边缘化。但在以水墨山水为主体的画坛,仍然有杰出的青绿山水作品名世,如元代的钱舜举,明代的文徵明、仇十洲,以及清代袁江、袁耀都为青绿山水画做了杰出贡献,浅绛设色也有可观的作品。中华民族并不是"贫色"的民族,这些富有强烈、单纯、明快的绚丽色彩,大多隐没在民间和宫廷大量的器物和饰物中,这是民族的色彩宝库,体现了民族"色感"的审美和情感的表现力,对中国画有相当大的参考价值。但是光靠中国的色彩还不够,因为有新的视觉需要,色彩的选择有时代的印记,所以我们要有更宽阔的视野,要吸纳不同民族的艺术遗产。适当引进西方色彩的丰富表现力,经过互参,肯定会有累累硕果。我喜欢西方绘画,尤其是印象派前后那段绘画，花了不少时间研读，特别喜欢皮埃尔·博纳尔（Pierre Bonnard）。博纳尔受高更的影响，其画的颜色有一种魔幻感，我用色也有意无意地折射出这种效果。

应该说，在事先设想时，如此大画在用色上不做新的尝试，但仅按原先的青绿或浅绛格法并不符合我的本意。我吸纳了西方的某些赋色原理，同时也让这张画的色彩符合中国人的审美要求，以大青绿为主调，强调它的亮度和视觉力度，采用灰色为基调来协调水墨主体与青绿色之间的关系，水墨成为中和色彩的主要配置手段。同时我还引入了光的元素，通过色彩的冷暖和水墨中虚实关系的协调，使山体产生熠熠生辉的感觉，从自然中升华出一种神秘和飘渺的韵味。从更深一层意义来说，传统山水画通过解读和重构，完全能符合现代的审美要求。

我在山水画创作中，只关注山水画本身所提出的问题。在这点上，我对所谓时兴的"创新"不感兴趣，因为所谓"新"的具体标准无法认定，时兴的创新如东西南北风那样打转，只是一个非常势利的时间概念，以为"新"就是好，太近利，有失偏颇了。

传统山水画自魏晋始到唐宋进入全盛，明清直至近现代都遵循这个文化模式，它能延续至今日并得到发展进步，就说明它是流动的、富有生气的一种文化模式。在山水画的转型过程中，必须坚持一条基本路线：即笔墨是山水画的核心语言。坚持"外师造化，中得心源"，体验自然，探究自然，从自然中汲取灵感，打通古今门墙，修正图式的局限性来丰富山水画的资源量，坚持山水画的"畅神"观的精神性指导，以诗化的语言强化山水的文脉品质,它不是纯形式的探索,而是"以形媚道"的终极精神体验。我们只有在限定的规则中进行山水画创作,必须要有智慧,加上极大的耐心去超越它,不能漠视它或绕过它。超越首先得让自己升华,其中的奥妙,每位山水画家心里其实都如明镜似的。

2011 年 9 月

## 文心·雕龙·超越
——关于中国优秀传统绘画

刘勰说:"情者,文之经;辞者,理之纬。经正而后纬成,理定而后辞畅,此立文之本源也。"为文,必先有情,有情才有表现的要求,才会激荡心灵,才会写诗、作画、赋歌,它是艺术之本。传统山水画形成在南朝,宗少文的山水画序文中已经说出,山水画是"以形媚道",画出来的山水是为了满足人澄怀之需,以表达对"道"的追求。山水画也可以在人身心疲惫的时候,通过创作或欣赏,来达到畅神、卧游、寄兴的目的。所以,文心载着道与情,传统山水画历经千年,成为中国绘画的核心之一。

传统山水画到了今天,并没有因为它有严格的程式而减弱了艺术活力。现今很少有人会公开反对传统绘画的传承和可持续发展的可能性,因为大家都认识到传统艺术是人们精神的"家山",尤其传统山水画是画家胸中的"家山",人们通过对山水画艺术的赏析,平添乡愁,激起对家山的热爱。

传统山水画体现人们对民族精神品位的追求,它不是纯技术性的活动,而是与对文心的接续和需求联系在一起的。这对我们民族文化自信心的树立和归属有很重要的意义。由于我们处在历史大变革和转型的时代,人们对本土文化的坚守和自信心的建立都面临严峻的挑战。作为一位山水画家,往往在特定的时期内创作会与时代浪潮裹胁在一起,革新与守旧、现代与

萧海春《赤壁夜游图》

保守常常会使你莫衷一是。传统山水画它自身在发展中能不能变革出新？这是一个严肃的问题。因为传统山水画是我们的精神家园，现渐被侵染而导致失落。前些年反传统的各种激进思想都视传统已经丧失自身更新之力，认为唯有借助西方写实性绘画、表现性绘画或者现代主义等来改造中国的绘画。他们一致认为中国画"不科学""形式主义""保守残缺"，只有"科学"的素描写生才是学校教育的唯一方法。在教育中压缩或放弃所谓"不科学"的传统临摹方法，并且简单否定传承古意、古法的元明绘画，认为这是"复古"和"倒退"，致使学习中国画的学子们不知"宋元传统"和"笔墨语言"为何物，以为在宣纸上作画就是中国画。如此严重缺失中国传统绘画素养的画家不在少数，可以说他们是在迷惑或困顿中来进行所谓的中国画变革的。由于现今的商品社会里，金钱的杠杆在人们生活中起着主导作用。二十多年来，传统绘画的风格皆由市场来抉择，无疑会影响青年学子追逐成功者的风格，放弃传统绘画的价值理念，以模仿那些赢得市场的画风为目标。这当然是社会与时代变化造成，不是哪个人能左右得了的，但是我们可以看到，在商品社会里，我们的前辈大师如齐白石、黄宾虹、张大千、傅抱石、吴湖帆、陆俨少、谢稚柳等一批大家们，都从没有怀疑过传统绘画有更新的能力。山水画大师经典作品具有神圣性，它也适时地在不断变化和发展，那就是"通古今之变"，它不是"革命"而是"改良"，不是断裂而是渐变，回溯经典，更增自信。

作为山水画家，学习经典是必修功课。对经典的学习，我看作是深山问道，山水画传统高贵而深远，绵延千年，是民族文化脊梁的组成部分。自魏晋以来，自然山水的魅力被觉醒的人们所关注，经唐、五代到北宋，山水画艺术已经建立起山水画传统的典范。元代文人借山水来抒写个人性灵，至明清已呈多彩的形态，晚明董其昌以山水画图式语言笔墨为切入口，建立起山水画南北宗的谱系，以文人趣味之特征的抉择，突出了山水画笔墨语言为审美标准，确立了南宗文人山水画审美体系，建立了传统山水画的传承和笔墨语系，以及淡静清润的趣味，影响深远。到了现今，那些议题仍然对传统山水画发展有启迪作用。鉴于此，我借用"解读"这个概念，是指以拟仿和再造的方式对经典作品进行重构。这一项经典学习是对"实力"和"智慧"的考验。"实力"可以理解为写与绘的技能，"智慧"可以理解为对山水画的认知。只有进入这座大山，才有问道的可能。"深山"是比喻对山水画经典的深入把握，浅尝辄止者是难以体味到的。我认为山水画传统之"道"存在于"书意和笔墨元

萧海春《春树晴江》

素搭建的空间架构""气韵生动的笔墨程式""似与不似的物象造型""游心自然的空间秩序"以及"情感化的诗性追求"之中。

用现代概念来讲,"解读"是求得对经典图式的"验证"和"修正"。但是,经典解读的成与否,唯一验证的是功夫与火候。中国艺术讲究功夫,其中包括精神、修养与技巧的功夫。要画好山水画必须要有技巧,那些严格的笔墨法则、空间虚实、形式语言和气象意韵都是构成技巧的重要因素,所以表现得好与否都是对技巧难度的考验,需要经久的修炼,如笔墨先要熟,继而熟后生,要巧,再由巧入拙,最后要实现"技进乎道"。这就是技巧把握与文心合一才能到达的高境界。它体现了人格的高洁,与之文脉相连的诗书和篆刻的全面修养。这些都需要时间加功夫去锤炼,才能达到那个火候。这是渐修的历练,就算是天才,缺乏功夫火候也是走不远的。不要"浅尝辄止","求脱太早",修养不到终难成器。我常以攻玉的经验为则,以"随机之智,走险之勇,繁复之忍,时日之耐"的精神喻于绘事，下"慢"字、"久"字功夫。坚持文心传统，学习传统是终身的事，一以贯注的精神打进去，不断地拓进直到打穿它，这是"通古今之变"的时代要求，不是权宜之计，不是打进去再打出来。那么要问一下，打到多深，是百米还是千米，还是多少？这是很难用实用心态来取予的学术问题，因为这座文化"家山"是有系统的整体。

传统的山水画发展至今，由于时代多角度的渗入，已经发生了许多变化，从这些"热闹"和"繁荣"的现象中仔细审析才知道，不少探索来求新求变，抑或平面构成拼凑的图式，抑或勾描填染的所谓传统法式，抑或打碎肢解嫁接起来的山水画等，那些山水画大多缺少传统山水那种文心意蕴；内里没有古贤那种开阔胸怀、空灵悠远的气韵以及精妙笔墨表现出的那种典雅清正、浑厚华滋的厚度。如果要画好山水画，必须要以临摹入门为传承手段，当然也要提倡师造化。古代先贤积累的经典家法包涵以师古、师物、师心三者互为依托和转化的意识。我以为师古，把"拟与临"作为"唯一可以与古人对谈"的手法，是进入山水画经典境界的方式，同时也要强调写生，写生是对传统图式的"修正"方法和构建图式的来源。把写生图像储备与临摹经验结合为一。传统绘画"传移摹写"不是简单地复制，而是传承与发展，临摹的过程同时是对传统的再发现、再创造的过程。历代大师都是追求"以复古为革新"，当然要反对泥古不化的现象，强调临摹的意义有补偏矫枉、打通古今的作用。

我把经典解读分为"合参"与"重构"。"合参"重在相互参合，"重构"重在拆解再造，两者都无定式。在解读过程中，要加进临摹者的想象和超越，把不同古人、不同文脉的画法融会再造。黄宾虹说："画中三昧，舍笔墨无由参悟。"笔墨是积淀古人、亲和万物、超越世俗、诗意抒情的传统。

传统山水画到了当代已经发生很大变化，笔墨山水、彩墨风景以及两者兼有山水风景都有自己的价值和发展可能性，但是笔墨山水的价值具有鲜明而不可替代的本土性，与传统山水画精神和形式一脉相承。对待这份先贤遗产，必须要坚守笔墨语言为核心，经验告诉我：第一，以丘壑境界为核心，笔墨服从于丘壑境界的需要，因为笔墨是塑造山水形象的主要手段，又有相对的独立性，也是宋元传统核心的承接；第二，在山水画两大系统，即披麻皴系和斧劈皴系中，以披麻皴系统（南宗）为主；第三，在墨法中，相对多用积墨和破墨，追求深重浑厚的风格，因为墨法深厚是画道中的一大难点。追求笔墨的繁密、饱和与力度的同时，也要借取董其昌幽清淡雅的意韵，使墨色相得益彰。

传统山水画以浑厚华滋、苍茫沉郁诸形质，表征出人性的丰富、精神品位和人格化的生命意趣。笔墨的独特形式与积淀，合于天人合一、美善合一的审美理想，有益于培养善良人格与高雅趣味。今天以"文心·雕龙·超越"为题来研讨优秀传统绘画，是有现实意义的，海派绘画在文心衔接，精心地雕琢我们传统绘画的精品，因此更需要超越的胸怀。我们要为海派画坛发展贡献一份热忱。

2017 年 2 月

# 中国画的山水精神

"中国画的山水精神",这是一个很大的题目,属于哲学的范畴,是对绘画精神层面探讨的升华。山水画是视觉图像,但如何以视觉表达一种精神、一种哲学、一种升华,这就涉及以下一些问题。

## 一、为什么山水画到宋代成为高峰

我认为山水画与中国人的审美心理、哲学基础是相吻合的,是时代自然选择了与之相吻合的表达方式。

首先,这涉及人和自然的关系,正因为对自然的关注,才创造出山水画。自然是静态的,"天地有大美而不言",但却可以依据每个人不同的心境,提供给我们物质和精神方面的享受。无论东方还是西方艺术,自然一直是艺术最根本的源泉,而生活也是艺术创作的源泉。但在后来的发展中,西方艺术中的自然大多作为人物画的背景;而在中国绘画里,人在自然中是渺小的,无言的自然上升为审美的主要对象,这里就关系到东方哲学对自然的看法。

古代文人游玩山水,体会自然的感染力,宋代郭熙在《林泉高致》中描述:"春山淡冶而如笑,夏山苍翠而如滴,秋山明净而如妆,冬山惨淡而如睡。"春山之明媚,夏山之茂盛,让人感受到自然的生命力,构成了人与自然密切的关系。孔子

上编 创作·画论

南宋·马麟《静听松风图》

"登泰山而小天下",且说"智者乐水,仁者乐山",伟岸的大山,让正直善良的人看到仁厚的内心,也让善于思考的人在山间清泉的流动中感受到时间的流动……人的思想与自然联系是如此之紧密。

将自然具体化,从艺术表现的角度来说,山、水、树、石、云,包括气候的变化都是山水画构成的基本元素。与一般人看山的方式不同,艺术家把真实的山石、云烟、树木等物象抽离出来,并加上自己的思考,把笔下的自然引申到哲学的高度。老子说"道法自然",自然是万物之母,"道"阐释自然的道理,这就说明了人除了欣赏自然之外,也要研究自然,山水画就是在这一节点上,把看到的眼中之山提升成有情感的心中之山,这样的山就有了"道"的精神,有一种自然而然形成的魅力,这也是山水画主要表现和关注的。

我认为古人对自然的看法基本上是天然的,而非人为的。自然是千差万别的,黄山与天山不同,南方的山与北方的山不同,在山外与山中行走都给人不同的感受,而关注自然的艺术家从千差万别的自然景象中,选择所要表现的形象。

在中国,人与自然的关系不是对抗,而是"天人合一"。山水无言,但它是你的老师,南宋画家马麟画过一张《静听松风图》:画面中一棵松树下坐着一位老者,山上有涧水流下,风微微吹过松树,老者就在听山水、松风的声音,边上童子垂手而立。画中揭示了人与艺术的关系,也是山水画中人与自然的合一。中国人对山水充满依恋,且把自然作为心中敬畏的、不会被毁去的情感,这就是山水画为什么会进入中国绘画,以

隋·展子虔《游春图》

及山水画的起因。

说到山水画的形成，就不得不提宋代山水。中国山水画在成为独立的画派之前是作为人物故事背景衬托的描述，所以那个时候的画中人比山大，水不能行船。比如说顾恺之的《洛神图》，山水就是人物的陪衬。

山水真正进入视线是魏晋时期，儒家的思想认为"道"已经崩溃，而道家的玄学主张个体不断自我解放并转到自然中去，如谢灵运、陶渊明、"竹林七贤"等文人离开人群，回到山水中。而山水画真正作为独立主角的，是隋代画家展子虔的《游春图》。

《游春图》表现山水河流，在尺幅不大的画面中营造出壮阔的自然景象。这是中国现存最早的山水画，在此之后人物之中的山石、树木的比例开始协调，空间也放大。在山水画空间中，水之浩淼，山水之风云，人发觉了自然独立的审美意义。经过长时间的演变，到了唐代出现了李思训与他的儿子李昭道，史称大小李将军。他们的山水运用勾线、填色，且细部用金描绘，被称为青绿金碧山水。华丽的金碧山水多出现在皇家大块的墙

(传)东晋·顾恺之《洛神赋图》(局部)

壁上,统治者对自己所统治的土地向往的愿望,通过图画的形式表现出来,那时的山水变成人"可游"的广阔自然环境。

李思训可以说构架了山水的大框架,是展子虔之后有记录的伟大画家之一,他是北方画派的杰出代表。后来董其昌提出了"南北宗",代表南宗的画家是王维,王维几乎没有作品存世,《辋川图》被作为一个文化符号来看待,如今所见的对他的文字图像的传播,绝大多数是后人按照他的意思复制而来,这是以水墨为代表的南派山水。

山水画从魏晋到唐代也经历了很长时间的酝酿,人对自然的向往逐渐提升到主要的位置。五代时期,因为战乱文人不愿在朝堂上而躲到山林之中,太行山作为北方山水中的母题,造就了荆浩等北方山水画的代表。荆浩最大的功绩是创造出了山水立轴样式,表现太行的高大雄伟,代表北方山水的崇高感。荆浩依据太行的山体发明了"皴法",这是山水从空勾到皴染的一大进步。南方山水的代表董源把皴法发挥到极致,现在的披麻皴就是董源发明的,披麻皴代表了南方山水。与董源的绝大多数的画都是横幅不同,北方山水的高峻一般以立轴为主,南方山水多表现为丘陵、坡地,以卷轴为主。

后来李成、范宽等山水大家继续繁荣山水画。现在我们学习山水画都要临摹他们的作品，研究他们的皴法，山石的结构、树法，包括渲染的虚实表现，这些都是从经典中取出，不是凭空再造的。所以，要学好山水画很重要的一点是要学习优秀的传统。我们学习宋元的传统，因为它是山水画的原点，且已经确立了非常完整的模

唐·李思训《江帆楼阁图》

式，但学习不是完全地照搬传统，从李思训到董源、李成、范宽、郭熙，每个人对山水的理解和表现都有自己的特色。

作为绘画样式它一定有一个标准，如果没有标准就形不成它自己的特点，也无法成为经典，这些经典是自然通过艺术家的加工而成的形式，这种形式的表达就证明了山水画经典的价值。所以临摹不代表被框住，就像写毛笔字要临帖一样，不临就没办法知道书法字体的结构与法度。

## 二、东方山水和西方风景画的区别

与西方风景画身临其境不同,中国山水画以自然作为母体表现山石、树木、云烟以及哲学思想形成的观念。山水画里的树并不是我们眼睛所看到的树,前面是树,后面慢慢是山,山后有云雾,愈看愈远……它没有非常明确的东西。为什么中西绘画会有这样的区别?

英国画家大卫·霍克尼认为,西方绘画遵循的是"观察"事物,艺术家对自然深度的解释是"焦点透视",物体随着距离的不断远去变小、模糊,学画画的人都要研究透视。西方人关注的自然与他们的哲学思想有关,他们认为自然是无生命的,只有人发现它才被赋予生命,自然只有与人发生作用时,自然才有意思,但中国人是超然表现的,认为文人要有脱俗的境界,要超越自然。

西方人研究自然就是科学地记录真实的景色,西方风景画的颜色与光也有直接关系的,空间距离与光照的强弱都会产生不同的感受,所以西方绘画所表现的阿尔卑斯山、教堂、河流也同西方哲学想法是一致的。

作为画家,我觉得要吸收西方绘画的合理性,但中国画表现自然的方法和视角与西方完全不同,中国人用的是名为"三远法"的散点透视,不是固定一个视点,而是在观游中不断变换视点,画的是综合景象,是对山水烟云的感受。

明代董其昌说过,自然是丰富多彩的,人要超过是不可能的,自然有很多意想不到的形态,是变化的,是人无法媲美的,所以人要"师造化",要写生、要体验生活。他把多彩的自然提炼成为素材,"画可以补江山之不足",所以山水画不断移动的视角就是要表述中国人观看自然的方式——营造出对自然的审美更高的精神需求。

大卫·霍克尼受到中国山水画特别是长卷的影响,他的作品也会时常自由切换观看角度。他有一张《科罗拉多大峡谷》作品,是经过拼凑后呈现出多视角、多方面的"立体画"。这是原来的西方绘画无法做到的。他认为中国人发明的"游观"是最神奇的地方,这种观察的视角,对人类艺术的发展至关重要。

单纯水墨勾勒的《富春山居图》为何这么有名?黄公望把连绵不断的富春江水和山的关系综合起来,表现他对山水的理解。如果我们按照手卷的观赏方式,将《富春山居图》缓缓打开,慢慢进入,画面为我们提供一个时间和空间上的可游的境地。但《富春山居图》是画了好几年才逐渐完成的,这种完成方式也说明了中国画家走一步看一步、走一步换一景,不断地把不是一个方位的东西通过他的思想贯穿到一起,山不断地转换,高低错落,前后回旋,表现了山川自然的变化。

黄公望早年因为上司贪污案受牵连入狱,获释后他加入道教,拜天地为师,崇尚自然。而元代蒙古统治者使汉族文人备受压制,他们避世归隐,寄情山水,通过绘画抒发自己的情愫。而黄公望和他的《富春山居图》便是其中的代表。在技法上,多以披麻皴的线条来表现南方温和优美的自然山水,后人将他定位为南宗山水的代表。

西方将色彩铺在画布之上,用明暗、颜色、光线来表现他

元·黄公望《富春山居图》（局部）

们对自然的审视，西方是直接的。而中国人是通过图式符号，它介于"似与不似"之间，这就是中国画强调的"意"。皴法是山水画的基本图式，常见的皴法有两种，一种为披麻皴，另一种是斧劈皴。这两种画法是画家从自然中择取而来的，披麻皴主要表现土质山，比较平缓、柔和的山；斧劈皴则表现硬的、刚的山石形式。作为山水画家，将披麻与斧劈两者结合，才能使画面表达更丰富。但因为其以线为主，所以牵涉中国画特殊的表现方法——笔墨。

而中国画的"笔墨"很难用语言表达清楚，例如，山中的空白就是为画云，并经过概括来表现云山的精神、意态。学习中国画就要研究基本的山石、树法图式，训练笔墨的表现方法，认识到山水画的构建。

另外，留白在西方绘画中似乎是未完成的表现，但中国画恰恰强调留白。中国画讲究诗情画意，在观赏之外更大的意义是通过留白使观看者的想象力得到更充分的发挥。

中国画完全抽象是不可能的，因为中国人尊重自然，对山、树、水有深切的情感。但是会通过概括提炼用一定的图式和水

墨把山水精神表现出来，虚的留白部分其实更需要精准的笔墨技巧。

在中国山水中，云烟就是虚的留白部分，如果直白地把山水全部表现出来是乏味的。云烟使突出的部分更生动、集中、更有典型性，中国画运用线条勾勒出的空白和空间的想象，使观者的思想不局限于现实。

留白的地方也会被不断地用书法、诗词、文字来充实，以丰富山水画的形象内涵，通过留白与诗词的搭配达到了"画外有画、画外有音"的效果，通过艺术心理的表现激发了看画人的联想，同时对作品的理解会更加深刻。中国画通过美妙的图像陶冶情操，为世界的视觉艺术提供了精妙的文化遗产。

2017 年 5 月

## 青绿·情怀

——从《千里江山图》的青绿山水到创作《春江入海》

作为中国古代青绿山水画的经典之作，长达11.9米的北宋王希孟的《千里江山图》长卷"咫尺而有千里之趣"，尤其用色厚重而苍翠，视觉灿烂而辉煌。2017年9月在故宫博物院"千里江山——历代青绿山水画特展"亮相时，曾引发观众对中国青绿山水之美的"震撼"。这是一种"青绿闪烁、金彩辉煌"令人惊讶的青绿，犹如蓝绿宝石般闪耀的青绿江山画曾受宋徽宗的指导与影响，越过千年，在今天仍然以洋溢青春的华彩，激发当下观众对中国青绿山水的探寻与兴趣，以及对中国文化的自信和对江山之美的热爱。

应该说，在近百年来中国山水画发展的大背景下，青绿山水画史的身影相对微弱，对其学术研究也相对缺失。如何用饱满的色彩来表达当下这个时代的山水与现实，这些年我对此进行了一系列思考与创作实践，而呈现于中华艺术宫"时代风采——上海现实题材美术作品展览"中的青绿山水画卷《春江入海》就是其中的一幅代表作品。

一

中国山水画发端于魏晋，早于欧洲近千年。而山水画本身的表现形式初端也是青绿设色。隋唐时期出现了展子虔和"大小李将军"，青绿山水画是那时的成熟标志。而水墨山水画起始较晚，应该说兴起于盛唐，诗人兼画家的王维在较晚被后世尊崇为文人画的鼻祖。五代时期，南北出现了两种绘画样式，主要是描绘北方大山大水的雄浑气魄的荆浩、关仝和代表江南意趣的南方山水画的董源和巨然。宋代的山水画传统，主要表现在水墨样式的屹立，以北宋初年的李成、范宽、关仝，"三家鼎峙，百代标程"，而后的郭熙、王诜、燕文贵等人各有所长。由于宋元文人画的兴起被宫廷所重视，水墨山水渐以替代青绿设色而引领画坛和推动元明清的水墨发展。青绿山水逐渐退出主流画坛，失去宫廷支持而走向民间。虽然各个朝代也出现了一些青绿山水大家，但都成不了气候，以致成为工匠画家师徒传承的程式化的匠人之作，失去了创造的活力。

在山水画发展的大背景下，在失落的语境中，青绿山水画史的身影微弱，对其研究较为简略。作为一大画种，曾经灵光一现，那种极具表现力的青绿山水画形式来到当代艺术语境时也被称为濒危的画种而遭冷遇，当然，对它的学术研究也是严重缺失的。

20世纪70年代后期，美术史研究迎来了新的热潮，具体表现在：对一些中国山水画早期作品作了重新鉴定和深入地探讨，但大多是以个案研究的形式出现的。如老一辈鉴定专家对宋人山水画中青绿山水画皴法的细致分析和研究，其中也包括对《千里江山图》的探讨。直到20世纪末至21世纪初，《千里江山图》这幅名作也随着诸多美术鉴赏辞书出版而得到普及，对其作品的艺术风格、审美和艺术价值的解读，已成为艺术教科书中必不可少的段落。

北宋·王希孟《千里江山图》（局部）

　　值得注意的是，随着重彩画的复兴，专业人员再次走进青绿的传统，他们围绕青绿山水的形式、材料和历史沿革做了深入的梳理和拓展，他们在各自的研究中分析色彩在中唐时期逐渐边缘化的背景和原因，呼吁青绿山水画创作恢复当代的常态，张扬中国画的色彩对现代中国画的积极意义。同时由中国艺术研究院和中国工笔画学会等单位主办，在中国美术馆举办的"山水本色——中国当代青绿山水画学术邀请展"，向观众呈现中国当代青绿山水的新探索、新风貌。青绿山水在塑造中国山水画当代表现形态的同时，也实现了中国山水的本色回归：回到本真的多彩自然，回到本真的中国画传统。

　　探讨青绿山水的现代表现形态时，有必要将对《千里江山

图》艺术本体风格的探讨和研究纳入历史和文化史的背景中，其焦点是艺术风格的样式与北宋皇家画院的关系，其中涉及历史、文化史、社会学等多种学科的综合研究。其中最突出的是"青绿山水"这一概念的变迁与演变，其内容为"青绿""金碧"风格样式和技法特征，青绿设色与道教色彩及阴阳五行的关系。还有从青绿角度，在青绿山水发展脉络中探求时代风格和个人创新的特征。其中最为突出的专著提出了"积色体"和"敷色体"两个概念，从色彩的视角，重新梳理了中国画史，从理论上论证了《千里江山图》是属于重彩积色的经典代表作。

　　《千里江山图》色彩的敷色观念并非是对视觉经验的直接描写，其色彩的浓敷厚涂所产生的强烈的视觉效果有很强的主观性。这种色彩主观渲染是其观念、情感、意识交织成的一种心象色彩。中国画传统的色彩观也是自然演化的结果，在古代先民的生活领域中，产生以"五德始终说"为主导思想的影响下形成的"青、赤、黄、白、黑"五色成为正统的色彩理论观，在"五方正色"的支配下，"五色之变，不可胜观"，丰富了视觉审美系统。

中国画的颜料主要是丹砂和青，产地为长江流域和西域。中国人的色彩感觉大多源于东南地区，因为该地域有丰富的植被、逶迤多变的丘陵和水网湖泊的色彩因素，但色彩正统观念却定型在黄河流域的中原地区。色彩的形态或品种，现今叫"色相"，是汉译佛教文献中的词汇，意思是"万事万物"。道家著作中有"色象"一词，与"色相"同义，特别能体现中国色彩的特征，但古人不甚重视色彩的个性，只重视色彩的"类型"。而且色彩有尊卑之分，用色崇尚鲜明纯正。

五色系统之青、赤、黄、白、黑五色各有名分，是观察、类比、附会自然万物的结果。它通过感官沟通，通过比照、联想、引申、编排出彼此关联的主体网状结构。青，为色之首，赤为荣，黄为主，白为本，黑为终。五色以黄居中，称中黄最为高贵，它是中华皇权的象征标志。五色系统又分为正色和间色。正色是青、赤、黄、白、黑，间色是绿、红、硫黄、碧、紫。除五色系统外，还有文人画色彩和民间色彩两套系统。文人画是色彩的宿敌，以轻视色彩为特征，没有完整的色彩系统。民间没有形成自己的色彩系统，五色系统只有官方礼教演绎的山寨版，所以只有某种色彩变异的因素。

从早期青绿山水画色彩结构和表现形式来看，在五色的运用中，它集中体现在"随类赋彩"的色彩认知和选择上。它首先是体现为某种固有色来概括表现自然色彩的"类色"，如山峦是青色或绿色，山脚露土部分用赭色，点叶树是墨绿色等类色。五色虽有强烈的主观性概念，但它的产生也是自然万物演化的结果，青山绿水不仅是"应物象形"的对物选择，青与绿是自然万物鲜艳明亮的色彩特征，它表示自然物品的一种"恒常性属性"，是源于人们认知行为和特定的内心视象，因此，不会因时间、偶然、瞬间的因素而变化。从中国山水画史看设色山水，有青绿、金碧、大青绿、小青绿和浅绛设色。大青绿是指宋元复古风格，大面积青绿设色，是承袭唐代李派的青绿山水风格。尽管宋画受到文人画思潮影响，但宋代绘画活动中心仍然是皇家翰林图画院，宋徽宗是核心领导者。他以皇帝的身份直接指导画院的治理和审美理想的构建。宋徽宗崇尚道教，是道德真君的尊主。《千里江山图》不仅代表了徽宗对于唐代青绿的兴趣，也实现了他对于出身尊贵的"二李"的尊崇和复兴"二李"青绿传统。同时，他对此图色彩授意秾丽明亮的青绿主调与这位道教尊主对仙境的向往追求也有密切关系，以期来强化皇家文化的威望。

《千里江山图》在画史上的重要意义在于为实现宋徽宗所确立的"丰亨豫大"的皇家"天下"观的美学理念，也具体体现皇家治国理政的有力措施。这幅画最令人惊叹的特点是明丽璀璨，其设色技法以一种超越的心态向唐代辉煌的"青绿"致敬，并在徽宗的授意指导下，画作以写实的技巧使宋王朝大而全的天下得到精而细的描绘，通过刻画绿水青山的明丽景致来极力颂扬"普天之下莫非王土"的天下观念和国泰民安的乐土理想。所以长卷采用全景式构图，把宋帝国灿如仙境的江山描绘出来，祈求太平江山一统的愿望就是为了实现宋徽宗的天下观。诚如山水画大家郭熙所说"大君赫然而当阳，百辟奔走朝会"的绝佳的视觉化的表现。在道家思想影响下，宋代山水画中的青绿是道教神仙居所的观念颜色，并非只是隐居学者和道教隐士活动的幽远之地。但它仍然充满生活气息，也是山水画为人们创造可游可居的想象家园。

"江南"与"仙境"是徽宗理想构建的关键词。《千里江山图》或许是想要打造"丰亨豫大"的理想，"艮岳"吸收了大量江南山水的名胜，他所写的"宫词"中有关对江南水乡、太平盛世仙境的选择相互交织的主题也是皇家及帝都中人对东南经济文化、景物的综合想象，并且这种想象直接采自江南元素。难怪在《千里江山图》创作所采用的形式和内容上接受了董源、巨然等江南风格的影响，这些山水元素代表的"江南趣味"，是从王维以来唐宋文人的诗词和书画中潜移默化地渗透到北宋宫廷，尤其是在推崇董源、巨然山水画中"平淡天真"的江南趣味的大书画家米芾、沈括的推动下，提升了山水画"江南趣味"的艺术品格。

就绘画而言，"江南如画"这一诗意表述的是一种审美的眼光，同时也是对"如画江南"的一种选择。以"江南如画"为主题的山水画，它代表了一种文化觉悟的回归。"江南"不仅仅是一个简单的区域概念，它更是一个文化概念。这是经过悠长的岁月孕育出来的文化类型。每种文化特征的产生都与其历史地域相关，人们栖息的环境对人文思想性格的形成和艺术风格的产生都有直接关系。

作为文化符号的"江南"，是古代诗词的原生地之一，由春雨含蓄养育的气质使文质雅韵的书画艺术也显示出江南文脉的特色。不论水墨轻岚或者浓彩明丽，在画家的笔下，总是那样温润柔美、宁静朦胧与气质浪漫。这些山水名迹，在中国画史上占据着重要地位，它的文脉息息相关于山水画的精神内核。

中国诗画中形成的"诗意"山水与"如画"风景，有某种天然的呼应。王维所以受到历代文人的推崇，就是因为他的山水图像和诗句含有诗情和画意，可见"诗意"的内涵是一种境界，也是一种表现方法。从董源、巨然到赵孟頫以及元四家的作品，可以说是中国古代画家对江南山水最富诗意的表达，因为这些杰作不再是自然山水的写实，而是情感山水的写意了。江南画家钟情于这片土地，这是他们栖息的家园，应该有"如画诗意"的内涵，博采众长，尤其是用这种观念和方法去表现江南的"如画"诗意，使之真正成为艺术创作中的珠联璧合了。

"如画"是西方风景画所表现的主要审美观念，是"可见世界"的视觉之美，它既是一种观念，也是一种表现方法，是确认自然事物的优美和壮美之外的第三种美感，是强调和注重人"可见世界"的感受和情感。在西方，"如画"的风景尤其在巴比松画派代表画家柯罗的风景画中被恰如其分地表现出来，不论微风轻拂、氤氲浮动，轻盈摆动的树叶在银灰色的林间显出朦胧情景；又或者和煦的阳光散落在树杈和草间，洒脱的金色犹如精灵在跃动——一切都是那样虚幻而真切，自然散发芳香沁人的气息。枫丹白露的优雅气质被诗人的笔触留住，如画的自然令人陶醉，田园风光是人的家园，是让游子不能忘怀的乡愁。

如以吴越间的湖州为例，它是书画大家赵孟頫的家乡。赵孟頫面对清润秀逸的家乡山水，创作了名为"吴兴清远"的青绿山水长卷。由于画家的特有气质和人文想象，为中国山水画美学创造出一种崭新的"吴兴清远"审美经验。赵孟頫在诗文中表现了"吴兴山水况清绝"的自然生态景观。这种由"江南"地域优势所提供的样式，迥异于唐宋高山大川、雄奇浑厚的山水意蕴。《吴兴清远图》全面而详尽地描述了吴兴清远的胜状，以写实的手法写出了吴兴山水的全景：由实景车盖山、道场山、碧浪湖、浮玉塔等标志性地标自东向北延伸，是由时间的线性移动来展示其旷渺的空间。在吴兴清远的幽远意韵里看到象山环周，如翠玉琢削、空浮水上，洞庭诸山苍然可见。青绿设色的浮玉之山，如碧波清涟的翠玉，其神采处就是清幽之致。在青绿和笔墨空明通透的描绘下，其意境转化为一种可望不可即的清远之境，清远中含有道境，妙处难与人说。

二

江南面临大海，视野开阔，能较早接触海外文化。南宋之世，是海上丝绸之路大为兴盛的时代。唐代扬州、宋代杭州，皆是中国乃至世界的著名商港。东至日本，西达阿拉伯的商旅，不断经江南等地到中国经商。此后，海上丝绸之路取代了陆上的丝绸之路，成为中西商业、文化交流的主要途径。明清时期，民间大规模的海外贸易以及近代上海率先接触西洋海外文化，开始了中国社会近现代的历史进程，其实都与江南沿岸的汪洋大海有关。

自近代海洋文化登台以来，东南沿海成为中国近现代文化的能量发射中心，江南吴越与海派文化中的创新、开放、求实、善于应变的传统，将在中国现代文化的发展过程中发挥越来越大的作用。如果我们用色彩来作比喻，黄河流域的中原地区是"中黄"色彩，指导中华文化的主调；而随着历史的演进，自西向东南延伸后，"黄色"逐渐变为悦目的绿色。在中国的版图上，这块明亮的鲜绿色代表一种祥和和空灵，这块绿色为中国绘画艺术增添了风采和活力。现今在面向蔚蓝色的世界时，黄绿与蓝从这里开始交汇，使世界文化迸发出新的亮点。中国的东海岸是一张力满千钧的弓，长江是一支离弦之箭，而上海就是那箭头。

时代的巨变，山河为之增色。长江这条大河在时代的澎湃激荡下，发展日新月异，并焕发出特有的时代光彩。在这样的背景下，作为致力于中国山水画传承与探索的画家，我一直在思考如何吸收传统的大青绿浓彩来表达这一宏大的主题。而其中，《千里江山图》是主要借鉴作品之一，这一经典作品首先令人惊叹的是宝石般的璀璨光华和浓艳翠绿的贵气。这些高调的蓝绿显然不同于一般温润柔和的色彩，这些矿物颜料从敦煌壁画的初创时期就可以看到其夺目的光彩。这些靛蓝和石绿并不是艺术家臆造的色彩，而恰恰是取之于自然又返惠于自然的

萧海春《春江入海》

恩赐。青绿设色在《千里江山图》里显然是摆脱了传统"青绿"敷色的客观性。作者把浓稠的颜色铺在绢底上，堆积得很厚，可以看出这位少年学子的不可抑制的澎湃青春热情。绢底水墨的皴染加上厚薄变化极多的笔触，产生丰富的多样层次，在赤金色的绢底上，又和墨色叠合在一个起点，宝蓝的贵气融汇成一种温暖的翠绿色，在水面深邃的湖绿构成光的明灭摇曳不定的闪烁。在淡墨的映衬下，明丽的青绿在灰色的"赤金"绢色底子上，洋溢着青春气息的涌动，是一曲张扬活力的重金属音乐，炫目而亮眼。

　　青绿颜色的奇异光彩，它在中国绘画史上虽然只有短暂的闪现，但它对视觉记忆的唤醒力却在当今的视觉艺术中引发惊艳的冲击波。所以，我以为，当下时代的锦绣山河还是需要以饱满的色彩来表达这一宏伟主题的。

在作品《春江入海》的创作中，我经过多次构思与草图创作，最终确定了以长江为纽带，将大江沿线的山川风物与人文历史遗迹作为表现新时代的艺术元素，用浪漫主义创作方法将长江一线山川形貌概括为"U"型回环的抽象符号来进行创作，以长江曲折回环的形象突出其万古不息奔流的精神性，也是中华民族性格的缩写，同时也较形象地表现了长江自西向东的地理特征。作品采用大青绿山水形式，以石青、石绿为主调，设色浓重，灿烂辉煌，富有装饰意味和金属材质的美感。青绿是时代山水表现令人震撼的音符，在整体上表现出时代的强音和富丽堂皇的民族审美特色。我还打破了青绿设色勾线填色的传统方法，引入泼彩、洗色、厚涂薄敷的对比手法，同时还在青绿和水墨两种不同介质材料的交融上，以水墨融溶粉色的"色墨"的互参的写意手法，使高强度的饱和颜色的"脂粉气"得到缓释，增强了色彩的厚度和灵动的意蕴，强化作品朝气浑厚的情感，在重色和薄彩、色和墨互参的过程中，使技法达到一种高度的融合。新的尝试使作品洋溢着令人感动的青春气息，彰显大江灵动、活力的审美价值，同时也让人感到古老传统设色敷彩的形式，在表现时代风采中游刃有余。而且在形式表现上既有大刀阔斧的挥洒和张弛，又有细腻沉稳的精工细作，体现了扎实厚重的艺术效果和浓烈的传统审美效果。《春江入海》画作不仅有山河壮丽、大河涌动的气势张扬，还有对现代城市的绘画细节描绘上较成功的表现，楼台重重，桥梁穿插，那些现代物质的标志，虚实相映地装点在时代的看点上，现代文明在绿水青山间熠熠生辉。它们与自然浑然一体，传统艺术技能在表现新时代多彩的景观方面，显示出它灵活的应对能力和卓越的艺术魅力。

在构图纵100厘米横400厘米的横向空间内，要能容纳万里之遥的大江是很难施展手脚的。按常理，在处理自然空间时，会受到透视原理的限制。在西画里，我们常用焦点透视，要求严格在一个固定的视点内去表现景观的近大远小，写实绘画要求对象、光源、环境、视点诸要素对客观景物作固定选择，如此科学准确地再现三维空间的可视世界。那么，万里之遥何以于咫尺之内展现出大千世界的无限空间呢？《千里江山图》的长卷全景式的空间形式给了我们启示：利用中国的"游观"移动视点，就能很合理地处理好。中国山水画的视点游动灵活，不侧重焦点透视的方法，不会被视点限制。由于视点可控移动的理性转换，尊重主体感受，对画面要求不讲三度空间，而求二度变化，不讲体量刻画，而取轮廓勾勒。尊重主观感受，摆脱万物形象的羁绊，合理提取画面主体形式的开合和元气的吞吐。所以主观的多点视角，在表现景物时可以将受限于焦点透视中的近大远小的景物，用多点透视处理成平列的同等大小的景物，也就是那些透视与非透视的物象穿插交互在画幅的空间里，连续与非连续地衔接会使所绘景观物象的跨度增大、面积展开，物象随着上下左右视角的移动达到全景式的展现。

中国画的聚焦法是看全貌更看细节的，达到所谓的"步步移、面面观"的效果。中国古代绘画确实没有系统的透视学，但早在一千多年前的六朝刘宋时期的宗炳就在《画山水序》中说明了透视学中按比例远近置物布景的法则，于寸尺间表现跨度大的山川河流的千里之遥，突破了个人视野囿于焦点之内被束缚的想象空间。因此，中国山水画家经常采用移动、减距、以大观小的观念进行乾坤挪移的缩地方法，把整整一条大江都纳于须弥芥子之内，以极大的自由度和宏大的视野在长卷的空间里全景式展现"咫尺千里"的空间美学思想。

《春江入海》巨幅青绿山水画的构图博大宏伟，以长卷全景式的构图，有效地解决了万里长江辽阔浩渺的空间处理。以上海、浙江、安徽、江苏、江西、湖北、湖南、重庆、四川等长江流域山川风貌为主要表现内容，它覆盖了长江经济带的主要省市。为突出长江秀美雄奇的地貌特征，画面山体主要部分以庐山为主体，既适合传统山水技法的展开，也以庐山的崇高秀丽隐喻新时代复兴的宏大气象。溯江而上，庐山右上侧隐约虚幻处，则是张家界的耸峻奇峰，山河绵延展开，风光旖旎，云蒸霞蔚。在云山起兴的左上部以三峡、葛洲大坝切入细部，稍转而下是以重庆朝天门码头为重点的细节描写，突出长江上游建设勃兴、市肆繁华的特征。随后沿江而下，逐渐转向画面下侧，以湖北黄鹤楼，江西滕王阁、鄱阳湖等历史名迹穿插其间，将武汉、九江等主要城市做虚实不同的处理表现，再转至右侧，以一片虚朗江水衬托出南京长江大桥两侧的城市风貌。溯流而下，由江水的浩阔奔腾气势直奔入海口上海为归处，海纳百川，绵延万里，从实转虚，契合画作《春江入海》的宏大主题，给人以不尽的思绪和豪迈的遐想。

《春江入海》画幅的格式具有典型传统的长卷形式，富有中国气派，但由于展方对画幅的尺寸有一定的限制，所以要把如此宏大气势体现出来，在视觉上会有遗憾，故而我采用长卷的前后二段式的引首和拖尾形式，有比例地衔接在画幅左右两侧，并在引首内题上"春江入海"，在拖尾部位衔接上"锦绣春江赴海歌"。书画并置，书情画意的创格也平添此作宏大气象。

2019 年 11 月

中编

画史·题跋

# 历代山水画名家综论

**两宋山水画开辟自然写实之风**

中国山水画已经有一千多年的历史，并已成为主要的表现形式。中国画在20世纪经历了发展的考验，到现在仍有强大的生命力。

早期的山水画痕迹，我们能看到的有晋代顾恺之《洛神赋图》，"人大于山，水不容泛"，山石、树木是人物的点缀，颜色是青绿，他画的树像手掌。隋朝展子虔《游春图》，是现在能看到的中国最早的独立的山水画，故宫博物院收藏。该画视觉上有纵深感，线条如"春蚕吐丝"，细匀协调。

唐末宋初是中国山水画的第一个高峰，北方山水画家大多是隐士，他们的成就特别高，北宋成熟的画家有李成、范宽、董源三人。当时的绘画中心在北方，董源住在南方没有影响。李成主要活动于五代，祖上迁居于山东营丘，他的山水画少皴擦、烟林清旷、墨法精微、画树多苍劲变化，尤擅寒林。范宽的山水画重写真，于山传神，他的代表技法是雨点皴，为后代画家发展成小斧劈、大斧劈皴，成为北方山水画派的主流。

五代南唐赵幹《江行初雪图》，画中树石笔法劲健，所画江南风景，深得田野之趣。唐末宋初还有荆浩、关仝、巨然、郭熙，他们也是成就卓越的标杆，山石用钉头、卷云皴的多种手法。当时宋代的皴法各有家法，概念不完全一样，但是宋朝

五代·赵幹《江行初雪图》（局部）

萧海春《拟范宽笔意图》　萧海春《拟李成笔意图》　萧海春《拟董源寒林重汀图》

南宋·夏圭《溪山清远图》

崇尚自然的理念是一样的，什么东西都要符合真实性，真实地展现在画面上，这就是宋人山水画的时代性。李成、范宽、董源是北宋三大家，董源被确认为南派山水的领袖，在元朝以后，这一派上溯王维为祖师爷。

南宋时期朝代政治格局发生变动，中原士族进入南方，南北形成对峙局面。画家则隐居于山林，以画山水为主，画坛出现了百代仰慕的画家，如李唐，他大半辈子是在北宋度过的。北宋中后期到南宋，产生了新的画法，以小斧劈皴、大斧劈皴为标志，以后又出现了米芾的米点皴，平淡天真，画意不画形，关注的还是自然。

南宋山水画家画小幅扇面、小的手卷多，大幅画不多，马远、夏圭有大画，但艺术性不高，太刻画。刘松年是北宋画院的御用画家，用笔细，擅长画园林休闲景致，《四景山水图》就是他的代表作。最有成就的是夏圭，有一幅《溪山清远图》手卷，全卷高远与平远，深山与阔水，紧密相连，无不潇洒自如。

## 赵孟頫的复古画风

早期从事绘画的士大夫们都有很高的文学修养，南朝出现了宗炳、王微的山水画论，在艺术思想上，更是与虚淡玄无的道家思想相通。山水画家胸中有丘壑，忘却了人世间战火的忧烦。

水墨先祖王维有极高的诗文天赋，几乎掩盖了他的山水画成就。北宋以苏轼、黄庭坚、米芾为代表的文人，倡导"画中有诗，诗中有画"，主张不求形似，但求达意。宋代文人的主张，到元代空前发展，文人画大盛。山水画达到了一个新的高峰，赵孟頫就是当朝代表。

赵孟頫既是书画家，也是文学家，诗文、书法特别好。他品位高，天资聪明，在中国绘画史上起到了重要的推动作用。他是皇家后裔，有抱负，宋朝被灭，对他来说是耻辱。他认为南宋绘画缺少文人境界，书法要入晋，画要婉约，力主变革南宋院体格调，唐人传下来的东西最合他意。他提出要复古，他的复古其实是非常革命的思想。当时文化控制在贵族手中，赵孟頫追忆先祖流传下来的辉煌文化，他要恢复唐人的气象和风骨，但是，相隔几百年，流传下来的东西已经不多了。

赵孟頫山水画参以董源笔意，有唐人之致而去其纤弱，有北宋人之雄而去其粗犷，开创了元人新画风。他身居山明水秀

元·赵孟頫《水村图》

的湖州，从董源的画中看到了湖州的美。赵孟頫认为董源画江南山水，平淡天真，轻烟淡峦刻露少，一生始终推崇董源。他提倡文人画要休闲，董源的画是最切合文人的。赵孟頫提出画与书是同源，提倡"以书入画"。

《鹊华秋色图》是赵孟頫的代表作，工写结合，融南北之风，以平面构成，他认为王维的画应该是这样的。吴道子画属画工画。他提出画应该与文学、闲逸精神相结合，才能得到提升。

萧海春《拟鹊华秋色》

赵孟頫以后、董其昌之前的绘画，基本上是以赵孟頫艺术思想为主导的。而赵孟頫的《水村图》，描绘江南水乡平远之景，坡峦小村，用披麻皴画山体，笔墨秀润，线条用笔苍茫，这是赵孟頫的传世名作，也是中国水墨画划时代的作品。

可以说，没有赵孟頫就没有元朝绘画的划时代创新，也不会出现黄公望、王蒙、吴镇、倪瓒"元四家"空前的繁荣。元朝的山水画整体是隐逸文化，他们用山、水、树、石寄托性情，抒发一种对世俗生活的超脱之感。

## "元四家"使笔墨精神空前繁荣

元代画风在赵孟頫的理论和实践指引下，以书入画，强化了绘画的新意象。元代的黄公望、吴镇、倪瓒、王蒙并称"元四家"，以他们为代表完成了一场绘画革命，形成了元画干笔皴擦、干墨积攒、空勾轮廓、苍茫飞白的用笔用墨意趣。黄公望、吴镇、倪瓒、王蒙直接得到了赵孟頫的指点，"元四家"地位的真正确立是在明朝中后期。

黄公望的《富春山居图》卷，全卷从起笔到完工，持续七年，此时黄公望已经七十八岁高龄。该图描绘浙江富春山一带秀美景色，全图峰峦起伏，云山烟树，野渡茅亭，苍松怪石，以长短、干湿的披麻皴挥写，用笔草篆兼容，中侧锋交替，堪称独创新格。

《富春山居图》卷真正体现了元人的文人画气质，这是黄公望的代表作，也是中国绘画史上不朽的名作。黄公望受赵孟頫指授而上溯北宋董源、巨然。他喜欢董、巨，基本格调是宋的构图，而笔墨上洗净了宋人刻意求工的旧习，用笔生动如写，造型似真而幻，越来越体现笔墨本身的价值。

元代绘画材料由绢到纸，以用笔为主导，强调放逸、随意、带有抽象意味的"笔趣"特点。也有后人评价认为元画简单，缺少了唐末宋初山水画的雄伟峻厚、风骨峭壁的崇高感。其实并不是那么回事，元人尚简、尚意，他们作画用笔似松而实，似漫而紧。从《富春山居图》卷可以体会到宋和元之艺术风格的演变。

黄公望七十三岁时画《天池石壁图》，此图显示天池石壁的雄秀之姿，构图繁而用笔简，是黄公望浅绛山水画的杰作。

萧海春《临黄公望富春山居图》（局部）

他认为，画石要"用方圆之法，须方多圆少"，不主形似，而重心境。

吴镇，浙江嘉兴人，隐居于乡村，在私塾中教书，善画水墨山水，以用笔圆厚、用墨滋润为能。他的《渔父图》，较其他元三家更注重渲染，以焦墨提醒，润中见苍，取法自北宋画家巨然。巨然中锋用笔，笔法比董源更胜一筹，吴镇取其长而又有发展。吴镇用墨也与别人不一样，是南宋时画家所没有的，对后世绘画影响很大。

吴镇与赵孟頫见过面，尽管所住同属杭州地区，湖州与嘉兴很近，但是古代交通不便，要坐船或牛车，所以对他们来说，见一次面并不容易。吴镇以当时风水先生的眼光，把万物寓之于写心，画山水作为他的精神寄托。

倪瓒生长在无锡太湖之滨，他是个诗人，对清远秀丽的湖光山色有深刻的体会。他对元末前景不看好，晚年抛弃家财浪迹江湖。他的《墨竹图》逸笔草草，后人对他的逸笔感兴趣，说者无心听者有意。仔细看倪瓒的画并非逸笔草草，很用心，他连勾带皴，而参以方折之笔，是他全新的创造。他画的都是

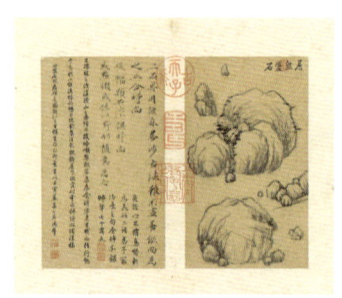

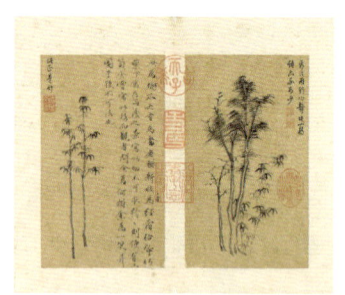

元·倪瓒《画谱册》

自己身边的东西。

倪瓒有一册课徒画稿传世,他对学生也十分严格。皴法中每根线条非常小心,树木用笔简洁疏朗,表现几棵树墨色的浓淡变化,反复皴擦,有意无意,非常丰富。倪瓒本人有洁癖,所以在画中用笔用墨非常讲究,很难学。能借鉴的是他画中的线条与墨色,无纤细浮薄之感,以淡墨简笔、简中寓繁的风格,内在要求非常高。倪瓒的《六君子图》,显示了他画树的特点,很有情趣,于人所不见处着意,惜墨如金,气息特别好。正如苏东坡所说,绘画到最后还是"气"的问题。

## "明四家"各具特色的风格

明朝初期的山水画基本上是元末山水画的延续,画家表现自我,出现了"浙派""吴门画派"。中国绘画的发展和美学观念一直是在演变的,当一种画派画风形成,一段时期后又会有新的风格出现。

"吴门画派",又称为"明四家",包括沈周、文徵明、唐寅和仇英。

沈周，号石田，倾心董源、巨然画风，有"细沈""粗沈"两种风格。沈周早年学王蒙，中年师黄公望，晚年宗吴镇。"细沈"与王蒙风格接近，晚年"粗沈"笔墨老辣，是吴镇的体格，画苍而能润，笔墨有独到之处。

沈周为何在明朝影响如此之大呢？这与他的家庭有关，他出生于书香门第，家中曾收藏黄公望的《富春山居图》和《天池石壁图》，沈周一辈子最佩服黄公望。他广泛汲取了古代传统，晚年自成面目。

沈周四十岁以前一直在临古，画小画，临"元四家"的画比较多。四十岁以后画大作品。沈周的《庐山高图》是他四十一岁为陈宽（号醒庵）所作的旷世巨作，是他送给老师七十岁生日的礼物，寓意寿比南山。《庐山高图》山峦叠嶂，高松耸立，飞瀑直下，以解索、披麻、牛毛皴相结合，是沈周传承王蒙画风精微细密而追求博大精深的典范。

《庐山高图》不是写生，而是沈周从心中感受表达庐山的高度。我觉得中国山水画就该如此画。沈周是否去过庐山无从考证，但是从他的画上可以感受到庐山的那种迂回曲折的高度。沈周作品清新简雅，上承"南画"之韵而兼有"北画"方刚劲健的情味。沈周晚年之作，多以基本笔道起"骨架"作用，简皴少复笔。

沈周晚年"粗沈"是由"细沈"演化而来，气度来自中年以前扎实的传统学养。能体现沈周个性风格的，是笔墨的磊落豪放，沉着浑厚的"粗沈"，这体现了沈周开拓性的艺术造诣，

明·沈周《庐山高图》　　　　萧海春《庐山高图》

否则明代画史上沈周也没有如此显赫。

正德时期，苏州手工业比较发达，是江南经济繁荣的地方，从而带来了文化的繁荣，出现了许多诗、书、画名家。以"明四家"为代表，在画坛产生很大影响。文徵明，继沈周之后执画坛牛耳达五十年之久，在明画史上功不可没，实非偶然。文徵明主要绘画细笔多，粗笔少，文人意趣较强。文徵明是沈周的学生，山水画师从沈周又上朔宋、元各大家，对郭熙、李唐、赵孟頫、王蒙等融汇更多。他的书画、诗文无一不精，山水画青绿与水墨均极精致。董其昌评价他学赵孟頫"有清和闲适之趣"而"别

明·文徵明《真赏斋图》（局部）

敵径庭"。文徵明的画有多重性，元画还是其画本体。他在传统基础上有开拓，在笔墨上功力深厚，故作品为后人所重，明代的画受文徵明影响较大，有回味。文徵明培养了一批吴门画家，如文伯仁、文嘉、钱榖等，但成就均未超过文徵明。

文徵明不是纯粹的南派画家，作品融合了南北画风。文徵明《真赏斋图》，现藏上海博物馆，写江南园林之景，画中左边一片太湖石，右后方茅屋书斋数间，屋中主客对坐，闲看书画古器，屋前古松掩映。画面平远布局，严谨缜密，境界幽雅清旷。画法精细劲峭不落柔弱，细密圆笔"带湿点苔"法，神采气韵俱胜。

"明四家"中的唐寅，字伯虎，是孝宗弘治应天府解元。工诗文、书画，绘画师从周臣而青出于蓝，老师周臣是与沈周同一辈的画家。唐寅有着出色的技巧和精到的笔墨，在用墨、设色以及构图、经营画面上都堪称一流。唐寅擅画山水，兼工人物、花鸟，他把院体文人画推向了高峰。

唐寅是一个才子，因牵连科举舞弊案而断了仕途，明代少了一个无足轻重的官员，多了一位大画家名垂画史，这是值得庆幸的事。宋人画用笔厚重，元人画线条有情趣，唐寅能把北派画风与南派画风二体兼容，南派中又具北意，在"吴门画派"中自成一帜。

唐寅传世作品《春山伴侣图》，现藏上海博物馆，此作全用水墨，图中曲栏掩映，杂树绽青，春山含笑，高士临流，给人以阳和日暖之感。该图运用元人笔墨为山川写照，却又具有宋代山水画之风韵。《落霞孤鹜图》，现藏上海博物馆，也是唐寅的代表作之一，写峻岭、高柳、水榭、江岸，虚实相映，遂成妙制。全图景物处置错落有致，墨色和悦润泽。

唐寅用他的激情画出了山水的灵秀，他的学养化作了流畅爽利的行笔，充分发挥了主观能动性的创作理念，让院体画在唐寅作品中独领风骚。

明代继承宋代体制，恢复了皇家画院，被元代排斥的斧劈皴又重回画坛。明代前期院体南宋画派占优势，艺术风格趋向"历史回归"。仇英与唐寅都出自周臣门下，二人同被称为"院体"画家。

仇英，号十洲，太仓人，漆匠出身。某些山水画可与唐寅匹敌，受文徵明赞誉。董其昌称："仇实父是赵伯驹后身，即文、沈亦未尽其法。"仇英擅画人物仕女，又善水墨、白描，他继承了唐代青绿山水的华贵，在青绿山水方面成就突出，具备了文人画的气息，值得重视。

仇英风格由宋人赵伯驹、刘松年而来，细润而风骨劲峭，北画风格鲜明，又有南画韵致。仇英画功底深厚，有独到成就，摹古作品"下笔可乱真"。仇英的《仿李唐山水图》卷，现藏美国佛利尔美术馆，是他临仿南宋画派代表性作品，没有明代有些画家师法南宋画派多有的霸悍之气。与其讲是"临"，不若说是"仿"，流露了仇英自己的画风特点。

仇英传世代表作《桃村草堂图》，现藏故宫博物院。此作品高山流水，苍松翠柏，桃花盛开，白云缭绕，设色艳丽，笔法细劲，宛如人间仙境。《四季仕女图》，现藏日本大和文华馆。仇英这幅作品描写了宫女们四季游乐的场景。画法以唐宋为宗，配合青绿山水，画风优美，极具功力。

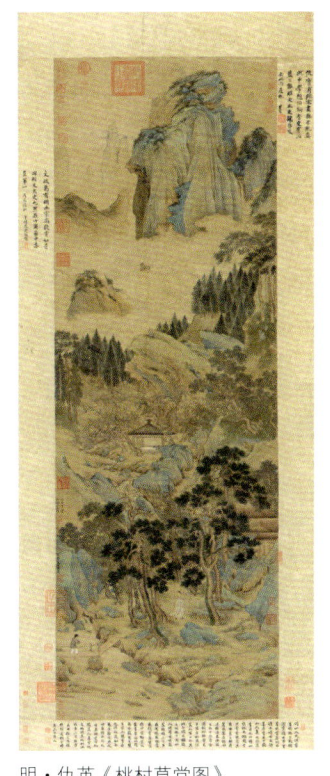

明·仇英《桃村草堂图》

## 董其昌肩负"南宗"使命

董其昌，明代书画家，松江（今属上海）人，官至礼部尚书。曾提出作画须读万卷书，行万里路。我比较佩服董其昌，他画山水画，每一笔都有法度，又有他自己的自由。我最早接触董其昌是在上海工艺美校求学时，看到一本珂罗版的山水画集，画得很好，现在回忆起来，看到的就是董其昌的《小中见大》

册页。

董其昌不仅仅在当世有意义，在整个中国绘画史上也是一位关键人物。可以这么说，不理解董其昌就不理解中国传统山水艺术。董其昌强调笔墨性灵，对画工之画嗤之以鼻。他的线与墨是高度抽象的结合，提倡绘画讲领悟，"以禅喻画"，崇尚"写画"，而非"描画"，凸显了文人主体的情怀。

董其昌天资聪明，学养当在倪云林、黄公望之上。他的山水画创作不少是在旅途中写生而来，充满天趣。这些山水画既可以说是自然界的实物，也可以说是董其昌心中理想世界的载体。

1599年，董其昌购得董源的《潇湘图》并题长跋，面对董源画作，古人作品的感召力，董其昌尤如身临其境。他看了大量的宋人绘画，要重振文人画。董其昌学习古人由黄公望入手，进入"元四家"，而后上溯宋人。并以个人禀赋和儒、释、道三家的"中和"思想，对传统进行梳理，褒扬以董源、巨然、米氏和黄公望、倪云林这些南方山水画为代表的传统画法，贬斥浙派刚猛草率的狂怪风格，明确提出中国山水画的"南北宗"理论。我觉得"南北宗"是一个美学的问题，不是绘画史的问题。董其昌有《画禅室随笔》《容台集》《写山水诀》等理论著作，集中反映了他的绘画思想。

董其昌在山水画造境上有独特表现，他反对画欲"明"，主张画欲"暗"，画面要有阴的感觉，暗者如云横雾锁。用墨淡净，线条隐约于墨色中。董其昌淡墨用得好，画的是春天的气息。董其昌善于用破墨，非常滋润明净，有雨后扑面而来的清新感。

有人说董其昌的画风是保守的，但我觉得这样的保守有什么不好呢？中国文化就是这样，有几个大画家，几件经典高端的作品，我们能够接近他，把中国画图式中的东西提炼出来，去解决绘画上的问题，就已经很了不起了。现在有很多人还没有弄清楚古代的东西，就要把它打倒，我觉得悲哀的地方就在这里。不要整天谈论什么新旧，还没弄清啥叫新、啥叫旧之前，都是没有意义的。

以书入画，赵孟頫是一个开端，但真正实现的是董其昌。董其昌的画，笔墨简净，下笔果断。具体说就是删繁就简，黄公望画上有时还有很多线条，到董其昌那里，一根线条就解决了。

董其昌强调笔墨的重要

萧海春《拟董其昌青卞图》

性，以书入画。在笔法上，一笔接一笔，就像书法连绵不断，随性而千变万化。董其昌的笔墨本身可以脱离一定的形而存在，经过不断删减，把很多东西高度纯化，最后直指自在心性。

董其昌与"明四家"的区别就是：他的作品与现实不是贴得很近。从他的画中，我们好像看不出自然和生活的直接关系。董其昌晚年的小册页，随心所欲，对墨的体验是顶级的。一般人没有深入研究，就认识不到这一点。李可染直到晚年才认识到董其昌作品的好。因为有董其昌，才有清朝的"四王""四僧"。"四王"中的王时敏、王鉴，都直接跟董其昌学过画。

陆俨少曾说过："董其昌，很多年轻人对他不以为然，有人对他全盘否定，这是很不对的。很多年轻人都崇拜八大、石涛。殊不知八大、石涛都是从董其昌那儿学来的。"对董其昌的画，我们要用自己的方法去解读，把自己放进去，这是根本。有了这一点，你读出来的董其昌和我读出来的董其昌肯定是两样的。

董其昌的画用墨浓的地方很浓，淡的地方很淡，他在处理浓淡时虽然变化很大，但始终是一气呵成的。从董其昌里面"捣"过，又能走出来的人，个个都是高手。深入本土传统文化的精神，把他画里的精神琢磨透，从他的作品中走出来，这种解读方法，你们慢慢地会体会到。

明朝绘画到文徵明后渐入末流，技巧越来越丰富，但品格反而下来了。董其昌有反思，中国画是否要发展？董其昌对赵孟頫耿耿于怀，在他的"南北宗论"里，"南宗"没有赵孟頫。董其昌认为赵孟頫书法"千字一同""字因熟而俗"。而到董其昌晚年，他又改口说："今老矣，始知吴兴（赵孟頫）书法之妙。"董其昌不主张对物象谨细刻画，他不画工整的舟车、屋宇，对这些点景的东西似乎没有耐心。

## 清代"四王"的笔墨之妙

清代"四王"是指王时敏、王鉴、王翚、王原祁。"四王"的崛起，是对文人画的修正。逸笔草草的文人画，到明朝末年已产生流弊，明代衰微了的山水画，在清初重新振起。"四王"在以后长期风靡中国画坛，"四王"的画被誉为"正宗"，有两点理由，一是"四王"之首王时敏得董其昌正传；二是王时敏、王鉴是明朝时的官员，在社会上的政治影响力较大。

"四王"的绘画，不能认为只是复古，在艺术上他们各有特色。王时敏和王鉴，跟董其昌学画数年，受董其昌的影响较大，在绘画艺术上较多吸收了"南画"的审美思想。

王时敏，号烟客，江苏太仓人，善画山水，师董其昌。以黄公望、倪瓒为宗。七十四岁所作《仙山楼阁图》，现藏故宫博物院，虽说是仿黄公望笔意，实为烟客老人自家笔墨神韵。此山水画繁密中见雅逸之情趣，笔墨有灵气，近处双松以篆隶笔意写之。上海博物馆也收藏有王时敏《山水图》，系其七十岁时所作，取法于黄公望，用墨得自董源，全图峰峦间烟云浩渺，浑厚秀逸，实中有虚。

王鉴，号湘碧，字圆照，江苏太仓人。崇祯六年（1633）中举人，曾为太守，与王时敏齐名。《长松仙馆图》，现藏上海博物馆，此图仿王蒙笔法，描绘苍松峻岭中的书馆仙居，以及宁静而险峻的自然环境。景物虽然繁密，但画家利用树木的大小对比、山径的曲折隐现、房屋的安置，使画面层层穿插，步步展开，是王鉴的代表作。

王翚，字石谷，江苏常熟人，王鉴的学生，后又转师王时敏，并专心临摹历代名作，熟谙古人技法。二十多岁已经相当突出，故世人称王翚为"能"。他能熔铸南北画派于一炉，会把各种不同的绘画语言融合在他的画中。传世作品《虞山枫林图》，现藏故宫博物院，描写他家乡虞山景色，作品气势宏大，山峦叠翠，层林尽染，表现了画家独到的感受。《秋山红树图》是王翚中年精心的佳作，写层峦丛树，瀑布溪水，色与色、色与墨和谐统一，是一张体现了王翚全面素养的传世力作。

王翚把"南画"集大成，仿某人画实际上是一种变奏。他的山水画布局精到，丘壑变化多，造境能力强，戴熙评价："石谷之偏，神不胜形；麓台（王原祁）之偏，形不胜神。"对他的绘画，一般评价是：以南宗画法融化北宗画法，一洗北宗画刚硬板实之风。

王原祁，号麓台，江苏太仓人，王时敏之孙。康熙九年（1670）进士，曾在宫廷作画，并鉴定宫内收藏的古画。擅画山水，继承家法。兼学"元四家"，以黄公望为宗，喜用干笔焦墨，层层皴擦，用笔沉着，自称笔端有"金刚杵。"

王原祁《辋川图》，现藏美国纽约大都会博物馆，是他七十岁时的作品。整幅作品如他《雨窗漫笔》画论所说："先定气势，次分间架，次布疏密，次别浓淡，转换敲击，东呼西应。"该作品精彩之处除了"龙脉"的画中之势，还有用笔用墨之精。

我从20世纪90年代起研究"四王"，对王原祁情有独钟，

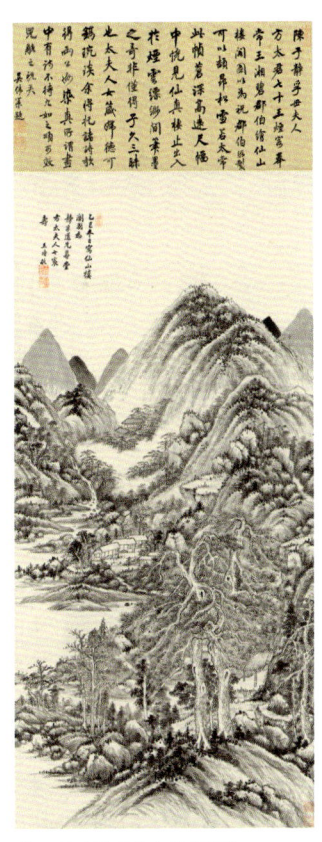

清·王时敏《仙山楼阁图》　　　清·王翚《虞山枫林图》

他是"四王"中对笔墨贡献最大的大师。王原祁虽以黄公望为宗，但在笔墨上绝非一味摹古。他擅用枯笔焦墨，反复皴擦，淡湿浓干，以浅绛着色画秋景，有自己的开拓，自成面貌。

王原祁是中国山水画的结构大师，从画面本身出发来研究画面中各种构成要素之间的关系。娴熟画史、深谙中国画精髓的黄宾虹也十分推崇王原祁。

画间记

清·王原祁《辋川图》

萧海春《拟王原祁笔意》

萧海春《拟王原祁笔意》

## 龚贤：墨法前无古人

清代画坛流派纷呈，名家辈出，尤其是山水画值得后人探究。

清初龚贤，字半千，祖籍昆山，幼年随家迁至南京，一生中有五十年在南京，是金陵画坛革新派的代表。他身边聚集了一批有革新意识的画家，是金陵画坛最具代表性的人物。

龚贤青年时就喜欢写诗，与"复社文人"交往甚密，后因"文字狱"受打压，故而对清政府较为抵触。他为人厚道实在，重视写生，画较平整，用墨层层染渍，浓郁苍润，创有一格。龚贤与董其昌是朋友，早期与董其昌关系密切，绘画受董其昌影响较大。

龚贤认为绘画要取宋格。学山水画先从画树开始，画树之功，居诸事之半，看画先看树，如人之先看脸面。从枯树起步，画好树身再点叶。龚贤山水画，丛树极具特色，是构成山水画的重要元素。丛树变化多端，他画上的树经常是六棵、九棵为一丛，也有三棵一丛，并且树叶不雷同，临摹时要有疏密变化。丛树的意韵处理尤其重要，要表现得无烟而似有烟，无雨而似有雨。

龚贤画山石多用披麻、豆瓣、小斧劈皴为主，有时牛毛皴、解索皴间用之。他的石法，小石为石，大石为山，直立而峭为壁，圆而厚者为岭，平而光者为岗，中留白者为洞。他说："山多必留云气间之，始有崚嶒之势。"龚贤画石以方中寓圆为多，圆含厚意，又近宋人法。龚贤画画先重中锋骨架，后重墨法，层层湿墨，积墨加厚，于元人重笔不重墨法有较大突破。

龚贤画风由沈周上溯到宋元，在化解元人笔墨上特别善用吴镇法，用湿墨表现山石树林浓郁茂盛。作画他提出"四要"："一曰笔，二曰墨，三曰丘壑，四曰气韵，笔法宜老，墨气宜润，丘壑宜稳，三者得而气韵在其中矣。"这些年，我研究解读龚贤墨法，我和他"血战"了数十年。

龚贤师法自然，写江南山川，他的画较写实，在处理结构上也有自己的特点，作品构成较奇特，构图相当有办法。有时画面上突然几块山石特立，山石组合完全是人工的，山的前后两组是单列状态，通过不断穿插，使山头产生动势。

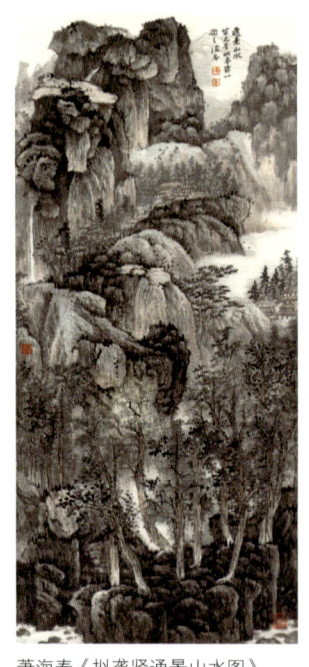

萧海春《拟龚贤通景山水图》

临摹龚贤的画，皴法用笔不要画成全是擦出来的，他也是由线或豆瓣皴画成，刻意求擦就画成照片了。绘画不自然不好，太自然也不好，画面处理要有选择性。

我们在解读龚贤山水画的过程中，要细心系统地研读其各时期绘画的特点，包括他与历代经典间的传承关系及个人独特的笔墨语言，驱山造境的丘壑运营，奇妙的黑白构造等。尤其要从龚氏早期的"白龚"、中年的"灰龚"，到晚年"黑龚"画风的确立之过程来观照，并通过其独特墨法的升华过程来把握其艺术特点，从简到繁。龚贤创作了大量山水画，在用墨领域精深拓展，超越前人。

龚贤《木叶丹黄图》，现藏上海博物馆，为其精心之作，远处山岭逶迤，近处浅滩低坡，疏林之间茅屋数间，布局实中带虚，高山大岭，意境疏旷，用干墨层层皴擦，沉雄浑厚，山石空白处为阳面，矾头用浓墨勾勒皴擦，表现为暗处。近树枝干皴笔上以浓墨醒，寄意颇深。

萧海春《拟龚贤笔意》

龚贤《溪山无尽图》卷，现藏故宫博物院，是他晚年杰作。此长卷重山复岫，秋林山溪，亭园屋宇，山泉飞流，气势雄伟壮观。笔墨娴熟，皴染浑厚，细密工整，层次分明，构图经营独具匠心。这是龚贤源于自然又高于自然的结晶，如他自己所说："非遍游五岭、行万里路者，不知山有本支而水有源委也。"

龚贤作品以墨胜，墨的使用可称中国绘画史上的巨匠。用笔主要从沈周体验，源于董源。龚贤晚年用笔圆润敦厚，与范宽接近，皴法用点。龚贤有才情，是个仁者。

中国画对笔墨并不是对技术的崇拜，不是一条线、一块墨低层次的雕虫小技。笔墨是中国画的灵魂，它注重笔墨的感情色彩，它以笔墨为导向，对自然的形态、图式、黑白的对应关系，对画面的韵致品评和价值的特殊理解，都充满着生命的激情。

## 石涛：清代野逸"四僧"

清初"四僧"是指石涛、弘仁、髡残、八大山人，世称野逸画家，似乎都有些离经叛道，其实"四僧"都汲取"元四家"神韵，只是选择的角度和表现方式有所差异。就石涛、髡残、八大山人而言，宋人和董源才是实际上的"三江源头"。"四僧"之间各有强烈面目。

以石涛为代表的遗民"自我派系"的山水画家。

石涛，法名原济，号大涤子、苦瓜和尚、清湘老人，广西桂林人，明宗室，出家为僧。早、中期的书法精神也是承袭董其昌的。石涛的画，在精神方面和画中出奇的一面，其实也都来自董其昌。现代人说石涛反董其昌，其实他绝对不是，他是继承了董其昌的另一面——个性。

石涛自云十四岁就开始写兰花，青少年时游历各地，十八岁离开家乡广西，在岳阳、武昌画了山水、花卉册页。曾涉潇湘，过洞庭，在漫游宣城时，结识了梅清等人，在诗画方面获益良多。二十八岁画风接近梅清，并奠定了其艺术风格。他曾三上黄山，画《黄山图》，题"丁未游黄澥归来作"。石涛四十岁左右的艺术创作，渐入新奇神妙之境。

石涛是富有人情味的画家，与世间贴得很近，又非常孤傲，有自己的看法。他画自己的心，抒自己的肺腑。石涛对倪云林非常崇拜，石涛笔法取自倪云林，画面笔与墨不会分开来，线条未干时加点加墨，十分注意笔墨的浓淡变化，干笔皴擦也滋润。

石涛云游四方，写生能力很强，他可以在画上把自然的东西结合得特别好。石涛绘画中，花卉作品一样精彩，没有一张作品构图是一样的。石涛下笔很讲究，两三根线条就能表现物体。他的画有生气，用墨胜过用笔，破墨有法，作品给人进入深山体验的感觉。

石涛中年抵达南京，广结文友，后转游扬州，寄居平山堂，又北上京师，谋求赏识，但并不得意而返回扬州，以卖画为生，并筑大涤草堂。石涛是中国山水画史上的奇人，身后名声日隆，其艺术尤为现代人所叹赏。可以说，石涛是近代中国画史上最受尊崇的大师之一。

对石涛之画很难下一定义，其画可谓天马行空，笔意纵横，戛戛独造，脱尽窠臼，无法无天。他著有《画语录》一书，备受尊崇。在解读石涛山水艺术时，要注意，其反法意识很强烈，强调"我自用我法"。

我们细心体察石涛画作，可以发现他的画还是与传统经典存在源流的血脉关系的。他早年受益于董其昌，然后转益多师，受梅清、戴本孝的影响、董、巨及"元四家"的影响也隐现在他的神韵上，而不是形迹上。

我以为"法"就是天网恢恢，可以说时代的笼罩是无法逃脱的。艺术是心智的外扬，必须要"我自用我法"，像石涛这样睿智的大师，同样在仿古风盛行的清初，要处世立名必须要张扬个性，别出蹊径而独树一帜。

其实石涛也承认"古之人未尝不以法为之"。法无障，障

萧海春《拟石涛笔意》

无法，他自信不会受拘于法。法自画生，天地万物就是法之源头。他主张法自我用，以法为求法。他更注重于自然的体念，"搜尽奇峰打草稿"就是他最大的法则，并要求笔墨当随时代，他认为："墨受于天，浓淡枯润随之；笔操于人，勾皴烘染随之。"

石涛并不一概反对成法，而是要求不拘成法，并且体察自然，与法互为印证，以至产生便于我用之法，并与法外求法以达到无法无天之境界。我们只有在全面理解石涛的艺术风格后，始能读通他千变万化的笔墨语言，并从中理解石涛的睿智和独特的创造。

我们今天解读石涛艺术特色的同时，要避免片面理解"反法"的色彩，从石涛的作品入手，把握住他确立的各种法则，并顺藤摸瓜，寻绎出他们与传统经典的脉络关系，以全面把握他的艺术特色。

## 弘仁："安静"和"冷逸"

渐江，法名弘仁，与孙逸、汪之瑞、查士标为"新安画派四家"。"新安画派"公认为是弘仁开创的。

顺治三年（1645），清兵进逼徽州，弘仁参与反抗后失败，复明无望，三十八岁到武夷山削发为僧。心灰意冷的弘仁专事书画，遍游黄山。弘仁师法造化，黄山的奇峰、异松、云瀑美景给弘仁以启发，黄山给弘仁带来了全新的感受，使弘仁开创了新技法、新题材，提升了弘仁山水画的新境界。

弘仁五十四岁圆寂，他的友人王泰征说："其于画则儿时好之，凡晋唐宋元真迹所归，师必谋一见也。"弘仁最早的传世作品是二十五岁时作的《秋山幽居图》，而成熟风格的作品是削发为僧后的黄山绘画。

弘仁的山水画受前辈黄公望、倪云林的影响最大，吸取了

萧海春《拟弘仁笔意》

清·弘仁《黄海松石图》

他们的长处。他早期的绘画披麻皴中夹带了倪云林的折带皴，树木以勾笔为主，很少渲染，笔法渐趋简疏，墨色偏向枯淡。弘仁对黄公望的《天池石壁图》也十分倾心，并进行了研究。

弘仁的《黄山天都峰》，是他山水画的典型风格，是真实景象的写生，他用方折直线条空勾出无数个大小不等的几何体，组成了天都峰奇绝险峻之势，这种画法正是来自黄山实景的启发。弘仁用笔严谨精细，一丝不苟，画面简洁，几乎没有皴擦，呈现了构成式的装饰趣味。

弘仁的《黄海松石图》，是他逝世前三年的精品。此图表现了弘仁山水画的"远""冷""静"。笔墨学倪云林而青出于蓝，他用长线条勾出山石形体，大小不同的几何体块面，使疏密得宜，自然成趣，山体大小高矮的不同，穿插几棵倒挂斜立的松树，使画面不单调。弘仁的线条圆劲秀逸，中侧锋逆转，显然有倪云林笔意，但弘仁更有内蕴，线条看似刚实，其实枯淡松秀，少躁气。

弘仁的画和个人品格相关，他自幼接受儒家教育，为人孝顺敦厚，喜欢结交正直而有骨气的文人，时人说他"幼有远志"。弘仁的画给人最突出的感受是"冷"和"静"，去除一切拖泥带水，折铁般的方线条中，透露出清新刚正，形成了他去除俗虑烦扰的冷寂画风。

弘仁淡泊孤高的思想内涵，深入地体察自然，得自然的真性情，广览博取，力意创造，艺术上不断精进，终于成为人品、画品脱俗的一代大师。

## 八大山人：以神取形，简而景象万千

八大山人，名朱耷，号个山、八大山人，是明朝朱元璋第十七子朱权的九世孙，明亡后即逃入奉新山中隐匿三年，二十三岁剃度为僧。

八大山人的许多画不写创作年月，但我们从他落款和签名可以分成几个时期。早年从三十四岁至四十五岁左右，署名"传綮"；四十五岁至五十五岁，署名"个山"；五十五岁至五十八岁，署名"驴屋"；五十九岁至八十岁，用"八大山人"署名。

八大的画从风格上分，"传綮"期作品造型严谨，细节刻画比较注意，用笔劲利峻削，多用硬毫作画，有明显的陈淳、徐渭以及沈周的画法。"个山"期，作品形象、构图趋于简练，多用软毫，用笔含蓄。"驴屋"期，作品形象奇特夸张，笔墨

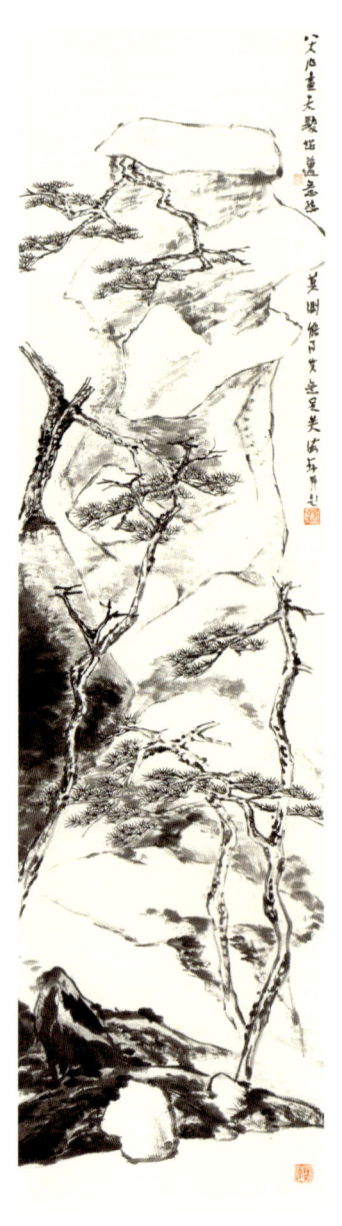

萧海春《拟八大山人山水图》

简概。"八大山人"期，以卖画为生，不是胡涂乱抹，自然中不作故意夸张变形，笔墨严谨中纯厚含蓄，更多体现的是纯净、自然、天趣。

八大的创新，重点是在取物造型上。他反对一味摹古的保守，也不喜欢逼真的写实派，他不去臆造"抽象"，而是倾心于以神取形，以意舍形的意象。

八大把描写对象本质的东西提炼出来，用夸张和变形的手法，把鱼和鸟画成方眼、白眼，有的鼓腹，有的缩颈，这种真实的夸张，让观者多了无限的想象空间，才有感人的魅力。

八大的另一艺术特点是简练，以最少的笔墨画出景象万千，一条鱼、一只雏鸡，画面四周空白，把自然的环境隐没在空白之中，以无形当有形，构图造型取舍，物

清·朱耷《河上花图卷》（局部）

象变形，让八大的笔墨发挥到极致。

八大山人对董其昌的衣钵继承得最好，他把董其昌的绘画变化得奇幻婉约。用笔刚柔相济，造型奇险夸张，画境深沉寂静。综观八大的绘画，他也是在体悟和实践中不断升华的。

八大的山水画，画静寂的秋山，给人似人迹罕至的感觉，画上远处山坳露出半截寺院，有时中景有一个空虚的山亭，暗示山中有隐居的出家人。八大的山水画反映的是他与现实人生的遥远距离，画的笔墨很有董其昌天真平淡、萧散雅拙的韵味，笔墨的形式美和景色的荒寂孤傲和谐统一，共同构筑了淡泊霸气的意境。

荷花是八大喜欢画的题材，对荷花他有深入的研究和感受。他对荷花观之入微，其用笔笔笔皆活，有情有致又如天成。正如八大所说的："湖中新莲与西山宅边古松，皆吾静观而得其神者。"

《河上花图卷》是八大七十二岁所作，描绘了河上一片荷叶以及岸石间蕙兰。这幅1290厘米的长卷，线条纵横交错，墨气如倾如泼，元气淋漓，花和茎或纵或斜，相互穿插，使画面结构丰富多变而和谐，黑、灰、白、点、线、面，产生了一种交响的节奏和韵律。

石涛和八大同是奇才，两人惺惺相惜。石涛对八大的评价十分恰切，石涛说，八大"眼高百代古无比，书法画法前人前"。

**髡残：秃笔乱头粗服，山川草木华滋**

髡残，号石溪、石道人、电住道人。史书传记有说石溪二十岁出家，也有说二十七岁出家，在南京城郊大报恩寺、幽栖寺、弘觉寺为僧。

石溪自幼聪明好学，年轻时明亡，不愿臣服清室，削发入寺。石溪在拈香礼佛之余，以书画自娱，自称"以笔墨为游戏"，石溪真正涉足绘画之事，应是入佛门之后。石溪四十岁后画上题记，在寺院对绘画"不知不觉堕其中"。张庚《国朝画征录》讲，石溪"奥境奇僻，缅邈幽深，引人入胜，笔墨高古，设色清湛，诚元人之胜概也。此种笔法，不见于世久矣，盖从蒲团上得来，所以不犹人也"。

石溪传世的大多是他四十余岁到六十多岁的作品，因时常患病，传世作品不太多。从总体来说，他的作品与王蒙有渊源，他对王蒙嗜好独特，他画过多幅仿王蒙的作品，从题跋中流露出对王蒙艺术的敬佩。清初被称为"当代王蒙"，以石溪画与王蒙画作比较，被当时推崇为"三百年来得王蒙正传的杰出代表"。然而，石溪与王蒙的画，应该说还是神合貌离，有区别而自立门户。

石溪画构图缜密繁复，秃笔皴法用笔干松苍毛，浓淡墨点和短促线条相间，所勾山石犹如乱头粗服，最能表达山川浑厚、草木华滋的境界，有别于王蒙的"高岭长松"。石溪画留白经常用勾云法，这些绘画手法在王蒙画中是没有的。在石溪《秋山钓艇图》和《茅屋白云图》中，山石画法又参入黄公望的风格。所作秃笔矾头，古拙可爱，纵横淋漓，有一气呵成之感。

石溪也受沈周古朴浑厚画风影响，在他的《入山图卷》等作品中，树石的勾画及其姿态多有体现。石溪画中也有董其昌、文徵明等明代大画家的笔意。

清·髡残《山高水长图》

石溪曾在顺治十七年（1660）庚子五月至八月游览黄山，描写黄山，四个月的黄山之行给他的绘画境界带来了更大的提升。黄山回来后,以黄山为题材,他画了多幅黄山的画作。他的传世精品代表作《山高水长图》,现藏台北故宫博物院,是他住在黄山,临四序之更,观朝夕晴雨之变,各得奇幻之妙。他观赏天都峰,见黄山处处峰插青天,泉挂虹霓。

石溪笔下的黄山和黄山实景比较,没有多少相似之处,正是画家心中的"意象"黄山,画出了画家在遨游黄山时的感觉和情绪表现。画中的云涌松涛、山峰奇险、风雨变幻,是黄山的神与魂,石溪画出了画家的"胸中丘壑"。

石溪绘画的最高艺术宗旨是:"书画当以气韵胜,人不可有霸滞之气,有则落流俗之习,安可论画耶?"他学古而不泥古,"变其法以适意",重视表现自己的艺术个性,表现出内心的感受和苍凉的意绪,是清代富于创新的大画家。

## 黄宾虹:当代山水画的开拓者

我在20世纪60年代上上海工艺美校时就对黄宾虹的山水艺术产生兴趣,当时我只能在那些印刷质量较差的画片上读到黄宾虹的山水作品。现在回忆起来,我对宾老的画能在视觉上接受,他的画面表现出的自然感,尤其是用深墨画出的黝黑的自然,较之那些只使用线勾画出的明清山水画来说,更能符合我当时对"自然感"的理解。

至于黄宾虹的价值,只有在进入传统绘画笔墨领域时,尤其折服"黄氏笔墨"的魅力时,才会去了解它。黄宾虹无疑是一位中国山水画的笔墨大师,他对山水画发展的贡献是多方面的。

首先，黄宾虹的画给我第一感觉是"深厚"。对"深厚"的理解不仅仅是技法层面的，更是他对中国山水画发展的"求生"观的现代思考。其二，我迷恋他奇特的作画状态。黄宾虹的山水画是被笔墨架构起来的，给人以一种牢固而有序的结构形式，牢固在于他的画始终是整体合一的。黑白在整体架构中表现得复杂而有层次感。点线形式在纵横交叉的网络中互为穿插，通体澄明。用行话说就是"密"而"透"。他所画山水很难用惯常的传统空间形式去解读，因为画面中的冈峦、崖涧诸造境元素都被整合在一个平面上，画面首先给人的印象是大块整合的。

黄宾虹这种奇特的画法在传统山水画中是没有先例的，难怪有人批评黄宾虹不会造境，因为从黄宾虹的画中很难看到传统山水之丘壑布置那种结构和视觉关系。这种批评显然有它的合理性，因为山水画的空间深度攸关画面气象万千的变化。但是，作为黄宾虹的一个研究者，我更愿意换一个角度去解读黄宾虹的山水"空间感"，我们将会看到一个从未有的新视角。

作为画家，如果要选择一项经典模式做研究，我会用自己的直觉去发现经典价值的奥妙，肯定会直接切入画面，顺着诸元素的脉络行进，直至登堂入室，而不会先通过媒介去解读。如果我们直接切入黄宾虹画作，从他奇特的作画过程来解读黄氏的山水结构和空间形式就不难读懂它所追求"深厚"的美学意蕴的价值所在。

以我个人的理解，黄宾虹作画大致是如下的过程：先勾稿，用圆笔线条大略勾出丘壑的位置，画面上的山川、云树皆有节制地布置在一个平面上,线形虽粗略,丘壑的位置却清晰可辨,是符合基本造境法的。接着就是对丘壑空间的描写,黄氏能娴熟地运用传统笔墨中各种点皴擦渍染的技法作层次罗织,线形的山丘被各种点皴所布满。此时,黄宾虹如在下棋,思考缜密,下手迅疾,能节奏而有序地推演出画面的变化。此时黄氏的心绪非常亢奋,他关注的是点线交织和皴擦渍染在时序中的生发和蜕变,原来被肯定的东西又被抹掉或改形,一遍又一遍地重塑,这时的黄宾虹已经进入了忘我状态,他在不断寻觅或在把握某种他需要的东西,那些原先安排的景物与开合都被推倒重来,整合,支离,又整合,直到无以复加。原先的某些犹豫随画面的深入整合而得到肯定。黄宾虹高峰期的画作十分显然地体现他对"深厚"美学意蕴追求的那种衣带渐宽终不悔的精神。黄宾虹用邃密而空灵的笔墨塑造出一个黑而密的幽远世界,天地景物的界限被消弭了,那些"自然感"的物质元素在墨色世界里隐现闪烁。浑厚华滋,万籁深静的宇宙昭示"深厚"美学意蕴的审美价值。我们可以在他博大深厚的审美理想中读到晋唐、宋元、明清的美学意蕴。

黄宾虹娴熟深厚的笔墨是建筑在他功力深厚的书法基础之上的,无论是线质,或皴擦点染的笔墨技法的娴熟驾驭,都与对书意的正确把握分不开的。黄宾虹擅篆,线质如折钗股,圆融淳厚,有金石气,似屋漏痕,如虫蚀木。他的行书在明人书法上用功甚深。黄宾虹是歙人,属"新安画派",主张文人画,强调以书入画,尤其推崇包世臣,所以黄宾虹的行书与篆书皆为当今画界所瞩目。

黄宾虹的山水笔墨可以说书法与画法已经很难分辨，画法皆书法，他力推用线要重、圆、厚、滞的书法审美要求，所以他的画在用笔行墨中也迥异于近世许多名家。他是以书入画身体力行的代表人物。如果我们从书画同源、以书入画，到娴熟驾驭书意画法的实践者来说，黄宾虹对当代山水画的发展不啻是位开拓者。我们从绘画技法来分析，他对线的运用在节奏上有如在作书，篆书作底，皴擦、点染、渍染皆讲究笔法的精妙运用，变化多端。尤其在点皴间可以探寻到元代黄、王诸家精妙的发挥，更与王原祁神合，而这些轻车熟路的技法完全陶铸在一起。高峰期的作品中，黄宾虹作画如同作草书，有节律地从心田中流出道道笔痕，让知者叹赏不已。

我们也可以看到黄氏用墨法对水的娴熟运用，创造出许多墨法的新语汇，为开拓新时代的山水画提供有力后援。在赏析黄氏画时，墨色的变化远超金陵的龚半千，这是因为生宣纸的运用使黄氏有更多的选择。

黄宾虹的画绝无甜俗柔靡、促狭单薄之感，画中的"深厚"之韵是中国画的品质，他画中的文气和隽永的静致，是山水画最高境界。

在称颂黄老的艺术时，我们也应清醒地看到黄氏山水画对当代山水画发展的正负面影响。黄氏艺术"热"现在似乎一统天下，画人皆趋之，竞相争摹，搞得非常"火"，以为现代山水画发展一经黄氏山水画这帖"良药"的服用就会药到病除，体格健壮。我以为黄氏艺术不是"绩优股"，他的艺术很难给画人带来经济利益和学术品格，黄宾虹艺术很难通俗，正如黄老自己说的，"我的画要五十年后才能被人们接受"，这句话确能道出黄宾虹艺术从来不为一般赏者所接受的事实。我们很难期望黄宾虹会成为"大众情人"，也不希望他成为社会利益的众矢之的。我更愿意看到黄宾虹始终"高高在上"，永远踞在学术的高端，让人们去接近，去解读。

黄氏艺术很难通俗的原因是，他的山水里不存在我所敬仰的另一位山水大师张大千绘画中所让人感受到的那种既有学术高度又悦目易懂的双重性。在大千艺术中，我们可以直接解读到宋元明清的经典韵致，并且在张氏杰出的才华发挥下，在中国山水画走到近代那种衰落阶段时重振了河山，注入了新的美学因素，并用超能的笔力构造了近现代山水典丽雍容的审美价值。尤其是张氏山水最大贡献就是他的泼墨彩的山水，浑然一体，清丽奇诡，为山水新视野画上浓重的一笔。

如果我们从深处去思考，张氏的泼墨彩所追求的"深厚"和黄氏笔墨构成的"深厚"意蕴，在现代山水画史上无疑是殊途同归。前者是一位天才的画师，山水人物、墨彩庄谐皆能举重若轻，驾驭宋元明清诸经典之法都能俯拾皆是，可谓山水画集大成者。在技进乎道的终端，张氏又运用重墨亮彩重塑了一个深深然郁郁乎的宇宙，以前的一切手段皆在泼洒中整合简化，色彩与墨色交织着最华贵的锦绣，自然重现了宏大的辉煌。后者是运用一个学者的思考，不是一般行径上的对传统山水画的直接继承，但他却一直履行着对中国人的山水观的睿智思考，他在山水画中以笔墨为核心的前提下，用书法的笔意植入画法，挥洒点丑强其骨，能直入宋元堂奥，达到了宋人层层深厚的意韵，使黄画浑沦深厚，一扫近代画风萎靡之风。作为后学，我每想起两位前贤都敬仰不已，他们是我前进的楷模。

2005 年—2010 年左右

注：《历代山水名家综论》是一篇集作者在课堂讲解、与朋友谈艺时的谈话。由于场合、内容和话题的不同，并且时间跨度也很长，所以在集成书面文字时，会非常杂乱，不少问题多为随感，必有谬误。尤其是在宋及明末董其昌等问题上表达较为简约，尤其是董的问题上较粗浅。

## 搜妙图真

——传统山水画基本技法与图式

水墨画法是中国传统山水画的主要技法。山水画在体现文人审美之前，自然景色只是人物主题的背景，表现形式与人物画是统一的。上古的人物画法多采用双钩填彩的方法，很自然，山水陪衬与主题人物匹配，它的表现形式也是勾线填彩的。水墨画法与勾线填彩的青绿画法在唐、五代已经逐渐成熟。自宋以来，文人画渐成中国画的大宗，而水墨山水画历来又是文人画中的大宗，后来水墨画法几乎成了中国画的代名词。究其原因，因为唐代盛行的勾线填彩的画法已经很难适应文人雅士参与绘画的需要，线型填彩的画法难以表现自然界的云烟氤氲和树石错综的肌理，又与文人提倡的"意趣"相远，所以在文人的带动下，水墨山水的新审美标杆渐渐确立起来。

唐代青绿山水大家李思训父子就是"空勾无皴"的代表，世谓"大青绿法"。尽管青绿样式惊艳动人，但它的画法十分繁复和格式化，在山水画已发达的中唐时期颇遭批评。问题是显然的，线型勾廓填彩的方法画出的自然山石过于概念化，殊难表现丰富的树石质感，对云烟明灭的奇妙变化束手无策，以致造成山水画的意趣"功倍愈拙，不胜其色"。而水墨对山水意趣的表现无疑使画家可以用更灵动的笔触——即"皴法"，恰当地画出山石树木无穷的天趣，或用水墨晕染出云烟幽远的韵致。随着文人画队伍渐渐壮大，人们接受了文人审美的山水画体系，水墨写意的画法最终成为中国画最具代表性的画法。

据文献记载，唐时吴道子善用顿挫多变的线条作山水画，能一日写就几百里嘉陵江山水，深得唐明皇李隆基的赞叹，还有备受五代荆浩钦佩的画家项容，用大片水墨晕成的山水画在用墨上"独得玄门"，画出了幽远的自然感。

五代十国·荆浩《匡庐图》

荆浩隐居太行洪谷，在前人的基础上，大量写生自然山水，搜妙图真，提出"六要"中的笔法和墨法。例如：他强调用笔"虽依法则，运转变通，不质不形，如飞如动"，意思是说在提取自然形质时，既要讲法度，又要能变通，不能被形质制约，下笔要灵动自如。这在用笔的内涵上较之谢赫"六法论"里的"骨法用笔"有更深的内涵。谢赫的"骨法"追求用笔刚劲有力和造型准确，其对应的是人物画的"勾勒对象"，然而，这种单一的线条，已远不能满足表现山水形态的变化。为了丰富笔法，荆浩还对用笔提出"筋、肉、骨、气"四种笔势形态，对"六要"之"笔"进行补充。"绝而不断谓之筋"意为笔迹虽断开，但笔意相连；线条"起伏成实"，圆润饱满，充实浑厚即为"肉"；笔力挺

萧海春《拟董源山石法》

直,刚正不阿,用笔慎重严谨,不偏不颇,"生死刚正"即可谓"骨";迹画不败谓之"气",意即没有败笔,胸有意向,笔势中充满气。"筋死者无肉,迹断者无筋,苟媚者无骨",这是主张将四者有机结合,"筋"与"骨"为骨干枢纽,"气"贯其中,"肉"依附其上,四势俱备,笔法才能满足唐代以来对审美新的追求。

荆浩一出,画家翕然从之。荆浩传派在宋初出现了关仝、李成、范宽等一批重量级的山水画大家,他们以"有笔有墨"的水墨技法,根据自己对自然山川的不同体会,创造出了概括不同地域自然景观的笔墨技巧,自觉运用各种皴法来表现山石的复杂结构。如李成善用与侧锋相结合的笔法表现山东一带的风光;范宽则善用中锋点皴的"雨点皴"画秦岭一带的风貌;而在江南,另有如董源、巨然用中锋线条结合水墨点染的技法表现江南山水湿润氤氲的感觉。五代宋初的山水画家,集前人技法之大成,各赋异禀,师造化后师心,成就了中国山水画史上的第一座高峰。

李成性爱山水,是位学识渊博、广涉经史的学者,胸有大志,无处施展,则弄笔自适。李成善画雪景寒林,所作峰峦林屋皆以淡墨为之,而水天空处,全无粉填,无一不是奇景。米芾《画史》

称李成"淡墨如梦雾中，石如云动"。画中近景多表现松树巨石，与远山形成强烈的视觉对比，被形容为近视如千里之远。在笔墨上，作画不用粗笔，不用浓墨，好用淡墨，惜墨如金。米芾评之"秀润不凡"。后学者郭熙、王诜皆得其传又自出新意，成为李成画派的代表人物。李成《晴峦萧寺图》中那座主峰除了在轮廓线附近，整个山头都布满了细密的皴笔，形象地表现了石块风化后粗糙的表面。皴法多以干笔侧锋扫成，因方向、力度的不同而形态各异，或长或短，或粗或细，或圆润或尖锐，用以表示山石的质地、结构、阴阳、向背等，与自然相契合，使平面上的山水图像具有立体的纵深感，仅用笔墨即可营造出光影效果。

李成《晴峦萧寺图》

范宽出生于陕西华原（今陕西铜川耀州区），年轻时曾师承荆浩、关仝，专注于李成的画法，并移居终南、太华诸山中。性情宽厚的范宽终日观览山水以求其趣，领会造化之机，体悟写生之道，"以为前人之法，未尝不近取诸物。吾师于人者，未若师诸物也。吾师于物者，未若师诸心"。于是在终南、太华岩隈林麓之间，体味云烟惨淡难状之景，"默与神遇"，终成五代宋初的一代山水画大师。

北宋·范宽《溪山行旅图》　　南宋·李唐《万壑松风图》

  南宋建都杭州，山水画家李唐也随大批画家来到杭州。水墨画在杭州也勃兴起来，形成南宋山水画独特的技法和风格。杭州四面环山，地貌似盆地形质。画家在观察山水时，视点皆在谷地，所以山水的构图常常截天去地，画面多呈一角半边。

  李唐原宗范宽等人的全景式画法，但在其与南渡画家来到杭州后，为清刚劲挺、水气弥漫的钱塘景色所感染，遂变旧习，在用笔上变中锋点戳的"雨点皴"为侧锋的刮刷，并加大侧锋用笔刷掠的阔度和力度，创出所谓的"斧劈皴"，恰到好处地表现了当地景物的特色，并广为他人师法，马远、夏圭、刘松年等皆是师法李唐而开面目的高手。李唐所创斧劈皴有"小斧劈"与"大斧劈"之分，刘松年继承小斧劈，韵致秀润；马远

南宋·夏圭《溪山清远图》（局部）

南宋·米友仁《潇湘奇观图》（局部）

用笔刚猛，侧笔凌厉阔大，得大斧劈之质；夏圭则大小斧劈兼而有之，水墨苍润，气韵深幽。

李唐画派成为南宋画坛首选样式，李唐与马远、夏圭、刘松年并称"南宋四大家"。写实性较强的水墨山水画发展至北宋中晚期，在燕文贵、郭熙、王诜大家辈出的同时，崛起了另一种抒情写意性较强的山水画法，就是米芾创造的米点云山，与当时苏轼的"枯木竹石画"一起被称为"文人墨戏"。

"文人墨戏"顾名思义就是文人诗余信手为之的涂鸦之作，重意趣，往往信手随性之作有出人意料的生趣，故被视为文人戏笔的业余绘画。由于米芾是宋代书法四家之一，声名颇大，又善精鉴，尤其摹古可以乱真，与其子米友仁共创云山法。米氏云山法存世稀少，按今天一般所知的米氏云山，其具体画法用一排排侧锋横点，写出三角形的山体，再略加坡岸丛树，皆以湿墨为之，虽然山形殊乏变化，但远望却有烟云变幻的妙趣。

五代十国·董源《潇湘图》

此法入元后，元代名家高克恭综合了米芾和董源的画法，创造了一种在披麻皴基础上结合侧锋横点的山水技法，既有笔墨趣味，又强调功力，因而成为元代文人山水画中一种特殊的风格。

从北宋初期的山水画发展来看，被视为荆浩水墨山水风格嫡传的关仝、李成和范宽就已经在北宋享有盛名，而且被尊称为北宋山水"三大家"，他们部分画迹分别是北地黄河中下游自然地区的山水写照，并且被绝大多数属"北派"山水风格的画家所推崇和仿效，形成了"凡称山水者，必以（李）成为古今第一""关陕之士，惟模范宽"的局面。而地处江南的董源却默默无闻，画史记载简短，生卒年不详。那么以描写江南景色著称的"江南画派"创立者董源，何以在北宋中期突然声名鹊起呢？据史载，董源钟陵人（今江西进贤），生年不详，卒年据《式古堂书画汇考》说在建隆三年（962）。曾任南唐北苑副使，管理建州（今福建建瓯）茶场，现存作品有《潇湘图》《夏景山口待渡图》《夏山图》《溪岸图》《龙宿郊民图》等。

董源山水画也有两种风范，"水墨类王维，着色如李思训"。《宣和画谱》作如下描述："下笔雄伟，有崒绝峥嵘之势，重峦绝壁，使人观而壮之……谓景物富丽，宛然有李思训风格。

萧海春《拟王原祁山石法》

萧海春《拟黄公望山石法》

萧海春《拟王翚树法》

萧海春《拟赵孟頫树法》

今考元所画信然。盖当时着色山水未多，能效思训者亦少也。故特以此得名于时。"但还有一种是董源自出胸臆的画法，"写山水江湖、风雨溪谷、峰峦晦明、林霏烟云，与夫千岩万壑，重汀绝岸，使览者得之，真若寓目于其处也"，成功再现了江南山水之形胜。

与西北高原泥土剥蚀、石骨显露、山势险峻的地理构造不同，江南地区山势大多趋向平缓，土肉深厚，草木华滋，湖山烟云迷蒙，空气格外湿润。从横卷的《潇湘图》《夏景山口待渡图》《夏山图》看，实为江南景色之佳观，较之关、李、范的绘画语言则完全不同。

董源对"江南山"的艺术语言创造有以下特色：在摹写山

讲座现场　　　　　　　　讲座现场

体形态方面，董源以中锋用笔的披麻皴和点簇法，夹以传统的短条子皴、雨点皴；在笔皴之间，董源用淡墨破染山坡的凹陷处，物象的结构与影调关系得到了强调。南方山顶常积有因风雨冲刷而暴露的累累小石，董源依据写生得到启发，创造出所谓"水墨矾头"的形象，恰当地再现了江南山峦表层的浅沟纹脉以及草树植被在空蒙气象中的视觉印象。有艺评家评说，沈括赞为"多写江南山，不为奇峭之笔"，董其昌称其"作小树，但只远望之似树，其实凭点缀成形者"，由此更知"米氏落茄之原委"不是凭空臆造的。元代大家高克恭之米家落茄法创意就是在北苑的点皴法参化米氏法而完成的新格。

在董源的《潇湘图》中，可以看到远处的山峦连绵起伏，近处的江水平缓辽阔，从画面两边向中间各伸出两片沙碛平原，坡上蒹葭苍苍，芦苇茫茫，整幅画充满了如米芾所称道的"平淡天真"的趣味。

而北方山水画派中，荆浩和他的弟子关仝为代表的表现特点都着力于表现垂直陡立的高山，雄健而气势壮美，为突出山势的险峻高耸，大多采取竖式的构图，以便布置崇山峻岭的画面。而董源平时沉浸在温润秀丽的江南景色中，采取横式的手

现场示范　　　　　　　现场示范

卷形式来表现优美蕴藉的江南情趣。在董源的视野里，山体延伸的脉络多向画面左右两侧发展，丘陵连绵、斜坡起伏的山貌不仅符合人们眺望江南山水的视觉经验，还会在观者视点作横向空间"扫描"的过程中，产生一种心理上的时间经验，横式空间使直式构图的三度空间被削弱了，但作者在中景或近景处自觉地安排一些带状的渚浦汀滩和枝叶可辨的树丛芦苇，还穿插了湖水的多层次间隔与透迤的节奏，与山势交相映趣。

我们再从董源的《夏山图》画法来分析。夏日浓荫，表现山体苍郁，树木葱茏的气象。连绵的山头皆以淡笔勾皴，不拘泥于细巧，然后用淋漓约略的小圆墨点密集为簇，后人称此画法为"雨点皴"（或"点子皴"）。从董源的审美心理上看，要再现江南意境以简约、舒展、脱略行迹的画法，于是引申出以点簇的笔韵来塑造迷离恍惚的烟云景致，各种勾、皴、点染的连缀发挥使恍惚的烟云意趣萌生于江南平淡的山色中。

这是江南画派先驱们的一种新的尝试。早期中国画的"以线为骨"的传统在线皴的基础上打点并加以渲染，显现阴阳向背的体质感，画法淡化了线条在画面上的恣意张扬，加强了"点"在画面里的平衡作用，自觉塑造出一种江南山色葱郁明丽的山野特色，平淡而天真的审美趣味。

而米氏取象造意，充分汲取了董巨"淡墨轻岚"的韵致，在于意似、心象，趋向"点滴烟云，草草而成"，笔墨"由实而虚"，由严谨刻画转向疏松，灵动而简率，二米的删繁求简的艺术实践又推进了江南画派的历史地位。

大概是董源曾任北苑副使的缘故，他整日徜徉于山林逶迤的皇家园苑里，敏锐地发现在云雾水气笼罩下的江南山体的轮廓不像北方山水画家眼前景物那样清晰。中原的山峰轮廓线总是截然可辨的，于是董源思索着不能用以往的重墨线勾勒山体轮廓，要运用浓淡不一的墨点或水墨烘染来交代山脊和天空湖水的交界、江南峰峦的出没、云雾显晦的湿润气象，因此得以再现。

沈括在观赏董源的《落照图》后大力赞赏董源这种山体画法，"其用笔甚草草，近视之几不类物象，远观则景物粲然，幽情远思，如睹异境"，"近视无功，远观村落杳然深远，悉是晚景，远峰之顶，宛有反照之色。此妙处也"。此妙处是董源长期观察的结果，他发现了自然山水的面而不是线以后，运用了一系列相应的绘画技巧，柔化了物象的外轮廓而突出地强调其体面与明暗的关系。如果不是对再现物象的刻意追求、不是独特的观物方法、不是相应绘画语言的娴熟运用，画家是无法达到如此境界的。

一种迥别于北方山水画派的董源江南画派在米芾眼里是值得称道的创造。米芾在《画史》如是说："董源平淡天真多，唐无此品，在毕宏上，近世神品，格高无与比也。峰峦出没，云雾显晦，不装巧趣，皆得天真。岚色郁苍，枝干劲挺，咸有生意。溪桥渔浦，洲渚掩映，一片江南也。"

董源之画也被明代董其昌推崇备至，尊为本家法，为南宗水墨主要领导者。"董北苑画树……又有作小树，但只远望之似树，其实凭点缀以成形者，余谓此即米氏落茄之原委。"正如"米氏云山"画格的重要审美特征，"米点"表现方法，从追溯分析米氏父子艺术渊源来看，

五代十国·巨然《秋山问道图》

董源的画法在元代被全面接受，元四大家的黄公望、王蒙、吴镇、倪瓒与之都有衣钵传承的关系。以黄公望的《富春山居图》为例，就是董源体系的完美体现，成为中国山水画经典范本，为山水画"书画为寄"，以书入画，把笔墨作为表现文人意趣的核心语言。

在前人的画史里，董源与其弟子巨然并称。巨然原为江宁开元寺和尚，开宝八年（975）随南唐后主李煜到汴京。从巨然流传的画迹《秋山问道图》《层崖丛树图》《万壑松风图》来看，山顶的矾头、山体的长披麻皴确有传承关系，与《龙宿郊民图》相似，但与董源的《潇湘图》《夏山图》这类笔法却有差异。

巨然的整体画法简洁明净，尤其是水墨的染渍更自觉而完

现场合影

整。而董源写山水，尤其江南自然母题的描写，皴点变化大而且细腻浑厚，较之巨然更具写实的再现的特点。而巨然则皴法变化不大，长披麻写法成为他的图式，主观地追求一种装饰简约的风格，水墨明净剔透，尤其破笔的浓墨浑点更是他独特的创造。虽然没有材料说巨然是禅门弟子，可是他的作品确实透露出一种不厌生活"深得佳趣"的禅宗意味。时人评以"笔迹野逸""平淡奇绝"，从侧面揭示其画意象画格的特征。米芾说"巨然少年时多作矾头，老年平淡趣高"。这就是说他早年尚能继承董源余绪，晚年则趋入自创景物、寄意于象的一路。

明代董其昌在"南北宗"论上，确立"南宗"画法以董源为祖述，并以黄公望、倪瓒为切入口，结合米氏云山变幻的意趣，把"书画为寄"笔墨上升为"文人画"理论的基础，完成了中国绘画语言从写实"再现"向表现"写意"的转型。

2021 年 3 月

## 杂花生树　独占芳菲
——关于花鸟画史的随感

"桃之夭夭，灼灼其华。""蒹葭苍苍，白露为霜。"四季轮回的花开花落，周而复始，绵绵无尽。历代文人常借草木来言情，赋予它人格以抒怀。譬如屈子喻香草为美人来佐证人格的高洁。"朝饮木兰之坠露兮，夕餐秋菊之落英。制芰荷以为衣兮，集芙蓉以为裳。"这位有"香草癖"的大诗人，恨不能让那些香草佳卉装点全身，以"芳与泽其杂糅兮，唯昭质其犹未亏"。那些寄情草木的作品有担当和承载。

自然草木始终与人类相依相伴。在人类文明史里，那些无性的草木和有欲性的人类就互为依恋而交织着，并构建成一条韧度极强的绿色链子，连接他们之间的生存状态，述说着文明的演进史，并为民族文化精神注入了清新的凉意，高古而幽远。如果人类没有红花绿树护佑相伴，那么人的诗意生活和放情抒怀又从何谈起？创造又缘何而成？

一

我们可以在传世名迹里看到以草木寄情的画作，而且在唐五代的乱世已相当成熟。在相对偏安的西蜀和江南后唐的宫墙里，画师们以物象的法则随类赋彩，孜孜不倦地用画笔颂扬那些寻常草木的艳姿和性情。所谓祥瑞富丽的宫廷趣味的"铺殿花""装堂花"样式，装饰在宫苑的娱乐场所，那些活色生香

萧海春《墨梅》

的草木被达官贵人赞赏或题咏。当时活跃在西蜀宫廷里的职业画师黄筌注重写生，以富贵工丽的样式被世人追捧；而后唐宫里的徐熙却以活脱简逸的所谓"落墨"法被后主珍赏。"黄筌富贵，徐熙野逸"，是当时人遵从的审美法则，这两者在表现形式上的差别，不仅是在选题和技法上的差异，这一评价体系在今后花鸟画史的展开中也产生过很大的影响。

黄筌祥瑞富丽的审美样式在主流画史中占据正统优势，尤其在北宋徽宗皇帝领导的画院体系里被得到提倡，后在南宋新都临安的西子湖边结出硕果。宋人的院体花鸟画至今仍被尊奉为经典。而水墨写意的徐熙画派只能在私人或非主流的民间圈子里传授，由"落墨"发展为"没骨写意技法"，为北宋文人画提供了实践的保证。苏东坡才艺卓绝，提倡水墨写意精神，视"唯形"是儿童的见识。宋代文人智慧地选题梅竹木石来表现文人高洁的胸次，尚意的写法在文人墨戏的圈子里慢慢地突破了"唯形"的牢笼。文人占据了翰墨场的高地，他们的墨戏状态不仅在于为洗脱院体画过度的脂粉而不遗余力，更重要的是为文人写意画进入画史的正题起到了关键的推动作用。

尚意的写法在南宋的水墨苍劲的助推下，"唯形"的笼子被实践所突破。梁楷和法常的画作带有禅意的张狂，那是南宋的精神状态。法常冷峻而孤寂的独特视角，形骸简逸的花果墨味清冷，似乎让观画者隐隐感知到那种冷漠所呈现出的南宋末日的景象。但他们的画作为元代水墨写意提供了样本，而且给明沈周拙朴的花果写生技法直接提供了借鉴，并对青藤、白阳的水墨写意产生巨大的推力，尤其是在天才的徐渭那里得到淋漓尽致的发挥。元代的山水画在画史上是又一高峰，它的花鸟画也出现了新的高度。继承南宋花鸟传统的钱舜举是一位元初的大画家，他在赵昌写生传统上绝去"近世""浓艳"的刻画，简略造型，敷色淳雅，创造了一种拙朴简雅的花卉风格，洋溢着融融的淳古气息和纯净的品质。钱选的淳古雅丽的传统似乎在明代陈老莲那里得到重续，古雅奇崛的风格不仅是老莲性情的折射，而且那种简古风格绝去清冷而呈现的是世俗的情态。

赵孟頫以天纵之才，提倡"古意"，强调"书画同源"，并力行水墨写意，创格墨竹木石，以纯熟自觉的书意笔法疏简了文同竹派的严谨枝节，用闲雅高逸的气质构建了"四君子"文人的墨戏形式，成为文人娱性言情的可操作的样本。在墨戏遣兴的风尚下，那些山水大家们也纷纷加入，成为水墨写意的主力，如高克恭、柯九思、吴镇、顾安、王冕等，都是梅竹大家，在他们案头或雅集的壁间留下可观的墨花作品。

那些自娱性情的笔墨游戏到了明清更是精彩纷呈，大家辈出，无论题材、技法，还是诗画合一的样式，皆达到前所未有的高度。

## 二

"吴门画派"的开拓者、山水大家沈周不仅是南宗山水的承继者,又是文人意趣写意画的直接传授者。南宋的水墨写意派的传统,在他的墨花写生中呈现出朴拙素雅的新格调,一改前朝的淡柔或清冷。朴拙简约的写意笔韵,在某些方面较之他的山水画作似乎更为蕴藉。白阳山人陈淳在文徵明的提携下,他的花卉写意以灵变清脱的格调,写出生动雅致的杂花,散发出文人洒脱的情致。较之石田翁刚毅简拙的笔力,陈淳更多的是自信、放逸、空灵和雅洁。他的画作意蕴丰富,呈现出吴门文人闲适悠然的品质,透露出苏州人那种世俗享受的悠缓风情,绝去宋元文人画幽闭的心致,呈现的是文人自得淡然的世相。陈淳的墨花游戏完整地构建了花卉水墨写意的样式,还拓展了形式多元的发挥,他的墨花常常在画卷中夹杂诗文题咏,诗、书、画合璧的自觉行为真正形成了文人写意画的价值体系。从某种意义上来说,五代野逸的徐熙画派的墨色精神经过漫长的衍变,在明代真正成为画史的主流,也是文人士大夫成为写意精神的实际引领人。

嗣后的青藤道人徐渭,却没有吴门那些文人享受世俗雅情的幸运。他身处晚明乱世中,天意莫测,命运悲惨,绍兴人刚执的性格迫使他走向偏执。他有骄纵的才情,刚猛极端的艺术品性,在命运的挤压碰撞间一任放纵,剑戟狂舞的笔趣在深厚的草书底蕴遒劲的助力下,逸出文人写意的樊笼,一扫淡静的守则。徐渭放笔直抒"舍形悦影",横涂竖抹,天惊地怪,率真无畏,郁勃之气超绝了南宋水墨写意派的猛气。从青藤的粗头乱服笔踪间窥见了徐渭缜密的心致，极速的笔势在水晕墨洇的润韵的映照下，蕴藉无穷，逸趣横生。徐渭的大写意艺术是"拒媚"人格的张扬，是诗酒精神热力中的清醒，他笔下微弱的草木却激扬出淋漓酣畅的高亢。这是明代世相的一个极端，高扬与压抑张力下的水墨写意画似乎逸出了它能承受的边缘。

明清易祚间，艺文才子迭出，真是乱世出英雄。那些失去故土的文人遗民，苦闷彷徨，多半惶惶不可终日，其中一部分人借艺自保，暂且为权宜之计，那些人群中就有八大和清湘，他俩在清代都是水墨花卉的大匠。八大这位前朝尊贵的金枝玉叶突陷泥沼，屈辱的遭际使他自尊偏执的性格受到空前的压制。为制御外压和排挤，敏锐的内心得到病态的张扬，翰墨对手无寸铁的人来说，宣泄成为他唯一能选的行为。我们从他荒疏清冷的画作中，强烈地感受到一种压力下的极度紧张，内力自抑的积蓄，那些惊恐不安的简厄形骸被情感的自制力有效地制控着，不露蛛丝，藏得深沉。那些草木鸢鱼似乎在限定空间里行止，而不是在放情地弋游或自由开放。在巨大外压和内抑的张力下，八大的苦痛以冷峻内蕴的风格凸显出寒意彻骨、莹然冰雪的意蕴。那种超级的内抑力似乎是董思翁冷逸美学的折射，也是被挫伤的自尊文人心致孤傲的体现。他的自制力有趣地把白阳、青藤二极的品格有效地纠结在一起。外在静寂和内心的激扬对立被一种高超的魔力统一在一起。八大的智慧，在于找到绘画与情感的完美平衡点，形与意二极相映精妙的把握力。他的水墨写意画是画史上的极致景观，他有效地达到了似与不似的美学的最高境界。较之白阳更为纯粹放逸，也没有直观的华彩四溢似火燃烧的青藤式的张狂。他的艺术是精炼形骸和舒放适度的笔墨完美的结合，简拙而不艰涩，节制而不囿常规，八大墨花奇崛冷峭的性格是画史常态和非常态间恰当平衡的典范。他的艺术穿越时空，至今让人震撼不已。形与意始终是每位画者纠结的话题，八大话题让我们深思不已。

清湘石涛的山水画元气淋漓，生意无穷，在画史上展示出郁勃酣畅、奇姿迭出的艺术风格。他的兰竹双清发展了元明的兰竹传统，他的兰竹以野战的姿态凸显他孤居林间而品格郁勃的豪气，迥然于青藤、八大的不同凡响。还有一位落魄寄居草间的天才画家恽南田，他怀有遗民不屈新朝的夙志，性高洁脱俗，他的没骨花卉以雍容娴雅的正统气格继承了徐氏没骨写法，是极具新意的创格。谦谦淡雅的韵致、灵动脱俗的笔法、生意精妙的结构、华润明丽的敷色、新调没骨法为时人争相仿效。他的写生艺术，以清雅端丽的正统格调在花卉画史上被尊为大雅宗。在董其昌淡静娱性艺术主张的影响下，恽南田与"四王"及吴历的艺术风格代表了清代的审美，也是文人价值观和世俗追求相融的文化形态，恽南田的花卉写生传统至今还被传承着。

乾隆年间"扬州画派"在清湘的直接影响下，他们的志趣逐渐与世俗相融，雅与俗的界限也模糊不清了。那些聚集扬州的艺文才子各有情性怀抱，喜怒哀乐成为他们的文章，梅兰竹菊是他们共同的清供，红花绿树杂陈其间，那些孤傲耿介的文人意志在陋巷寒舍里被无奈地消解掉，自嘲调侃成为他们群落的酸寒气质。除了狷介的金农鹤立鸡群，他灿若星辰的墨梅傲骨伟岸，还保持扬补之野逸的素怀和王元章香溢的气息。他的才情和智慧在沉沦中保持了它的纯正，为了取得自尊，也无奈用解嘲自尊的方法来维护文人的价值。文人的清高、雅洁、孤傲、自尊，在时代的末端也无奈地变了味道。

## 三

晚清进入近代，国势因积弊而衰退，这江河日下的光景也无可奈何花落去。但其间仍有艺文上的"道咸中兴"的说法。书法从碑学中汲取金石的力量，强振笔力，务去柔靡，时代文人企望重新振作有为。画家们借重书法本体的质量，以金石碑学来重构帖学丰富的表现力。在这一场重金石碑学的实验里，书法又一次挽回了文人水墨画的疲弱命运。碑意书法重篆隶，笔法务取中锋的臂腕之力，万毫齐力，厚朴苦涩，力纠轻柔浮华的弊病。赵之谦、吴昌硕、齐白石、黄宾虹从金石碑学的书意中汲取用笔的气格，用力挽万牛的气概重振了近现代画史的颓败。

以上四位大家首先都是书法和金石大家，赵之谦以苦涩峻利的方笔，写出花卉生涩凝重的气质，以诗、书、画、印四绝的相结合，丰富了写意画的文化内涵，他是海上画派的先声人物。而吴昌硕则以圆浑如金的篆笔，写出古秀厚朴的金石趣味，力振了晚清民国颓靡疲弱的画风，他强其骨的文人精神是继青藤、白阳、八大、清湘大写意传统，并以铁骨的力量、遒劲的力道拓宽了写意的精神，影响了齐白石和黄宾虹，成为近代文人写意画的拓荒者，是"海上画派"实际领导者之一。

与缶翁同时代的蒲华也必须大书一笔。蒲华一生潦倒，落寞而死,但他纯文人的写意精神迥异于缶翁。蒲华也以篆笔入画,气质厚朴而疏秀,偶以草意写竹,淋漓洒脱,冷逸的墨味澄澈清润,线质圆而灵,厚而疏,文人雅致清韵从稚朴的笔道里透脱出清气圆融的气息。尤其他的书法集鲁公和怀素意趣,凝练洒脱,淳厚萧散,犹在缶翁之上。他没有缶翁力拔山兮的气概,但有素淡野逸的心致。蒲华画艺中的"邋遢"率意,是其磊落性格的延伸,是白阳、青藤墨戏精神的又一发端,作为文人写意的品性,较之缶翁似乎更为率性和脱俗。这一品评其意义在于文人价值纯粹性和品格的取值有不可估量的现实意义。

还有一位写意大家,他的人物写意是近世绝代高手,同时他的花卉鸟虫也超越了南田老人,他就是任伯年。他笔下的草木形象以迅疾灵动的勾勒、活脱鲜丽的色彩,赋予诸物灵性和魂魄。其娴熟的写生技巧,从形、色、神、趣诸因素来思考画艺本体所需的能力,任伯年可谓前无古人。

是否可以这样认为,齐白石、黄宾虹是中国文人画进入现代的最后两位大师,他们大半辈子都生活在晚清民国,他们的画艺,在文人画价值体系里追寻了漫长的一生,艺以载道,锐意求新,在文人写意画领域里取得了后人无法企及的高度。他们与古为新的写意精神为现今画家提供了丰厚的营养和拓展的多方可能性。

白石老人出身农家,幼聪颖,虽也苦读求知,然毕竟不是书香门第,但他游学不辍,用拜师寻友的方式来充实个人,但终其一生也改不了他农民的质朴淳厚的气质。从他的画艺来看,他选择的不是梅、兰、竹、菊四君子的冷逸孤高,而是乡间常见的红花绿叶作为表现的题材。白石老人性情诙谐风趣，勇于探索，使那些田间的凡物生意盎然，妙趣横生。他是木匠，自小培养出简省的塑造天赋，他用木工雕刻的思维来寻求形式的简约，那些生活中的鱼虾和草木被省简为笔墨的程式，使田间凡物栩栩如生，兴味盎然。老人粗枝大叶又精妙入微的笔墨，浓郁的色彩和稚朴的品质，都打上农民的深深烙印，有声有色地描绘出乡间老翁对安宁喜庆生活的期盼。当然他不是乡土的风俗画家，他有乡土情素，但他更有深厚的诗书教养，胸次旷达。他机智而老练地把冷逸清幽的文人趣味与淳朴的乡土情怀奇妙地糅合在一起，他既使乡土情趣雅化，又使冷逸的格调变为豪迈奇肆。这是老人练达洒脱智慧的结晶，让后学深省不已。

与白石老人迥然不同的黄宾虹，出身书香门第，自幼习画，受旧学蒙养。自小有济世报国的大志。图强之志破灭后，转而著书立说，著作等身，皓首穷经，为中国画学复兴孜孜不倦地求索。宾虹老人从画学史述的角度潜心绘事，为山水画浑厚华滋求索一生。可以这样说，近现代的文人画大家们无论是学养和眼界，都无出其右者。他是一代山水画美学的大宗师，他与白石老人最大区别是，他是一位纯粹的文人，沉潜画学，在书斋和游学中过着著书立说的生活。积学深厚，洞若观火，深谙画法，从书意中求取笔法，力挽万牛，务去柔靡，笔墨为上，追求内美，使山水精神浑厚华滋。如果说宾虹老人的山水以繁求简，他的点染花卉则简逸飞动。花卉用笔圆浑，笔致洒脱，随兴适意，形象生动脱略，设色清丽淳古。他的写意花卉远宗明人写意传统，气息淳厚，古意盎然。赏其写生既赏心悦目，又意味无穷。看似草草写来，能舍形悦影，笔墨有浑穆的金玉气息，宾虹独特的草篆写意为文人画写意平添无穷意韵。

检索中国花鸟画史，文人们用托物言情的方式与草木结下了不解之缘。从传世的画卷来看，花卉写意几乎占据了画史的半壁江山，无论是工谨明丽的刻画还是遣形写神的文人意趣，都集中反映了寻常草木不同寻常的精神价值。这些遗存的大量的画作是一项值得研究的艺术遗产。我们在艺术创作中体悟到物形和意趣是艺术追求的终极命题，从寻常草木中见出人类的依恋和敬畏之情，从单纯物象提升到有品赏意义的艺术，是人类认知自然的一大跨越。我们自觉地去解读它，并追溯它的意义，需要耐心和智慧。

只有读懂花卉的写意历史，才能对当下花卉写意的问题进行检讨，才能找到我们创作中的症结。如果从草木中能见出大世界的话，那么我们才能真正体会到草木性情的魅力，才能让寻常的草木在画史中独占芳菲。

2014 年 9 月

# 琉璃世界
## ——我读董其昌

中国的文化艺术要从根部开始研究——只有寻根才能使中国人认识自己。同样，中国画只有在认识传统以后，才不会妄自菲薄。

今天说董其昌，我个人对董其昌的认识是有一个过程，也是在对传统认识不断深入以后才逐渐完善的。20世纪90年代初我开始临摹"四王"，"四王"似乎有种使命感，那就是所谓传承。"四王"的前面是董其昌，董其昌与"四王"不完全一样，他最早师从松江莫是龙、顾正谊，他早期的作品，虽也有拟古，但比较简单。我最早接触董其昌是在上海工艺美校求学时，当时有位同学知道我画山水，他有一本珂罗版蓝纸封面线装的山水画书，有一次拿给我看，我看呆了，画得很棒，我说是王蒙的，他说不是，是董其昌的。当时我都不知道董其昌是何许人？那时，在主流美术界，董其昌被"洗"掉了，"四王"也"洗"掉了。现在回忆起来，我看到的就是董其昌的《小中见大》册页。

因为有董其昌，才有"四王"，从山水画的技法、丘壑、气韵等方面衡量，董其昌都是比较顶尖的。

董其昌最善于用破墨，他画得非常滋润、非常澄澈、非常之净。比如台北故宫博物院所藏的《夏木垂荫图》，雨后的那种清新扑面而来。董其昌常提到董源、黄公望。黄公望是以线

萧海春《拟董其昌烟江叠嶂图》

为主的，用线条略微加一点水墨渲染，他的《富春山居图》被尊为山水史上的"墨皇"，并非过誉。但真正达到中国画宁静、灵动与秀润之美的，是董其昌。他的线与墨，是高度抽象的结合。董其昌曾说，黄公望有时还有一种纵横气，他要破纵横气，所以他认为气息要淡。他欣赏米芾、倪云林追求的平淡天真，从这个视角看董其昌的笔墨，非常干净，非常考究，读他的画恍若置身琉璃世界。

以书入画，赵孟頫是一个开端，但真正实现的应该说是董其昌。董其昌的画，笔墨很简净，下笔很果断，具体说就是删繁就简。黄公望有时还有很多的线条，到董其昌那里，一根线条就解决了，他善于用一根线条表现山水的灵气。这样在不断地删减以后，董其昌的图式化就不断地强化。图式化就像写字一样，有一个框架以后，笔法上一笔接一笔，就像书意连绵不断，随性而千变万化。董其昌的笔墨本身可以脱离一定的形而存在，经过不断地删减以后，他把很多东西高度纯化，最后直指自在的心性。所以董其昌说："以蹊径之怪奇论，则画不如山水；以笔墨之精妙论，则山水绝不如画。"

董其昌从来都不按俗套来，不程序化做事。他仿过很多古人的画，但那只是一个载体，比如他画董源，与真的董源不是一回事。中国人讲究临，临就是取其意；再有是写生，中国画的写生有中国画的视角，与西方画作单一朝前看的视角不同，中国画看的是四面八方，正如所谓八面来风。董其昌通过临、写，不断地选择自然，看到自然的丰富性，这样他对自然才有一个立体的、全面的感悟。比如他画树，画的是本质，是浓淡疏密的关系，表现一个空间深度。他的几棵树放在那里，穿插组合，很简洁地把那些树表现得非常有情意。树、山石在他手上产生奇妙的效果，难以言说。

董其昌晚年的小册页，随心所欲，对墨的体验是顶级的，一般人没有深入地研究，是认识不到这一点。李可染也直到八十几岁才认识到董其昌的好。说到李可染，众所周知，他对山水画写生是有很大贡献的，其画以墨为主，浓重浑厚，深邃茂密。但他把中国画简单化了，中国画不是靠"黑"能解决的。李可染的笔墨基本上是属于静止的，厚度有了，但墨却死了。李可染的笔墨不像黄宾虹的厚，是笔墨的不断交叉，墨里都是有缝隙的；也不像傅抱石那种笔墨充满天性灵动，让人看到就会激动。齐白石晚年也发现了董其昌淡墨的了不起。就是说，到一定的阶段以后，想把心境画出来，却发现很难，那么真正思考就会发现传统的厉害处在哪里。李可染后来说自己是"白发学童"，也是这个道理。

文化是要靠积累的，而且要靠每个时代特别有才华的人传承。董其昌能有这么大的成就，一是他的善于学习，他的书法、绘画、学问，都很了不起；二是他有宏大的历史观，他不像某些画家眼光狭隘，他对画史有整体性的回顾总结，在此基础上提出一点，指向未来。这就是大师——他的功绩就在这里。

# 再谈董其昌

董其昌是一位伟大的书画家，自晚明确立其在书画史上的地位，不仅直接影响清"四王"和"四僧"，还延伸到了近代，我们今天仍在探讨他的艺术思想，就可以说明其影响的深远。董其昌的绘画具有独创性，反对刚猛；他真正确立了笔墨在绘画的中心地位；他的作品展示了书意对绘画形式的再发挥，他的图式是从黄公望加以简化而来，明净简约。他提倡淡，在墨色发展上贡献巨大，如积墨、淡墨；他主张寄画为乐，修养身心。这些都是值得我们探讨的。

董其昌在晚明时期已确立了其书画大家的地位，他的艺术理论和思想直接构建了以"清四王"为代表的审美理想，不论在思想上还是在以笔墨为中心的价值取向上，都起着主导作用，形成了清代的绘画图式和审美趣味，同时在文人画方面，还影响着"四僧"的绘画艺术。在漫长的三百年中，主宰着中国画的发展，并且还影响了近代绘画的价值取向。要理解董其昌的绘画，我们先要看看他对画画的理解。

首先，他十分尊重传统和古人的遗产，在其书画艺术创作中从未中断对传统的借鉴。如从他学书经历讲，董以为不临古人必堕恶道，数十年的临池积累创造了别具一格的董体，为明以后的书坛作出了巨大的贡献。从绘画角度讲，他也用功其深，二十几岁临黄公望，后上溯宋人，在三十几岁时遍临宋元诸大家，如现存的《小中见大》册，就是他用功之深的佐证。这些作品对从画面把握的能力和深得古人的神韵来看，已经完成了大家的规范，并且通过王时敏，为清初"四王"的画风奠定了基础。

但董其昌绝不专事摹仿，一笔一画不越古人，而是有他独到的取舍，并建立了个人的山水艺术的图式。董其昌的个人图式的构建并不是空穴来风不学自成的"创新"，而是有坚实的实践和历史的眼光加之睿智的思考形成的。董其昌通过学习古人，从元代黄公望入手，进入"元四家"，而后上溯宋人，并以个人禀赋和儒、释、道三家的"中和"思想，对传统进行个人的梳理，褒扬以董源、巨然、米氏和倪瓒这些南方山水画为代表的画法传统，贬斥浙派刚猛草率而就的狂怪风格，明确提出中国山水画史的"南北宗"理论。在艺术上专注"寄画为乐"，以"淡"为宗，他的画淡静，一片清光。他认为"质任自然，洗就自然，天然天真"，反对所谓"精工刻画"，提倡以笔墨为上的中心论，以书意入画，强调写意精神，企望从"淡"通向"无"。董其昌的美学理想恰恰击中了明代绘画刻画和狂躁的弊病，他以全新的"淡、秀、润"的艺术主张，将中国画的发展引入新的时代。

其次，欣赏过董其昌画作的人都能感觉到董画的平和、淡静。李可染先生在他晚年曾经说过，他从前不懂董其昌，后来渐渐懂了，认为董画就像月光下的创作，明净透彻。可染先生后来的墨法深厚而透明就是对董其昌用墨的解读。这是在审美和理念导引下的实践成果。董画柔性、干净、清澈，它是心田中贮存的丘壑，是超然世外的一种解读。所以董画可以寄乐娱性，可以养生。董其昌的淡静明净的高韵除了胸次无尘垢外，源自他擅用墨法，有墨味，丰腴秀润，尤其淡墨和积墨都是迥异于古人的，他是从元人高克恭和梅花道人的法式中解读出来的。他在写米家山时最能体现其纯熟的用墨技巧，墨色鲜润，光彩照人。董其昌在造境上有独特的表现，他反对画欲"明"，显露刻画的痕迹；主张画欲"暗"，暗者如云横雾锁，用墨淡静，线条隐约于墨色中，不很清晰，书意和落笔似乎漫不经心，毫无刻露之痕。所以董画墨色柔润含蓄，秀雅可餐，有别于南宋和明初的刚猛气势和直露。董其昌的绘画也是有变化的，于经典的重构中不断吸收有价值的成分，他并不拒绝对自然的体验，行万里路，有不少画作都在游历和"舟次"中写就，很有新意，重复自己的作品也少有。尤其是成熟期的作品具有很大的随意性，书意的挥洒，随机的搭配，不论刻画部分还是涂鸦部分的笔墨形式与物象形迹，都显示出具象写实和半抽象的混合，可以说，就绘画本体来说，这绝对是很纯粹的东西，他的简约单纯表现出中国画的最高境界。

最后，董其昌的书法功底深厚，以书入画，他的线条表现在纸上时可以随心所欲，在简约的笔墨中，用笔生拙秀润，写树与山也各各不同，体现出对物象的概括能力。他的画作中经常有出人意表的东西，常常在常态化的节奏上添加生拙或秀润的醒笔，使物象空间增加了变数，丰富了意象的内容，突出了偶然的机缘和无穷的意趣。他的画回味蕴藉，一树一石随机生发，自然天成，绝无蹊径之嫌，这种随机生发是道生万物的体现，令读画人遐想联翩。我以前非常推崇黄宾虹的浑厚华滋的美学理念,推崇他的积墨,要表现山水的厚度。画到后来,我发现纯粹靠积墨只是技术层面上的,当然,黄老先生的画面本身具有一种哲学高度。解读了董其昌的画,知道了惜墨如金,用墨不在于浓淡和积累,而是要知白守黑。从"淡"的哲学观去观察自然和参与画工,能深刻理解墨分五色,真正懂得墨团里天地宽,我心豁然。他的画只有几根线一搭一拉,几点墨一滴,但它们的关系就这么密切。而且从赏画的角度,较之宋元画,董其昌的画能使人产生更多的联想。董其昌把画简化了,书法的表现在结构化的形式中左右逢源,创造了一种全新的图式,所以董其昌无愧为一代大书画家。

董其昌与"明四家"的区别就是:他本人与现实不是贴合得很近。从他的画中,我们好像看不出他与自然、生活的直接关系。但董其昌之所以重要,不在于他的观察细微,而在于他的思想文化境界。从赵孟頫到"明四家",绘画没办法再走下去了。仇英已经把绘画精工极致走到底了,让董其昌像仇英、文徵明那样精致已经不可能了。他认为赵孟頫的时代已经过去了,他要另外开启新的风格。我想,这是他心里的潜台词。他不会像文徵明那样劳累地拼命刻画。

董其昌认为倪瓒的画还不够高,他最推崇的画家是米芾,董其昌有几部绘画手卷都是对米芾画的解读。他不轻易画米画,他在画米画时比较在意刻画,着意消除米家画法模糊的缺点。比如上海博物馆所藏的《云山图》很简约,几乎就是几笔涂过,但比较辽宁博物馆所藏的这一幅似乎更有一些韵味,我很在意这张画里面实的部分，翻来覆去想把这个"实"弄清楚。

对于我们学画的人来说，认识有一种惯性。我们已经注意到，积墨是在宣纸上反复添加，但有时候掌握不好，就会把新鲜的东西覆盖了。董其昌的画很生、很辣、很秀，这在宋画和元画里是很少能看到的。尽管赵孟頫在他的《水村图》里画了一些很生的线条，但和董其昌比起来，董更自觉和潇洒。在辽宁博物馆所藏的这一幅中，前面的这丛树太妙了，它们几乎像是董其昌即兴而作的，看似随便涂涂，但仔细理解和解剖它们，就会发现光、形状、形式之间构成的自然气息、用墨、用笔，包括虚实、干湿的控制，所有的关系都在里面了。当然宋画中也有笔墨，但受到形的束缚，久而久之就会陷入对枝干细节的精工刻画，在形式构成上忽视了这棵树与后面的山在气息上的沟通，忽视了画面的整体。董其昌画中的云山，上面几笔下来，中间空着，然后他发现这里面平了，就加上一层笔墨，有很大的随机性和下意识的流露，空间马上变得既干净又丰富耐看。董其昌对绘画的笔墨和对自然的形态都有着很强的驾驭能力，他把很多复杂的东西都简化了。董其昌对自然形迹的表现要求就是图式化，形象简洁明了。就我的感觉，譬如以画树为例：他可能画第一棵树是具象的，第二棵也是具象的，但从夹在第一棵和第二棵中间的第三棵开始，就是抽象的了。之后画的树越加越多，也越来越抽象。董其昌不断在抽象和具象中寻找平衡，他可以自由畅达地表现心象的东西。

我觉得看董其昌的画和倪瓒的画有很多相似的地方，他们的性格当中都是很干净，两个人好像都有洁癖。但是，倪瓒更执着一点。董其昌用墨非常干净,"四王"都比不上,这可能和他性格上有一点洁癖相关。董其昌在处理矛盾时,非常周全,驾驭得游刃有余。我给他下的定义就是,董其昌性格的圆通周全,使他成为"非常狡猾"的董其昌,变化太大。所以,同样有洁癖的倪云林不能成为政治家,也有这方面的原因。

董其昌和赵孟頫在画上的较劲不怎么明显,更多的较劲是在书法上的。赵孟頫写字,从第一个到最后一个,中间基本没有变化,很有古意。董其昌认为赵孟頫的字太熟,可能就有点俗。董其昌认为他写的字比赵孟頫生,比赵孟頫秀。董字最得力的是米字,用笔凌厉、跳腾,有速度,这一点上他是超过赵孟頫的。我认为,这其实就是个人在趣味上的一个选择,难说高低。作为一个汉人,赵孟頫在元代朝廷中十分不得意。尽管如此,他还是要迎合元人才会有所拓展。但是,董其昌始终在退,看似不作为,以退求进,这是一种策略,并不是说完全无作为。否则,他也不会写出南北宗论,也不会在书法、绘画上下那么多工夫。赵孟頫的书法首尾变化不大,这种技法和他本人的思想是关联的。董其昌要想超越这种极致,就一定要和赵孟頫较上劲。赵孟頫有居高临下的态势,对董其昌的压力确实是很大的。

我认为,董其昌这个人最好的地方在于他不虚饰,就是手法和表现形态比较圆滑,他的画里充满变数,这是智慧。

2011 年 8 月

## 强其骨　诚其意

——闲谈吴昌硕

吴昌硕是我很敬仰的一位大师，他不是一个单纯的画家。吴昌硕对写意的推动，不仅在于他以金石书法入画，筋骨强劲，更重要的是他一直坚持文人的品格，最终使他的绘画成为近现代的一种符号。对于他，我们现在要继承些什么呢？我想到的是吴昌硕的特点——强其骨。

吴昌硕强调书艺，研究印学，把秦汉书法、金石趣味融入进去，把文人画中的萧散与冷艳变为雄浑，这是时代给他打上的烙印。作品要有历史感，要反映画家的文化积淀。因此这种"骨"不仅表现为外在雄健的绘画风格，更体现了其内心想通过书画强劲之"骨"，达到文化救国的迫切愿望，他的画给萎靡的时代打了一剂强心针。

吴昌硕学习花卉，也就是学习传统。传统不是形式的问题，而是精神的问题。传统文化不只包括绘画，还包括哲学、文学等。传统是不允许被肢解的，被肢解之后就变成技术层面的东西，技术层面是有局限性的。具体到花卉，我以为不能单纯看成自然的花花草草。中国人对花草的热情，好多民族是没有的，比如屈原借香草来比喻自己。中国画家画花卉，是自然物加上文人画家的独特体验，重在表现它们的品格，体现画家的性情。吴昌硕对中国文化有深刻的认识，在画的时候，虽然融入其他风格，但还是遵循传统，从而形成了独特风格。

中国画形与意的问题，是永恒的问题。"得意忘形"就是最后要得到"意"。中国画本身有自己的规则，自由都是相对的。因此我反对一味追求写意，写意是一种状态，而非技法，只以"写意"作为绘画的评判标准是偏颇的。中国绘画的写意不仅有样式，最重要的是精神上的构成，所以对中国绘画来说，传统是不可少的，要用传统的滋养来丰富艺术，要非常谦逊地对待中国文化并加以研究。画家本身对此要真正消化，才能得到一笔一墨的妙境。

中国绘画中的山水花鸟，其实是画家总能力的体现，体现了画家自己的思考，借山水、花鸟来抒发自己的情怀。我们要吸收吴昌硕的"强其骨，诚其意"，对艺术一定要敬仰，一定要诚实。

# 董其昌画跋

董其昌于明晚期出，似乎是一种天意。元亡明起，画坛则从元的风气中转移出来，继之以南宋画院系脉及元代院体所替代。明洪武帝厌恶文人及其水墨轻岚的画风，行文字狱，又推行僵硬的院体画。故明代前期之画，由江夏、浙派院体所笼罩，代表元代系脉的王蒙、陈汝言、徐贲等水墨大家均被杀戮，刘珏辈也只能自娱而已。明初戴进虽为画坛高手，然入院体系脉所至，笔墨多僵硬，虽亦多有佳作，终难改习气。吴伟辈用笔更为纵横粗率，陋习伤雅，偏离了元代水墨传统。笔墨内质含蕴削弱，变为外张而少含蓄，刚猛直率，有伤雅韵。流习非常，戴进至蓝瑛也常露琐犷之习，蓝瑛晚期更是刻露。自沈周辈出，力振时弊，推出"元四家"，流韵所及，使笔墨达到了新的高度。然画还被理法所桎，笔墨筑基于南宋画院刘松年、夏圭之流韵，使文、沈、唐、仇的笔墨基因仍未真正恢复到元代的高度，故沈、文之流还在枯硬间徘徊，也抑制了明画的发展。董其昌则在此发展，从中提出了以意趣入画和恢复董巨、"元四家"真传，才真正摆脱了明代以院体模式为主体的绘画，使中国画有了新的转机和笔墨内蕴质量的定位，其旨影响了"四王"和"四僧"。

## 跋《秋雨图轴》

此画为董墨法大乘之作。以雨为题，此画用墨源于董源、巨然和米法、高克恭。近树似雨洗刷一般清润，多用米点写出，浓淡鸿蒙一片。破墨和渍染，渺渺冥冥，极似雨意。中以各介叶组合与横点交织，既以各种符号组成蓊郁苍润的林木，又以破、渍、染、点多种墨法的运用，淋漓尽致地使墨色润厚清腴。一种深郁中的淡朗，似细雨浸润秋叶的朗澄和深幽。临近的水坡以董源法写出林木丰茂的意味，破墨和淡淡的披麻皴很恰当地渲染了雨意。茅舍的上端，丘壑重叠，以披麻长皴和细点的交织，丰厚华滋，又施以破墨和浓点，勾画山雨中丘壑的意态，雨在无声地细润自然，水气又在林木中积聚瀚郁的淡烟，自然在淡净的氛围中显示了它特有的细腻的情感。天上下着细雨，秋林下郁结的水汽蒸腾而上，一种特有的山林之气细腻地刻画出来，与印象主义有异曲同工之妙。董笔下的雨，似以禅味的参悟和黑白的对比，在清冷而又明洁的意味中，写出了自然微妙的情愫。画的下半部似以明冥和丰茂表现自然神韵，以董巨之法为主，中部的峰峦以层层叠进的方式来描写，然林木渐以简化，似表示高耸之意和雨的浸润，使一切鸿蒙混沌起来，自然的细微，被小米的横点符号精妙地刻画出来。长长的披麻淡皴似从巨然中来，又被混杂在积染的横点所湮没，一切是自然和合理的。主峰突兀沉雄，它没高克恭那般显露和不可一世，他被横亘的一段淡烟所笼，雄而淡，壮而雅，在雨中变得柔和而秀雅。董其昌使雄化为秀，或使阳化为阴，使刚化为柔，突出了雅的意趣，层层的横皴和淡淡的长皴交织在空明秀润中，写出雨中山的雄姿，山形线也是柔韧的，高克恭在此已是雅腴润和了。

萧海春《董其昌〈秋雨图轴〉跋》

## 跋《青山白云图轴》

赵孟𫖯意韵,以黄公望形迹、董巨皴法,略施小青绿。思翁写山水,设色、青绿、浅绛法均自李昭道、赵伯骕、赵伯驹而来,又以赵孟𫖯为归宗,故艳而清、浓而雅。思翁机巧处,均以韵取,又以意成趣。虽北宗之法,其亦取之为用,不被绳拘,皆以雅态取之,故能灿烂处得古雅。此画一片明净中透出妍丽,此法皆以承旨为圭臬,而更在趣上得意,此乃思翁机敏处也。

## 跋《夏木垂荫图轴》

此画得大痴天机,似更在北宋上取法,直溯而上,以大痴趣格清润,上溯董巨,更丰腴润泽,直超如来地。似以大痴为入室,直登北宋堂奥,思翁慧敏皆于此,而非常人入大痴乃形而下辄止,非拾牙慧者可比。细审此画,笔墨多用淡墨,以焦墨破,行迹处皆似是而非,留出圆润的阳面,多作空缺,或以淡皴,此种图式董巨画中多见,尤巨然作矾头,大痴亦袭用。而思翁以此更自觉地为符号和图式,此种董的图式既强化了图式的印记,又以此在淡岚烟云中使其淹和得圆润、清朗和明净,一种光润淹和的趣味。以此证图式和笔墨的统一,这种统一造就了妍润秀腴的韵致。思翁取法乎上,以大痴入室,直驱董巨堂奥,高屋建瓴也。

## 跋《山水图卷》

空明透剔。此卷思翁拟王维之法。其实王维多勾斫,少渲染、皴染,类李思训。王维法已无本可证,乃思翁自拟之体裁。画卷在禅境中展现,一切山水自然皆以淡雅清朗为格。一种精神性观照，自然在图式和笔墨中显现其人构的佳境。又或曰，董画尤在月色清朗中得观其妙绝，此图非杜撰也。

### 跋《云藏雨散图轴》

此卷凝于一片禅意中，一切静澄明澈，雨过山更净幽，唯聚云山间，华光涌动，空明之致中透漏出雨散时一种动态。经雨洗刷，自然澄明，唯

萧海春《董其昌〈云藏雨散图轴〉跋》

华润之光跃动。生物在精神界围内荡漾，非思翁莫能如此。用米法类高克恭，董米合璧，唯以意取，此乃高氏云山法之变奏，更明净秀朗。墨法洁净，黑白间的禅味溢出，破墨法和积墨法互用，图下林木间有霁阳返照，反正耀眼，更显华润之美，墨净色鲜也。

### 跋《仿梅道人山水图轴》

思翁写山水唯在图式构建和笔墨对应间创造奇迹。其体厚

腴，其韵秀雅，以此框架为基，对前代诸贤作阐释修正。梅花道人的墨法和略现的框架，以巨然的长披麻加以润泽。巨然的树形又参以董源的情致，只是一切在董思翁略带生拙的意态里透漏前代的经典意义，或以董注的方式来解释经典性价值。

## 跋《秋山图轴》

思翁的山形图式多作人字塔形，外八字和内八字形的山形更具符号化。此图式自董源创，而历代皆有变化，然其变多因自然的启悟而变，旨在更符合自然的本意。元明间多穷自然之变来修整图式，然思翁唯在图式构建上清醒而自觉，一切自然之变化则在图式中显现，图式在其中占主要作用，图式的自觉构建更强化了图式的精神意义。然也使自然和笔墨在统筹的框架里找到对应的位置和协调的配合，同时也强化了笔墨的独立审美性。自然在其间只是图式和笔墨的参照系数，使自然更具精神性，自然的多变也为笔墨的无限丰富性提供了保障。前代诸贤的经典范式也在此特性中化为自为自在的合理因素。图式中的自然已经相当规范，淡而长的线皴以表其质的变化。树枝干皆留白，空勾淡渲一些皴。叶多用介圈点来表述，画中的虚实为用墨廓出其表现空间。自然唯在其图式的虚实和笔墨勾、皴、点、染、渍中找到对应。思翁以独特的方式，使画真正走进了其纯粹的本体中。

## 跋《仿北苑山水图轴》

此图非董源而为董思翁。细审之，在空明洁净的华光中微露北苑之意态。写树皴石的方法是北苑的范式。董源在这里是作为一种例行的命题而被阐述，这是充满禅味的阐释，似如经史被后代不断地注疏，这种误解是自觉和机敏的，是为当代的误解，是既摆脱了传统的桎梏又承袭了活水源头的滋养。

### 跋《青绿山水图轴》

思翁题画以水笔蘸墨成画，亦泼墨法之小变。王洽泼墨已杳无迹寻，思翁泼墨常自道法王洽，乃属臆想或补画史之缺。然细审此图，王洽多以破墨得酣畅淋漓，此图也似在此意也。笔墨清腴，多用惜墨写泼墨，笔墨生意出而意则深也。董也常以禅入画，作诡异之状。此图奇崛古怪，图式奇肆，然笔墨鲜润简洁，用墨精妙，唯雍容处不落左道。

### 跋《小昆石壁图轴》

士大夫水墨画多用写法取意，写者以书入手，强调笔墨本意发挥，不拘形迹，而在笔墨的情感传递。写则通神彩又穷形迹之妙，始为真写也。写畅情达意，水墨酣畅，笔至墨现，形神俱佳，始得生意。钱舜举为赵魏公道破写之妙曰：隶体而似隶者，篆楷之变，多古奥，用笔多变，形貌各异，隶又多生拙之笔，铺毫又甚着力，故较篆尤注重写法。观其画水墨精熟，以写法施以破、染、渍、渲，很有生拙之意。

### 跋《摩诘诗意图轴》

思翁以右丞为水墨宗，然又未睹其迹。观王叔明摹右丞法，乃隔雾看花，只能从王叔明上观宗匠。唯在摩诘诗中得右丞画境，似可见王维诗中禅境，正合思翁意向，故以参禅之法以解王维禅境，以了情结之所。松风、明月、清泉皆为王维常写之境，一种明净的禅意，似为此思翁了断王维情结之奢愿。

### 跋《潇湘奇观图卷》

思翁墨法于米法中悟灵活多变之妙，常叹米法高妙处难求，不慎易落率简之弊，于高尚书得悟董巨相掺，能使米不流于空率。观此图以董巨为基，米法为图式，以生拙脱略之笔得潇湘之意，乃为慧眼独具，手眼俱高也。一片空阔淡荡之意得之生拙空灵耳。

### 跋《山水图卷》

米家云山在此有一变也。米家山多在鸿蒙暗晦间表现山川烟云吞吐之奇境，别开生境。高尚书、方方壶乃以董巨参化，以增其质之变，以使其雄，或参化笔墨多在意趣简略，而思翁自高彦敬处入室，上入宋代堂奥，而又参以董巨之基因，出之意趣，以写为主，略其要旨，在笔墨上加以张扬，使暗为明，开鸿蒙为明净，以心境观照禅对之机，脱尽米家蹊径，而自在为主。此卷妙于烟云之变，以混浑之点写出林木接会，云烟之妙，层层渍染，或以干笔焦浓墨写出山石浦坡，又以淡墨随之变化，破湿云烟之林木山川。用笔秀松坚劲，干湿互为氤氲，尽得云烟明晦起落之妙，唯一段烟云横聚林木丘壑间，甚为精妙。峰暗云白，林木翁郁，或现或隐，用墨甚为妙绝，此卷为云烟之精品。

## 跋《水墨山水图册》

（一）此册水墨山水是有董思翁特别印记的画范式样，以水墨作为禅对的语言。树石林泉与常用图式无异，然其笔墨的表述却是思翁的个人特性。林木泉石在淡和清润的墨彩里符号化，被笔致墨彩表述得淋漓尽致。树非树，山非山，只是黑白墨彩间的表现和互相配置。自然似在月色里透现，一片斑斑墨痕在银色背景里显现空明洁净中的幽淡寂寥。这种在心境上显现的特殊图像，是由笔墨的纯化和自然被图式异化而产生的，这种趣味只有在高度二重把握时才能达到至境。同时也只有深谙其特殊品位的鉴别力和把握能力，才能毫无障碍地观赏到至静的境象。

（二）沉酣腴净。此册的墨法精妙绝伦，画面存在的可辨行迹是有限的，只是符号化的提示。自然的景象上升为心理的图像，又归旨为山水一般的图式。操作层面上较为自由、纯粹地随机而有把握地运用经典范式，这种范式又强烈地受到思翁特性支配，出神入化，一切都在淡灰色中畅达和自由进行。经典范式在董的心境上反射出的意向又是符合意和趣的特质。笔墨高纯的挥洒调配和超越，自然只存依稀可辨，笔墨也失却了规范，只是留下淡溶溶、明晃晃的一片空明的玄机。董其昌在画史上自觉投射出奇异而耀眼的光。

（三）干裂秋风，润含春雨。思翁墨色纯净空明，江树以元人法图之，更为简率，以写得意，干含秋风爽飒，腴而润似春雨，物象笔致的空疏，透现澄明意味，以月中见物之象，直现心境也。

画间记

萧海春《董其昌〈水墨山水图册〉跋》

（四）水墨山水册是董思翁以心窥物达到以心现物的境界，禅意在空明中的实现，自然和笔墨在随机性的渗化中超越出来，真正达到澄怀观道味象之境，此唯思翁为之。较之《秋兴八景》

水墨册更似心对象的渴求和实现，更带纯粹的禅的观照，而《秋兴八景》则以经典范式在规范化中发挥，并以灿烂的形式复归于心的平和，水墨的禅味带有幽寂味，在人的理性思辨中品味，而色彩的禅意更带有情与景交融的人化的情味。

## 跋《秋林晚景图卷》

秋林晚景，以董北苑求取，抑明扬暗，在晚秋的意韵里置以暗的手法，林木幽深中有种清冷的空寂，一切皆笼罩在幽暗中，在惨淡中显现一种自然生气，将秋肃的瑟风取代。置暗的方法使秋晚之意尤为切肤入骨，将董北苑的皴、染、点、渲表现出来。点树和苔草在向晚的夜色中朦胧起来，冷冷的秋风带着寒意吹拂着林木的枝叶，似乎抖动战栗起来。幽邃清冷，惟妙惟肖，在此也可见思翁对自然观感的直觉把握力。

## 跋《仿倪云林山水图卷》

仿倪山水，以空明淡寂来写出，倪法被思翁用活了。干笔淡皴极少施以渲染，笔墨生涩以松秀出之，一切在幽寂的氛围中显现，山水被笔墨推到了禅味浓郁的境界中去。思翁常以己意来施用经典的价值，倪氏淡泊空灵也沾染了禅的意味，乃至思翁在禅境中使用倪法，故更带机玄，更纯净了禅的意象。在此选择和把握上可以看出思翁对赵孟頫的耿耿之心，以为《水村图》得飘渺荒率意，然水比山更成功，故用反其《离骚》之意，与承旨一分秋色。以倪氏更善于用飘渺之笔图写与《水村图》相匹的山水，确乎更为纯粹而高渺。赵氏《水村图》是以自然的飘渺为旨，而董氏则以倪氏法，更使自然纯净幽寂，这是飘渺的自然，高下自明矣。

## 跋《秋兴八景图册》

观《秋兴八景图册》，始可见董氏笔墨之化境也！众家之法皆会于其间，并以董氏之机敏加以调谐，不露形迹，而董氏二宗论似在此已消解抵牾也。长短皆无偏颇，唯思翁真正之笔统摄经典，化刻画为腴润，二宗之法随董意而生发，在生拙和古华中得到明净淳厚的迹化。

（一）似用燕文贵法，江山楼阁在深远处会意，是图也借其意。宋法多勾勒，以圈式图之。燕用小斧劈刻蚀山峦，思翁似使其更柔和。江边的石壁用浓淡的干皴笔法使其浑沦，取其浑而舍其犷。树法的勾勒在率意的墨彩中混融，楼台以生拙简意图之。阁后二树也以意笔出之。远山似有巨然意，更富符号化，一切使自然进入平和淡幽的气氛中。在趣味上化为图式空间，超越了一般的自然感观。细草的布置似不甚经意，然细审之，与宋的图式若即若离，可见董思翁并不拘泥一般的北宋画法，而是取之自用而不绳墨的。

（二）董思翁常以赵孟頫为圭臬，几或心心相印。此画仿赵之法，乃得其古厚淳雅，可见其功力相匹。赵以圆润之笔图山水，气息淳和；而董却以生拙松秀之笔图之，又以大痴之法会心赵文敏，又以生拙出董意。在意趣上，以写的方式更具生秀，神韵昭彰，董能入赵堂奥又出己意，可见董对传统之稔熟和驾御的天赋。唯能此，才能自由出入其间，又能超越规范之外。笔意生秀，随意写之，又能以己之图式有别于承旨。然笔沉厚之气和墨色古厚、色之古雅秾丽，恰恰多承旨之韵，此法之用，尤可深思。

（三）似用王维法，参以关仝，然以干笔出之。略其形，得其意，又在空灵处得明净，略形取质，以意趣贯之，故能以己意为主。得自在，又直入如来地，此语非妄也。色匀净而秾妍乃显露。

（四）大痴法，更简略，无谓纵横意气，用笔松秀灵活，以干笔出之，得生拙，用色清润雅健，设色淡而意浓，古淳而秀朗，在大痴意外更清朗明净。

（五）惠崇意。山石以倪法图之，丛树出自董源，苇草交互的色彩法，使之淡而味腴。池水在空明的山色中更为明净，更突出了江南水泽的特质。黄芦在风中摇曳，丛树也在风中鼓荡，萧萧的秋风使秋色更添生意。

（六）似用关仝法。山石厚朴，很有宋代规致，斧劈皴被松淡的点皴所代替，变得古厚淳浓。此格为董氏所鲜有，可见董氏能转师多益，天衣无缝地运用。此画用笔沉稳圆润，尤以远山中的松树为例，见南宋院体的踪迹，李唐、夏禹玉、刘松年之法被圆劲而带淡韵的铁线所取代，去其犷而得圆劲。此法在赵承旨的《鹊华秋色图》中被运用，董氏题曰"去唐人之刻削和宋人之犷悍"，此乃为学者有心也。

（七）王维的境界。松石水泉多在王维诗的自然境界中出现。树法用干松的笔致，古而苍润，丘壑的皴法干松而细劲，有关仝的笔意，而意韵却是淡厚，去其犷悍，用以淳厚，可以说对赵孟頫的做法深受启发。董氏八景图得宋画之格、元人之笔意和董氏之禅意。

（八）此图以高克恭的方式来阐释米法，又以董巨的笔法来图之。董曰：北苑之淡岚烟云，就是米家的戏墨烟云。董以己意来作米，此乃高房山的取旨。米家法的要钥，被董氏以一段烟云和疏淡的小横点取得神韵。米为密，董为疏，乃房山法得启示耳。

## 跋《山水图册》

（一）《山水图册》较之《水墨山水册》更加具有自觉的禅意。山水在空寂中显现其符号形态的魅力，山石林木皆已完全转化为图式化，笔墨的表现只是心象上的语言，墨色和笔迹只是自然的意象界定，其一切的自然安置和描绘都已不重要，包括笔墨本身的魅力，这是心灵观照自然时的反射。

（二）淡色占据了整个画面，林木和水只是意象上的界定，一切似乎在淡静的月色中浸淫着。万物是安详和空明的，简略而带禅意，笔墨圆润而柔和，是董源和巨然的意味。自然进入了界定的情景中，心象观照在这种情景里，反射出一种静态的意味，是人渴望的境界。

（三）无题山水。董氏已完全放弃了仿某某家的常法，只是纯笔墨的宣泄，山水林木已是浑沌一片，消除理法对山水的界定。董氏倾慕的趣与味皆自由地发泄，笔墨失却了理法，化为一种情感的符号，笔墨与自然已进入了无界定的境地，心中对自然意念观照，大概就是山水在心境上的折射。

（四）心情是闲适的，云与自然无意，只是一种对话。山林无事，流云相逐，水在心境中显似明镜，林木只是提示某种境界或氛围，笔意已无意对自然刻意地描摹，只是心迹中的自然对应，深幽与带有巨然印记的笔墨已是内心郁勃的符号语言，自然和笔墨都淡化成心灵的企盼。

（五）米家山已成了特殊的符号，横笔与点的构合成了董氏的语言，笔墨已经成了图式。无米家山对自然的景观的描写，而是一种特定的语境的界定，是董氏对米法的认识。这时米家已消失了对时空的意义，留下的是语言化的符号，董氏以这种自家语言来对自然倾诉他的情感和企盼。

（六）丘壑与林木只是符号语言，笔致与墨彩交织成一种纯粹的语言符号，几乎是留下了影式的自然，人的情感进入了各种符号里去，融合在一起。白是心镜，黑是物迹，这种对应反射出人与自然的合一。自然的山已化为心中的山、情里的山，达到了二重的复合。

（七）董氏卧游时的情境，黑与白的交互，呈现出灰色的网络，是可以参透的，自由出入，或深入其里，或超越于外，它没有界定的范围，自然是透明而澄澈的，一切平和静谧，一种静境跃现在目，里外透剔空明。骚动的木叶和缓缓起落的云烟，也只是隐现于内，巨然的印记只存依稀，心境的反射是洁净和平静的，天人在此合一。

## 跋《秋山萧寺图轴》

董氏的山水，常被界定在一种月色的灰底里，一切的经典也只是在其统摄下进行的，或董巨，或米高，或倪迂，或大痴，董氏清醒地感到，历代诸贤的经典只是其月色变幻的方式，既源流悠长，又非秦时明月汉时关。董氏的空明洁净的心境折射出明晃晃的光彩，使一切经典笼罩在灰色月光里，董巨耶？非也！米倪耶？非也！这里的障眼法强烈地感受到董氏容百川，提纲领的慧眼和妙招。此图以董巨法写之，又是董氏的特殊体貌和印记铸成的，月色是董的心境，笔墨是心田上的自然折射和情感变幻的迹化。

## 跋《赠逊之山水图册》

（一）此画基于倪法又以董源出，用笔多用元人意，干笔皴擦，松而厚，秀而腴。干笔皴擦时常用破墨活之，或浓或淡，随意而接，或使秋风润春雨。董氏画用墨淡腴秀润，甚为明净，似以倪云林得启发。倪迂有洁癖，惜墨如金，墨色透润鲜活，故董氏以明净的心境取之，更使墨色光华，如一片月色朗照。

此册赠王时敏，故王时敏由此启发，用墨用笔也鲜润和畅，渊源甚明。王圆照也能得其洁净腴厚，更以雍容出之，在赵承旨处汇合。王时敏墨色清润中见清朗，王圆照墨色洁净，更见华润珠光，细审之可自明，董氏脉息之渊可辨也。

（二）董氏米家山独有丰采，用笔图式甚有家法，会在笔墨间取米意，更使米法略清晰，米氏至此，董能独绎。明后诸家皆以董脉出，王时敏、王圆照尤以此人入手，略加参化，遂得米之神，其筑基实皆在董玄宰也。

（三）王时敏常以此法写山水，可见董为王氏立基，不虚也。树法勾勒，董更圆劲生拙，墨色明净而深意无尽，董常以焦浓之墨破之，细审王时敏作，可见渊脉分明。王时敏得董氏笔墨三昧，然其放逸处略逊，用笔略有挂碍，无董阔厚随机之妙，盖董之机敏难求也。

（四）此画题曰仿燕文贵。燕之《江山楼观图》之山石处约略见其渊源，然其圆劲润泽，着意处恰在大痴，又以宋法求质之意，或以元人之秀逸求宋人之厚朴，诸法穿插其中，难以确定何家法。抑或是以董氏所解之意求燕文贵，亦无不可。

（五）取倪之萧淡，又加董北苑之腴润，元人法中更见趣胜于法，出于写字，松秀间得生拙之意，董氏自在自会处皆于此。二王写倪，多用此法。

（六）笔意处见王叔明，而古淳高华尤与承旨相会。虽以元人笔法出之，却在北宋处会意趣，董氏乃为老狐精也！古法随手拈取，皆得圭臬也。

（七）以北苑笔写山川浑厚，笔致率略而尽得意趣。又以叔明法写树，辅之巨然，干笔松秀处尤具叔明三昧，草草略略，于笔趣无穷中略透秋意。后断嶂突兀，又似大痴，乃三家合处，尤见大痴之润厚、叔明之松秀，其筑基皆为董北苑。而林泉之趣，空朗静寂，却突现董氏之羡想也。

（八）用笔极简，其韵似在荆、关之间，唯生处见拙味，气味古淳高朗。红树用笔浓妍而气格高华，生拙而润泽处见霜天秋意，一种淳厚之味透出。此乃董氏之老境，向晚见老境，红树愈高华。

## 跋《云山烟树图轴》

董氏写米家山水,有黑白二系,此乃黑系,曰山水深厚,妙在置暗,此图可见一斑。雨后向晚,夕阳似金,江树因雨水气蒸,林木深沉幽暗,云山高耸天穹,青霭晦涩。水的反照如镜折射,白云横断山间,郁结涌动。以置暗的手法强化了山林与水云的黑白对比,变得极为神秘,万物于此深奥无穷,使雨后的山林抹上了幽暗与反照的晖映,更见江南特有的奇妙之景。董氏对自然朝夕观照的慧眼,具有非凡的洞察力,非如此,安能以特有的置暗法尽得米山之奥乎?董画也可举一反三,笔墨、造化、心迹皆在高处契合,知此始能会心也。

## 跋《王右丞诗意图轴》

此王右丞诗意图,乃为董氏图式之范例。董氏作大轴山水,多用宋人丘壑,唯去宋人繁琐刻画,而只取构架,以显层峦叠翠之势,略加简约,故层峦叠嶂处唯最用心。宋人高山大嶂,旨在取自然之质,以四面峻厚、气象万千为景观,穷极广大深厚之意,尤在对自然崇高之情的体验。自然亦真亦幻,有精微之妙,宋人用心于此,故笔墨极尽刻画之能事,以期穷尽自然之妙。然至后代,重以文人情味,目宋画亦不免失之繁冗琐细。董氏乃以己意,取其崇高之势,而简化其形迹,又去自然之赘累,而出以笔墨之简约和雅淡,便于操作。一切在董画中显得简而意深,淡而腴厚,宋画之犷硬纵横变得柔和雅健,唯其旨精妙处,使在图式上加以整饰规范,基于平面的形式,脱去自然形质的桎梏,以层层勾叠的线形加以润色,构建起不尽重合的框架。圆曲线或长或短，或方欲圆，一环套一环的重复，既曲尽山川阴阳之妙，又在视觉上增加层出无尽的心理高度。其妙用既增强图式效应，又别于宋人服膺自然的崇拜心理。自然在此图式中已失去了物理的空间概念，而以绘画的心理空间与之相对应，人超越了自然的制约。平面而又符号化的图式，更便于笔墨的自由构建，由此更拓宽了笔墨施展的天地。

## 跋《仿董北苑山水图轴》

为了达到平面图式与自然深层次的交会，在笔墨的技巧上极尽自由发挥，那些线形和各皴笔在其界定的范围内，以绘画诸要素曲尽其妙，自然的深意被巧妙地反射出来，经过创造的手眼，笔墨以其特有的意韵润色山川的变化，并同时突出了笔墨语言的纯粹性和审美品格。或高华，或秀逸，或清雄，或深幽，或淡泊，自然在这些笔墨的品评中显示了它的丰富和与人性的重合。

仿北苑山水使其图式更有自觉的选择，在不断重复的叠加框式中，强化北苑的长披麻皴的使用，变得更加简略单纯，同时又自觉运用北苑符号使其更适合董的图式的建立。一种直觉的高耸层叠之气出现了，正如董题曰"满堂动色"，难道不如北苑雄否？其自觉和自在可以想见，董以超凡的敏悟，使山水画进入了一种图式构建的自觉精神，这自觉使笔墨超越自然的制约，极强化了它的自由发挥，从而提高到一种新的自觉。于此，人才能毫无挂碍地与心灵造物自由对话，董画秘诀在于此。

## 跋《昼锦堂图卷》

董其昌以禅宗划分画史南北宗，界定各家法之系脉。从题跋看，董氏力排郭恕先、赵伯驹及仇实父之习，而以董北苑筑基，并吸收北宗李思训之浓艳之法，加以柔润的变奏，使北宗独有而南宗力避的金碧法融入了南宗的血脉，能灿烂而复归平淡天真。从此卷可以看出董其昌南北宗划分并不影响他对北宗的吸取和运用。此画是以北苑为基调，山石林木皆以南宗的柔和简约的方法表现。山水是透迤而平缓的，北苑的山石法写出了土质丰厚的平林秋远的南宗山水，此是南宗常格。设色先以淡墨皴染，后施青绿。青绿的敷施也是以淡为主，薄薄的厚彩并不是平均地敷色，而是有选择地运用。再用淡墨和浅绛来不断地润泽，在这里北宋的金碧法被水墨和浅绛所浸润，变奏出新的金碧法。这种金碧法，没有浓艳的涂抹和修饰，而是隐没在水墨浅绛里，一切是那么自然和朴素，没有重华铅饰的弊病，也没有着力的刻画和雕饰，是以色或墨随意而来，生动自然，或以墨破，也或以色破，多重的染皴，使水墨更浑厚，色彩更古华，这种独特的重彩法，略似赵孟𫖯设色法，《鹊华秋色图》就类此法，不过董氏法更自然和洒脱，更富有文人气息。

## 跋《墨笔山水图轴》

"王洽泼墨，李成惜墨。两家合之，乃成画诀。"董其昌深谙墨法之妙，落墨要无挂碍，淋漓洒脱，畅情得意，皆于情出，大胆落墨，细心收拾。惜墨如金，于大处着眼，着意精微之钩沉，使画乃得大气磅礴又精微入妙，董旨要义在此。审察此画，痛快沉着，落墨酣畅，然介叶勾勒和落墨皆在精微处，每捡粗略之笔，都甚合于精妙。水墨浓淡干湿皆有调合，无妄下一笔。泼与惜是用墨的二极，执于中，施以审慎，精微其法，始能得其法之两端，入墨法之堂奥也。

## 跋《秋山图轴》

此画古厚高华，气格也有唐之韵致。唐画无皴，以勾斫之法写山水形迹。细审此画，用线古厚，虽纤细而不纤弱，笔致生拙。然以大痴法来运行，丘壑简和，气格高旷，无唐之刻画琐细，并施以青绿，而以浅绛润泽，故无铅华秾艳的雕饰。笔致和设色皆以趣取，多简淡和生拙，淡而透润能致厚。树法细谨，笔致干而生拙，甚得古厚之旨，又能得意气萧散之意。画题仿赵承旨法，能出入其里，得唐高韵，而气格高爽华润，兼以元人趣，意能萧淡浑沦，实能超越赵孟頫而略胜一筹。赵得神品，而董能于神至逸也。故董也很自负，题曰"鉴者能以其眼知我"。此言不虚也。

## 跋《山市晴岚图轴》

山市晴岚，为宋人常写之题，而多在院体画格内。审其画，系用北苑法，而在北宗院体上加以变化，尤其是层峦叠嶂似有北宗的印记。骨法刚健，然巧妙地以长披麻加以骨肉停匀，变得柔润细腻，又以米家云法烘托，更显润腴。唯见云树出没失之琐碎，但不失宋格大轴之佳体也。

## 跋《林杪水步图轴》

雨后清空,水天一色,董氏的墨法绝妙古今。近树用意笔泼墨,略加意已到,又以浓淡墨辅之,林木皆气息疏朗鲜润,一次写成。水中坡石郁结水气,以浓淡破之,葱茏郁茂,似雨霁华木清朗。其间留出白底与周围林木相映,透出反光,与水天同辉映。远山大片留白,上以丛树缀点,又施破墨,皆成雨意,一片空朗鲜灵。以北苑率意,尽雨霁之妙,董氏最擅此,用墨趣意鲜活,一种月色光润之感辉映林木,似镜中观象,超逸尘浊,明净无比。

## 跋《松溪幽胜图轴》

董其昌常泛舟江河,或曰行万里路,朝耽晨曦,晚观夕照,忽雨中起兴,忽凭眺秋林,有感而发。又携古贤名画,展卷把玩,寻踪探幽,历访名贤故址,或寻访名画,以助舟行之兴。董氏常喜舟中赏名画,随感而发,或拈某家一题加以阐发,此轴得观郭恕先笔法,以己意写出,北苑和大痴合璧,又以董之笔墨出之,用干淡笔致写意,林木清爽,勾勒尽用意笔,纵横线形随兴而成。或以干笔披,又以浓醒之,或又破以淡墨辅一行,随机而化,意趣无尽。山形以淡而干的长曲线勾勒,布置经营也从大痴变格,层峦叠嶂,曲尽幽深之妙,又施以淡皴而复加丛树、远树缀于其间,皆妙成天趣。墨法雅淡生拙,鲜灵活泼,娴熟无右,空明中曲折而幽深,淡腴中气格深幽高朗,其境非人间有也。

## 跋《佘山游境图轴》

细审此画,取法黄鹤山樵,然以意笔图之,山峦起伏多以解索皴变异写之,施皴和点的意味绝似王蒙茂密深秀意。只是写法多用破墨,甚为鲜活,生拙中透出秀润。唯妙处,一松淡而干,松与周围相映,虚灵异常。石坡以淡而干的勾皴法图之,董氏常用淡皴破墨以惜金之墨写出山水空阔灵秀,画意极浓。山川在挥洒的笔墨中明明晦晦,甚有玄机。图式单纯,而韵味则无穷也。

## 跋《关山雪霁图卷》

倪迂得荆关之法,而以率意之笔得萧索空明之韵。董氏见关仝《雪霁图》,以倪迂法求之,并以生拙简略之笔加以变化,固能得关仝遗意。细审此卷,以关仝丘壑为基,层峦叠嶂,以穷无尽意。以倪家笔法写关仝山水,其实已脱离规矩。然元人的笔意尤觉松秀,多书意,在意中求取,雪景萧寒之趣自生。并以干皴求厚,雪意也有不尽之妙。关山重叠,冈峦曲奥,一派北地景色。董氏以关仝丘壑行元人笔意,此乃偷梁换柱之法也,非关、非倪而董意出矣。董氏之阐释法意,在正脉衍生,不落旁门,既得笔墨精妙,又在意趣间求脱,故能愈古愈新耳。此图乃见其旨之妙,或曰双翼齐飞,非妄语。

## 跋《仿米氏云山图卷》

此卷以北苑法图米家云山之意,在烟云变没间得米氏法。董曰:"画到米家则止,米不能学。"因米画懵懂,不易得其笔,或易致简率。然董又细审米家,得悟北苑乃为米筑基,故以董北苑出米意，乃成烟云之象，以米、北苑二家合之，董氏从此悟入。举一反三，以倪氏荒率意写米氏墨戏，也得云烟之妙，可以想见董乃旨在笔墨精微处，与正脉相合。观董氏作画，多在几家相参又出己意，以辨画史之妙也。

## 跋《山水图轴》

以元人笔意求北宋格。北苑多平林幽深之趣，故多作横幅，或以迤逦委婉求之，遂少大壑高轴。而范华原则峰峦高耸，气象森严，似有将军拔山之势，故思翁以北苑法作高山巨嶂图，须参以范宽格，以强其骨力，图其层峦叠嶂，宏深雄健，故山巍巍高耸之势傲视天地，又重质厚，四面峻峭。然北苑家法以大痴之笔求之，笔墨腴润丰厚又气息淡和，此境唯董思翁天致高迈始能成。用笔圆润，墨色淋漓，以破墨得秀奇之趣，此得形迹之精妙，又山川之揖让偃卧处见简略，全在意趣淡和丰腴处会造化之妙。思翁墨法天成，妙奇逸雅俱得，自"元四家"出，墨法已稍存，明画用墨稍尽心，然失之枯硬。思翁出，墨法生活，奇趣逸出，承接正脉，并开"四王""四僧"之先河。清一代大家莫不惠裕于此，要诀在于破、变、活、鲜也。

# 黄宾虹画跋

### 跋《百丈虬龙呈变化》

新安遗韵，在查梅壑、李流芳间。唯用笔浑沦，山水间流露一股虚静趣，晚清歙人画多属此格。

### 跋《山家》

介乎汪之瑞、李流芳间，用笔劲利、疏淡。纵横刻削亦为新安疵瑕，枯瘦索气也。

萧海春《〈黄宾虹山水画集〉跋》

### 跋《亭树春晓》

用笔浑厚，参以王麓台法，焦墨点厚重松秀，此种特征在以后画中益见精神。

### 跋《山水条屏》

左条屏其画浑厚，有戴本孝山水法韵。近景写山法，即为宾翁画格，此乃可识其端倪也。

黄宾翁称海上蒲华用笔有古法，浑厚雄健，蒲作山水多以假山缀之。其屏亦以砌石为背景，乃其用方笔，以别蒲之圆笔也。

### 跋《仿元人意》

其元人法，以新安法图之，故后人常题拟宋元，非本法也。唯有用笔灵活多变，明灭幽淡，略拟元法。

### 跋《仿墨井道人笔意》

略得吴渔山法，然笔墨失之纤细，又略施梅花道人法，多以己法参之，故略有意趣。

### 跋《仿王晋卿画》

远去王晋卿、郭河阳卷云皴，亦徒存略形，线形刻画，此作不知何谓王晋卿耶？

### 跋《池阳旧作》

画面以虚静入定之笔，淡淡细细写之，用纯净之心去写之，一片淡静之意，如洗之月色，幽幽地游浮着，明灭地、忽忽地移动着水墨清岚的意韵。然后簇动的点很劲利，邃密地压着纸，松松动动，充满着激情，如跃龙蛇，使画面激情非凡。用笔细劲，似王山樵笔，不够遒劲，略纤细刻画，唯墨彩光华流动，一片明净意韵非寻常也。董思翁擅淡静墨法，惜墨如金。

### 跋《池阳文选楼》

在李流芳、青溪道人之间，又杂以恽向香山，浑厚笔意，务去刻削，转益多师，遂取真意。宾老此画可知取法乎上，在气格上得大厚，始为力争上游矣。

### 跋《环流仙馆青瑶屿》

宾老此画已成端绪。每幅画的处理已出现一贯的图式，前缓坡和丛树，积墨法和处理方法都是以整体的构成来完成。峰峦已变成一块巨石，上驻无数树木，此法在以后的画作中逐渐成为主要手法。此画面空白似有零乱之感。

### 跋《岚光湿画幛》

用恽香山之法。恽多用圆笔，沉雄深郁，全取法梅道人，但用笔少些变化。宾虹自香山上溯梅道人，以方笔兼施圆笔，又兼以草意写之，故能从沉厚中得飞动之势，此画沉厚淋漓，山峦飞动。

### 跋《赤柱山望海》

此画为宾虹之法，簇式点，一丛丛似种树。簇簇之法，源于北苑空灵散松，此法在六七十岁时常参之。

### 跋《残月照明缸》

梅花道人掺杂龚半千法，山峦筑基王麓台，山峦上多卵石便为一例。画嫌板刻，虽雄浑然少变化，此类弊端常为后拟者所困，画者云：刚健寓婀娜。密与疏，在于互为补益，厚而松，重而淡，尤有松而质实，能和而一，此画之长短可见一斑。

### 跋《拟松圆老人法》

松散构图法，较之前画更得心应手。在墨上用功，构图在整体上更有气势，连贯用笔，横式排比而行，如龙蛇曲屈，在气脉上大有吞吐之意，此画可证之。

### 跋《青山佳处绝尘埃》

宾翁用草篆法写山脉，多用焦墨勾斫，显现其骨力气势；又用干笔皴擦，疏疏落落，气浑而意厚，宾翁常用此法而少渲染。

### 跋《山水》

用破墨法，粗枝大叶，一气呵成，得淋漓尽致。此法偶一为之，也显露其大手笔也。宾翁晚年一反常态，以墨计白，乃为古法常新，此又一证也。

### 跋《山水》

参麓台法为之,并在宋人画格上施力,颇有范郭之意。用恽向笔意图之,以别恽向有在新安画格出之。

### 跋《压波峰叠云》

吴渔山法,在笔法上劲利浑厚,又在虚处着意,走出渔山,茂密得空疏幽淡之趣。

### 跋《万壑松风图》

厚积法得深厚意,并又以阔笔层层点染,参以破墨,得笔滋之韵,米家落茄法于今又一法也。传承有绪,各有遗脉,时代熏染,画式改制,又选用生宣,故有今画也。

### 跋《乌渡湖上》

吴渔山排列的劲利皴法,有统一的节律,富有装饰味。又以恽香山圆沦之笔出之,得厚重之韵。此为遗绪之家法的多重交替,各尽人意,正道也。

### 跋《山水》

塞实与空疏交替,用笔少皴染。宾翁在创新体之前,始终在用墨法和用笔法二重交互,此种意在合而为一。尤见此画山峦顶部突兀,峰峦用笔塞实而少变化,其意在中部拓出一片虚灵,此整一法后常用之,为其风格蜕变过程中之探求也。

### 跋《秋山萧寺图》

此画在恽香山之上。恽多以圆笔出之，圆浑厚重而少空虚，宾老能浑而虚，少染淡皴，笔松灵，以渴求其疏空，在虚处上力争上游，其功全在取法乎上，元人求意也，篆意金石韵调，取虚灵而苍茫，颇有金石趣。

### 跋《徕滨草堂图》

此作垢道人法之焦墨渴笔，驾驭犹如神助，有虚灵之气韵，苦涩而淡厚，老而辣，气淡能壮，一片润含春雨，清而淡厚，不加渲染，沉稳而轻松，一股恬淡清风徐徐而行。故无论笔墨气格，皆新安诸家上，可见宾老天机妙绝，不入虎穴焉得虎子之胆魄，敢于进，善于出，能超出黄山新安外，取法乎上乘，始有其境也。

### 跋《雁宕瀑布图》

宾老作山水全在气上贯注，下笔无一山一树之蹊径，而在笔势用力，同类风格的气脉不断重复，强化节律，增强排列的气势，层层叠叠，虽无多少渲染，于笔阵上着力布势，同样能气吞山河。笔阵的不断布势，跳跃摇曳，充满动感，故生气勃发，此法在虹庐画中始终一以贯之，并杂以不同层次积墨，各尽胜擅之长。

### 跋《勾漏山纪游图》

此作用笔细密，组合椒簇点和横点，出没在山林丛树中，加之厚渍层染，得厚重幽深。宾虹在画作中自由地把握画境。

### 跋《渠河山色图》

能擅细密，则略以点染，以少胜多，如用兵十万出以八千即可胜任也。

### 跋《青城途中所见图》

宿墨法，宾老晚年善用苦涩的曲屈用笔，在墨痕斑斑中显出驳杂之效果，如真铁出秀也。此作淡味难以把握，全在笔墨驾驭也。

### 跋《深山幽居图》

此作有范宽意趣，以渴笔点、皴、擦、染、渍，得宋人墨法，深厚能四面峻厚，全用散笔渴点，又见出山樵之遗法。宋人用墨墨色黝黑，重如拓碑，非谙熟画史者不能为也。

### 跋《齐山纪游图》

以新安派画法图之。查二瞻、李流芳用笔峭拔，以简疏之笔意写出山川之神韵，然查、李二家略显浅薄，宾老能用厚重深雄之笔图之，力克轻柔浅薄之弊。

### 跋《溪山深处图》

宾公善用渴笔焦墨作画，皴点下笔急促有力，线点无穷交织，能压得住纸，加得上笔，乃为宾老之独诣，邃密飞动为其

黄宾虹《溪山深处图》

用笔之特征也。

### 跋《山水纪游图》

此作笔墨交接，空间自成，草木华滋，浑厚凝重，于此可见宾老纯熟之笔墨，于洒脱自由间表现了自然生机勃发的气象。细审其味，笔与墨淋漓沉稳，能纯熟随机处得意趣，宾老笔老此炉火纯青也。

### 跋《武夷山纪游图》

宾老此作如雕刻，重似高山坠石，"厚重深幽"四字乃可概其意趣。此作下笔用墨似玩泥塑，涂抹叠加之迹，自由洒脱，见其累累笔点墨渍横竖皆能得其要领，宾老笔墨纯熟如此，为千古一人也。自然之象完全在其把握之中，笔点所到之处皆成文章，整体观之，如做雕塑也。或似油画涂抹，如作西画。可谓作画方式之奇特，莫过于宾老精神状态无我之境，又视为现代。宾虹之法，不古不今，无法有法，为我之法也，他能在传统与现代之空间内自由出入驰骋矣。

### 跋《翠峰溪桥图》

宾公作画能知黑守白。赏其作,虽黑墨天地中能自由出入,广阔无垠,此虹叟画之要诀。

### 跋《山溪泛舟图》

宾老善使空白,能知黑守白,可随机处理,塞实密札中透出空灵之韵,看似平淡却惨淡经营之极,营造似布棋局,皆空灵而多变化,迥异于古人也。

### 跋《江行即景图》

宾公作画善简,擅置簇密之笔于整体形象中。每一形体又以节奏组成,山水气象,此法为宾虹特殊之方法,于传统不啻是一种反叛。这一逆转的做法,乃基于对自然之体验也。

### 跋《太湖风景》

山水气象以取丘壑之形象而为之,宾公常以山峦的整体形象千变万化之方法,来表现自然各种情绪。其法往往是以山峦之中上部作为表现重点,其底部则为其重点之烘托,尤其是山峦重实而丘壑中部则以虚灵而度之,再以远山之淡墨弥漫法来顾盼主峰,致使空间更为活跃生动。

### 跋《横槎江上图》

宾虹此作先勾勒后皴后渍染,山水之神气则了然可见,虽未层层渍染,亦未层层递加,然山水松秀笔法,生辣简劲,亦未尝不为力作也。

其意简，不在繁疏之迹，虽简疏而意韵俱胜，此为宾老一大创格，别于新安画格而争上游，学者思之。

### 跋《溪山新晴图》

墨天墨地，铺天盖地，于幽黑森密中见出其精神，浑厚华滋，揭示内美。密黑中见层次，现天地精神，黑漆漆中见真情。宾老晚岁喜作夜山图，因观夜山又参北宋人画，故造化与意韵皆与内美中得真趣也。

### 跋《溪山新晴细部图》

黑中见物，黑中见趣，黑中见理，黑中见法，黑中有玄机，黑中有道法。宾老善写夜山之趣，惟入深山始能感个中意趣，人在自然怀抱中见出此理，如夜行得山中之趣。

### 跋《拟北宋人山水》

宾老屡写宋人法，惟得四面峻厚之诣，能粗而不犷，细而不纤也，能于北宋人画中行而知画诣，如行深山体味造化，得厚重之意，故其屡写宋法不辍，非用心倪黄法能领略其中真意也。

### 跋《雁宕龙湫图》

宾老喜用墨，并善以破墨为之，能层层深厚而生动淋漓，能去其犷悍得其浑厚华滋也。

## 跋《生砂湿翠见精神图》

笔厚墨重,放笔求质,有北宋人气格,如放笔直下,不事刻画,不求形规,只见披头盖脑的气势,可见其胸有城府,然激情勃发似老骥奔泉之能也。

## 跋《山水图》

宾虹晚岁求灿烂自然,故常以色代墨,或色墨相渗之法。写山水以简法为常法,以书意来提取画面之简扼,还参以泼彩、点彩、掇彩、铺彩等不寻常手法,来写出辉煌夕阳之斑斓精神,乃老而弥坚也。

## 跋《溪山野意图》

宾老作画先就形质,后得气韵。北宋人作画于造化形质处求理,故能大气磅礴,又能身临其境,山水形质整合突兀,故能震撼人心,宾老山水深得其法也。

## 跋《江村图意》

宾虹亦善写平远景也。平远景能得深茂之意,林木溪涧皆在一片深静之中,而大多画者难得其中之奥,而宾虹能得其妙于平凡中见惊奇。宋赵令穰兄弟、惠崇和尚能得林泉野村之妙,得天真趣味,宾老于此更胜古人一筹。

## 跋《栖霞山居图》

宾老晚岁筑卜西湖,常流连忘返于湖光山色之中,故得烟云变换之妙。故晚岁之作多作平远景也，能与北苑平淡天真处入妙境。此作山顶烟雨流云翠雨，墨色多变，笔墨能通造化，此又一证也。

### 跋《嘉陵江上图》

宾老晚岁作画，不蹈常法，喜用色墨相参，或以色罩墨，使色墨相参以求变化，然互参能色墨无碍也，又常以铺色、点色、皴色、渍色等法而不用其极，以求厚意也。其妙处能使色墨增光彩也，尤令人深思也。

### 跋《临桂岩洞图》

黑而静，为宾老之墨法精妙处。黑能亮，黑能厚，黑能透，黑能得理趣。此幅墨色黝黑，能见灵动意趣，似金铁铿锵，黑入太阴，黑墨天地见精神。

### 跋《山水横卷图》

此画有元人意趣，拟赵孟頫之水村遗意。山峦横看展开，用横势侧峰拖拖，淡而松动，又略使淡色墨彩杂其间，以韵调凄迷而生意盈盈。远峰连缀，以淡墨写之，大有米家落茄法也，色墨破间，浑然而疏秀，一片江南山水之神韵，有董北苑省简之趣，又得元镇之空灵透剔，非易事也。厚积薄发，以繁蓄资，以简求趣，故能淡而弥厚也。

## 跋《山水图》

此图潘天寿先生评赞曰:"宾翁晚年喜作夜山图,其沉厚幽深远在王麓台、龚野遗之上,寿拜观记。"潘老其评笃论,予深赞之。宾翁晚年渍墨常用破墨图之,以其独特渍法,干湿、浓淡、皴擦、点染不合其法,整而为之,常情积墨易板滞,燥热或破渍浑沌不清。而宾老能以层层细笔加之,皴擦破渍不断整合,越显清澈透剔,树石、林木、屋宇、路径皆浑沦于一片空蒙之中,能层层透析,光润透彻,大见色墨之光润同一,故潘天老有此赞语,实不妄也。

## 跋《仿董巨山水》

浅绛法非董非巨,又得遗意,乃宾老之法也。此作深得大痴清润秀雄之趣,心领神会处,必熟研宋元诸法,闭目全在眼前那种情趣意味,仿佛活在画中,乃得真传。此画淋漓酣畅,杂以渴笔焦墨,似秋风洒落叶般一气呵成,董巨意似耶?非耶?全在神采间。

## 跋《设色山水》

全画用米芾横点法,层林叠出丰富之极。画用横点,点

萧海春《黄宾虹〈仿董巨山水〉跋》

无单调感，而增强了统一的节律，谓书法肇始自然，画法乃同。体验自然，捕捉其内美，笔法派生多变，始料难测。

### 跋《设色山水》

梅道人法，参以宋人笔法，用笔厚重，从篆籀出，水墨淋漓，多从巨公处来，用干笔剔出万壑秋意，巨然《秋山问道》有此法。

### 跋《浅绛山水》

此画宾老题拟范中立画法，以简笔写出，用笔线敦杂，草草勾勒，似能有层层深厚之意，谓千笔万笔，无笔不简。

### 跋《桃花溪》

笔痕密集如急风骤雨，点皴又加，纵横交织，无形无迹，纯笔墨规迹与情感节律。

### 跋《水墨山水》

草篆法，笔墨与情感交集，抽象意味决出自然神采，以书为基，以心为画，又深得梅道人、董北苑之神韵。

### 跋《湖舍初晴》

用焦墨勾勒出树石，篆笔隶意，圆而生拙，画熟而求生，生能朴拙，隶意草势，渴笔求之，更显辣味也。生涩近苦，画出高古之格，细查之高房山、梅花道人神韵。画面有很强的节律感，忽而邃密，忽而排列、奔突，线之刻画，施以焦点，或又以淡阔之笔参杂,一疏一密,一浓一淡,节奏感尤为强烈。画面诸物,简以平面整合,既古又今,此作为国画超越自然,更突出内美,宾虹晚岁艺术之创造达化境也,为中国画之优长提供无限而广阔之可视性。

### 跋《拟何绍基笔意》

以书入画,用笔圆厚,篆法笔意,线能压住纸,浑而强劲,虽纵横不羁而不燥滑,笔放纵而能致静,全在浑厚华滋,用焦墨满纸强劲,然辅以淡墨润之,韵彩斐然。笔迹攒簇交相错乱,但不碍

萧海春《黄宾虹〈清溪垂钓图〉跋》

不塞,松灵而虚,闪闪烁烁,灵动纷披,留出的气眼则透剔,互为益彰,此亦宾老之一大特点。

### 跋《清溪垂钓图》

焦墨圆笔,篆意味浓厚,笔致纵横交错,书意错杂。画从自然中脱出,蜕变为纯笔墨之审美,画意颇浓,情感激荡,又能致于静境内美之魅,莫可名状。其关键是淡浓交叠,互为补

益，并施以淡色和水冲和，丰腴之致，浑厚华滋是也。

### 跋《舟入溪山深处》

宾老晚岁喜用湿笔，写山水层层渍染泼洒，至使自然生气勃发，云霞蒸腾。然其笔墨细腻，层次井然，甚得山水兴会淋漓之趣，此为宾老积墨炉火纯青也。

### 跋《设色山水》

巨然墨法，高房山意趣。房山自米元章出，层峦深厚而得苍茫之韵，此为得米氏真传也。米法新奇，为大笔挥之者甚夥，而能积墨之深，以落茄点法写出万千变化者，则寥寥可数。故米家山被目之懵懂山，而不被推崇，其症候全在失之浑厚，目为涂鸦也。王原祁深谙此理，颇有心得，乃可传其正脉也。

### 跋《设色山水图》

宾翁创山水整合法，全以点线构成，纯笔墨意趣突兀，颇具审美价值。此作笔线纵横交错，如织物布棋，笔墨以特殊的表现形态构成空间，似树非树，似山非山，一切似是而非。宾虹特质的笔墨构成山水，在其笔下既合造化，又有笔墨意趣，此为写山水之化境也，宾老乃为此开山。

### 跋《设色山水图》

此作似草篆法，纵横交错，似是而非，随心所欲，深得麓台意韵，宾老之法麓台是也，是其筑基也。

### 跋《设色山水图》

吴渔山笔意,又兼麓台厚朴之韵,此非入宋元而能得之高妙。此墨用笔厚重,用篆法,故线之运用如破竹,笔笔紧凑,一层层压得住纸,而横势用皴,密而能疏;一道道排列的笔阵,甚有气势,故戏为筑篱笆也,为宾老之特质。在整个笔阵布出的山石树木之结构中,既强化了笔线之质量,又使山石自然之形意态生动,十分耐人寻味。此中之奥,在于线与墨,山石树木在节奏的自如分布中,又施以层层渍染之法,甚有创意,积墨法另一妙用也。宾翁又擅浑厚之法,自然之形互为相错,皴笔在形之间不断交错,如素描中线的错乱画法,形在空间中既有可辨之形,又无可辨形,一片浑蒙,能得洪荒之妙。

### 跋《设色山水》(洋纸画稿)

宾老用笔如行篆笔,能压纸,此非娴熟精研而能为之,皴擦染渍随心所欲,深厚犹如西画。

### 跋《设色山水卷》

此作拟晚年作品。以浓墨勾勒,树形略显形象,与组合山石亦作简略的勾勒,以示丘壑曲折之概形。后以色墨交织的横断条子皴不断地加以皴点,并组成网格状的形式,为宾虹独有的形式处理。其法简略形质间的外在细末,而以图式参合,加以自然的空间和形式间的暗示来体现,如简形去琐细,强化笔、墨、线、点间的有效组合和发挥,故宾虹之法在网络状的笔墨空间中，表现自然造物之无穷变化。

### 跋《设色山水卷》

此卷与前卷略似，然此卷则强调点皴的表现力，以模糊混沦的意象，杂以铁篆的曲线，或直或横，或长或短，有意或无意地织造出丛树、曲径和几间空壳的屋子，造化在画面里呈现一种邃密而蓬松的自然的形质。然一片苍茫浑莽的气象点缀出宾老的内心世界，一片生机，似董北苑之《夏山图卷》，似耶？非耶？造化已经幻化成有人格品质的艺术化境。

### 跋《设色山水卷》

此卷意在董巨间，丛树写法尤见山樵之神髓，而更细密之。此卷密而疏，多以淡腴笔出之，故犹有巨公墨法之韵。树法近巨然，尤倚水之树法写出枝杈交错而无墨叶辅之，只是用点的疏密来增强树与山峦的空间关系，故学古人也须有个人选择。此卷树成为施展笔墨的空间即符号化的表现形式，用笔圆润，点线交叉，用墨淋漓，以淡墨层层渍染，岚气浮动在韵味上，直追释巨然也。淡墨润施，水气迷漫，林木葱郁，平淡天真，其用点密集似北苑《夏山卷》之用心物象，以点规模形象和空间，近视模糊，似无物可辨；远视则林木山峦层次井然，可见宾老借古开今，全从传统出，而非浅陋辈能望其项背也。

### 跋《设色山水图》

此稿色墨交融，全用淡墨与色杂错写出，非精殚此笔墨者不能为之，尤可见宾老用法多端之变。此作以色辅墨，其妙处以色醒墨，层层增之，有点睛之妙也。

### 跋《设色山水图》

以北苑法写之。密密的牛毛皴，拟错杂王山樵之法。山色得郁勃之韵，非层层叠加，而是用简法写出，淋漓酣畅，气韵非常生动，直追山川之神也。宾虹晚岁写山水，则去繁就简，苍茫深然之气，则在寥寥数笔间取得。此乃宾翁之炉火纯青奇境也。

### 跋《设色山水图》

此作淡而冲厚，非炉火纯青者莫能为。此作尤被称道的是，善用"破"字法。其笔浅墨点似乎都在湿墨中进行，笔笔清晰可辨，点皴皆在妙处，故烟云山川之变尽在淋漓酣畅中得之，其老到让人叹服也！其笔墨在北苑和梅道人之间，随意出入，气象万千，入太阴之境也。

### 跋《设色山水图》

此作用水破之法。宾老晚岁泼洒水渍，随机而成，非常庸辈可想也。细审之用散笔渴点皴出，又用淡墨破泼。一片梨雨过山头，泼湿青岚烟中幽。尤特别之处，用重笔勾出屋宇，此点缀可谓精奇醒目也。

### 跋《设色山水画稿》

勾勒山石全得力于书法，笔力随意勾写，变化无穷。宾老此法晚岁常用，虽有初勾草稿之意，然笔法精妙，寥寥数笔，金铁烟云了然于纸，难能可贵。宾老之功力，赏其画稿，尤觉精气神跃然楮上，另有一番深意，可品读也。

### 跋《设色山水册》

宾老善用水法，不断用水充盈水墨与浅绛色彩的活力，如果不熟谙用水之法为媒质，就很难发挥其宣纸特有的性能。色墨不断渍累，又不断以水冲刷，水色交融，犹如岚气蒸腾而上，整体上有如犁雨泼洒，秀色可餐也。

### 跋《设色山水册》

此画亦用水法，画面蓊郁葱茏，岚气迷漫。虽用简笔皴染，然淡而丰腴，浑厚华滋。蜀人陈子庄也撷其山水法，写蜀中山水。石壶用笔简逸，圈点皴擦虽生意盈然，也能致厚，然与宾虹相比较之，大有径庭也。宾虹虽用简笔，但无笔不具繁意，此法乃从层层深厚渍染处生成，非外简空疏之象可比也。子庄虽有意在山林之气韵，但欠火候，笔墨简脱过早，故远行步怯也，大巫小巫，泾渭可辨也。

### 跋《设色山水册》

淡墨透明充盈，晚岁宾老之画已入化境，气息醇厚，圆融明净散淡之气漫散于画境中，已到灿烂之极复归平淡天真之境。此画似点画无多，一任自然而成，自然造化静中参，内美之韵跃然纸上也。

下编

传承·教学

# 步履艰难的转型

中国画传统已步入多元的转型时期，中国山水画也以自身的特点向多维转换。对民族艺术"现代性"的解读正方兴未艾地展开，其问题实质是陌生时代迅猛到来引起的突变和断裂所造成的传统价值取向的重新思考。立足本土艺术转型和笔墨可持续发展，它包含对现有传统的梳理、解读和对现代文化审慎剖析并与之适应。强调中国传统艺术和历史发展的内在逻辑，用文化连续性的思考方式寻找中国山水画在现代审美进程中的价值和表现。

我们的山水画工作室在刘海粟美术馆鼎力帮助下，山水画教学在转型期历经三个年头了。

山水画是中国传统绘画的重要组成部分，自六朝起，经历漫长的发展历程，到唐五代、两宋以后，成为中国绘画的主体，并成熟完备。山水画传统虽历经消长仍延续至今，并且还将以它特殊的形式进入新时代。

我们工作室从山水画现状出发，回溯历史，立足山水画本体，借鉴经典，以"课徒"的方法，对传统经典有选择地进行反复解读，体味古人的心迹。

教学内容分为三个阶段：一、山水画图式与解读；二、山水画图式与重构；三、山水画个人图式的构建。这些内容用三年时间来完成。

这三方面内容，其中第二阶段是承上启下的，解读是重构的基础，在解读的过程中着手重构，重构与个人选择相结合，个人图式的构建才能较顺利完成。文化的传承特性就体现在它的适应性和转换能力。

我们从教学实践中体会到，山水画的发展必须从山水画自身寻找出路。山水画的主体语言乃是树石构成，要画好一树一石是山水画的入门基础，古人非常重视树石的训练，有"五日一石，十日一水"的讲究。

"课徒"式的修炼是获得山水画语言的必由之路，那些经典图式是历代名家对山水画的杰出贡献，他们用天才的想象力概括出自然的不同形质，并配置相应的笔墨程式，灵活多变的表现力使图式语言气韵生动，并创造了"似与不似"的中国美学法则，同时也屹立了笔墨在中国画的核心地位。

"课徒"离不开教师悉心的解读和现场示范。中国画有许多不同的笔墨程式，如没有教师面授机宜为学生解惑，学生很难把握其中的真谛。教师现场参与是艺术教学的重要内容，零距离的视觉现场感能使学生获得直观的感悟。

为了提高学生的解读能力，我们同时配置了系统、清晰的图像资料，选择名家经典加以放大，显示出名作微妙的内部结构，全新的视觉感受大大地激发了学生的遐想。并且还以图为史，从山水画史的角度阐释名作经典意义，图文并茂，深入浅出，使学员从中获益。

在绘画实践中，能否自如运用图式语言并加以创造性发挥是检验学生解读图式的能力的唯一标准。我们采取图式放大变体的方法，使原来的结构发生变异，让学生在新的空间中激发个人的想象力，山水的原有构架要求新的组合，笔墨随着放大也强化了自身的表现力度。山水画的空间得到重构，笔墨得到拓展，使视觉展示出无限的张力。这种解读方法的特点是由于画幅放大，作画方式也发生了改变，画面由案头移至壁上，作画的姿态和视觉完全不同，悬写执笔式迫使学生从整体入手，抓住大处放弃细琐，使形质、笔墨在空间和距离间产生组合效应，传统图式在新的空间中呈现与现代人契合的交流。

我们必须看到，任何好的学习方法操控失当会使学生堕入迷途。我们在解读与重构的过程中，如果缘木求鱼，步趋古人，就会落入蹊径而不能自拔。我们提倡学生用心去体悟古人的睿智，利用笔墨的多样性，从大处入手，摒弃细琐，摆脱模仿，反对陈旧，倡导清新，撷取艺术精彩，直超古人如来地。

同时，我们还须认识到，在个人图式的重构方面步履维艰。传统文化似乎是个"陷阱"，主要困惑来自传统经典的巨大压力。由于经典图式的完整和笔墨严谨的配置，在转型的序列中受到其经典超稳定的惰性挑战——得到非易，摆脱更难的两难境地。这种尴尬状况来自山水画特殊的表现样式，如与欧洲风景画比较，除了画家面对自然静观默察的相同之外，在表现的形式、观察的方法，在结构的二维空间观以及图式的多重含义上，都与欧洲风景画大异其趣。中国山水画自南朝宗炳提出"澄怀观道"后，其内涵是表达画家面对自然时对"道"的观照和个人在其中获得"畅神"的精神自由，而并非是对自然专注的探究。山水画的形式是以二维的平面空间来表现自然，并以书法的写意和笔墨精神来架构空间，遨游自然，中得心源，用随心所至的"游动"视点以"三远"并用的方法来安排自然的秩序，采用重叠法来拓展深远，以虚当实、计白当黑的写意性与物象保持恰当的距离，以诗化的情绪语言构建悠远而深邃的意境。而这一切元素都随着画家个人的趣味和经验来完成"以形媚道"的目的。我们面对的不是一张风景画，而是一卷惨淡经营并慢慢展开让人细细品读的卷轴山水清音图。它构成超稳定的宇宙空间，有很严密的内在逻辑，解读或重构不是随心所欲的拼图，而要靠悟性来解读结构的密码，不能全盘推倒而只能是用心智去转换。重构要从结构的内涵入手，悉心体味，其过程需要智慧和耐心，同时要坚持"外师造化，中得心源"的观念，体察自然，探究和发现自然中的形式因素。经典图式是彼时古人从自然中获得的样式，今时的人们只有再从自然中去验证，发现和修正现存图式的得失，从而获得创造新图式的后援，也只有从自然中汲取力量才能消解经典对于画家的心理障碍。前代大师解读经典有许多成功的实例，赵孟頫、钱舜举、元代四大家以及明清的沈周、文徵明、董其昌和"四王""四僧"都对中国山水画图式创造积累了丰富的可资借鉴的经验。尽管我们所处的时代与前贤有很大的不同，但民族的文化脉络在向现代转型时并不因为时代的延展而被取消。

我们山水画工作室本着山水画发展的多元性，在山水画个人图式重构时，将进行以下几个方面的尝试。

一、借鉴经典图式在形式上作重构性调整，并按个人对图式内涵的理解，选择那些多样的适合个人表现的图式进行磨合与重构，并在笔墨参与的前提下重构与经典相对应的个人趣味的图式。

二、引入书法的写意功能，强化笔墨的表现力，用书法笔意来概括和整合图式的重构，用不同笔意的书写方法来重构个人图式，写意的挥洒和线质的强化增强了笔墨在山水画中的主导作用和视觉张力。

三、用心体味欧洲风景画的丰富表现力，来充实中国山水画的表现形式。我们详察欧洲风景画发展轨迹，传统风景画在面对时代的挑战，从印象主义发展到塞尚向现代转型，那些大师们吸收了东方的某些形式因素，风景画摆脱了摹拟，进入了二维的绘画空间。塞尚简化自然形质，用团块的结构来表现风景的新形式。他的不少杰作有类似中国山水画的意韵，画中的自然已从深度的真实空间转化为平面的绘画空间，画家在风景画中取得了主导的地位。塞尚的重构自然的经验同样能启发我们的心智，以换位的思考方法去重构中国山水画个人的图式。

四、从色彩改制的角度去探究形式和构建。传统山水画原有两大主流，从唐五代至宋建立的青绿山水样式由于文人提倡水墨山水为上以后，主体的色彩表现形式已逐渐边缘化，但在以水墨山水为主体的画坛仍有杰出的青绿山水风格的作品名世，如元代的钱舜举，明代的文徵明、仇十洲以及有院体风格的清代"二袁"都为青绿山水画作出了杰出贡献，其中包括浅绛设色都有可观的前景。我们适当引进西方色彩的丰富表现力，立足本体，经过互参，肯定会有硕果累累。同时，我们的民族并不是"贫色"的民族，而有强烈、单纯、明快的绚丽色彩。

这些炫目的色彩大多隐没在民间和宫廷的锦缎、服饰以及其他饰品里，这是民族色彩的宝库，具有相当大的色彩价值，体现了民族的审美力和情感的表现力。其中有不少色彩的搭配可作为"色表"来参考。

在山水画的转型过程中，我们要求学生必须坚持一条基本底线，即笔墨是山水画的核心语言。坚持"外师造化，中得心源"，体验自然，探究自然，从自然中汲取灵感来丰富山水画的创作，坚持山水画"畅神"观的精神性指导，以诗化的语言强化山水的文脉，它不是纯形式的探索，而是"以形媚道"的终极体验。

中国山水画较之人物画有较大的适应性，具有中性的色彩。人与自然的和谐关系历经千万年不会改变，中国人对自然的人文观不会改变，中国山水画的文化形态与日月共存。我们有理由认为中国山水画能够进入现代生活，并能找到存在的对应关系。我们还应认识到"现代性"是一个十分模糊的认同，解读它的含义因人而异。全球性文化的交流不应取消各民族文化在现代的价值，而且现代性随着时代的深入发展更应该展示出各种文化的瑰丽多彩，多元的文化形态并存恰恰证明了现代性的包容和健全。

2006 年

# 山水画的临摹、笔墨与图式

## 一、临摹与传承

中国画的现状，其发展呈现变化莫测的状况，这是中国画所谓"转型"的选择，以适应从古典形态转到现代形态这么一个时期。关于现代形态，是一个不确定的模糊概念，这是目前很难加以界定的一个问题，但这也是一个一定要接受的现实。传统中国画的创作和教育如何进行和应对的问题，是一个现实问题。当代中国画的基本特点和趋向是多样化的，这是近一个世纪的中国画革新造成的结果，它的多样化给中国画带来了活力，也模糊了中国画的边界。

我比较赞成这样一个分类法，即传统型、泛传统型、非传统型三种情况。这种分类只是提供一种观察认知的角度和途径，在学术上进行分析与总体把握，而不作价值判断。

我们应该承认多元的现实，提倡兼容并包、和而不同与自由竞赛的精神，强调以传统为出发点，认定中国画传统是中国画民族形式之根，强调对传统中国画的守护态度。

传统型的中国画有很强的本土特色，它坚持笔墨方法和传统风格，认为它是高度成熟、高度程式化的艺术，对它只能采取演进的方式而不能改变其基本特点，这种基本特点就是笔墨的方法和整体上的传统风格。传统型中国画是古典艺术，是进入现代仍有生命力的古典艺术，仍然拥有大量观众，它的价值没有也不可能被现代艺术所替代。

我们坚守传统中国画就必须坚持中国画语言的自觉意识。

历史悠久的中国画，它自己有一套视觉语言系统，其中主要是笔墨语言。笔墨语言首先植根于中国艺术精神的技巧系统，但它同时又超越了技巧而成为一种精神符号和审美方式。中国画语言是由两方面构成的，一方面，它具有一般的绘画语言，即造型、构图、色彩等；另一方面，它又有自己独特的语言——笔墨。作为绘画，造型、构图、色彩等是所有绘画都拥有的，笔墨则是中国画所独有的，抛弃了笔墨，中国画与非中国画就很难区分了。在中国画里，笔墨语言与一般语言并不是简单的相加关系，中国画的造型通过笔墨来实现，但笔墨不单是造型手段，它还有相当的独立性。中国画在造型上强调不似之似，就是为了使笔墨的相对独立性得到发挥。笔墨可以单独欣赏，那些经典名作，既要看它画了什么，更要看它怎么画，它的笔墨如何。笔墨的骨力和气韵渗透着人的精神，显示着格调，也是中国画风格的主要体现。当然，笔墨不是唯一的东西，它必须和造型、色彩等一般绘画语言融为一体。

清代以来，有忽视造型、色彩等一般绘画语言而将笔墨孤立化、绝对化、凝固化的倾向，对中国画造成了严重的伤害。自20世纪以来，又逐渐形成另一种相反的倾向：轻视和否定笔墨，试图以一般的绘画语言（特别是西画语言）来代替中国画语言，这一倾向把笔墨等同于复古，只承认它的工具性而不承认它的独立价值以及它精神上的内在联系。其结果是忽视了中国画的特殊性，模糊甚至取消了中国画的边界。笔墨关系到底要不要保持中国画特点和本土性这一根本问题？从历来有关笔墨的争论中都可以看到一个现象，就是但凡对笔墨持轻率否定者，要么是对中国画和中国画传统没有深入了解的西画家，要么是不懂笔墨的鉴赏，只知道套用理论教条的批评家。

既然大家明了坚持传统中国画的笔墨语言体系对中国画特殊表现的重要性，我们就有必要对中国山水画在基础教育时，注重如何进行对传统笔墨语言的传承。

传统山水画的基础训练，必须强调临摹的意义。"传移摹写"不单纯是复制，更是为了传承与发展。以画谱为范本的临摹方法被中国画的历史发展所证明是正确的。

中国画画谱和画诀是学习绘画的重要教材。画谱是指以图样和图例的方式流传的定型化著述。画诀是指以精练的语言样式（如成语、谚语、诗句等）流传的口诀或文字记录。前者重视画法样式指导，如山水画谱的树石、皴法的法式等；后者更重视画法规则的掌握。两者既有侧重，又是一个完整不可分割的整体。谱与诀的作用具有传授基本画法和基本规律的功能和类似经典的作用，在学习过程中，画谱与画诀对树立规范化的典型样式起到了重要作用。画谱重图式，画诀重文辞，它们共同从造型观和作图法式上制约了中国画的文化传承和人文塑造。

画谱与画诀的绘画法式在历史上与社会文化广泛交流中被普遍认同，对传统中国画的普及作用和文化传播意义深远。

由于明代市民文化兴起，各地刻书印刷行业作坊林立，图书的刊刻尤显昌隆。明代改变元代不设画院的做法，恢复宫廷画院

教学现场　　　　　现场示范

制度，涌现出大批各有擅长的宫廷画家。而画家之间交流频繁，有关绘画创作、鉴赏收获和课徒授业的社会需要蔚然兴起，一部分人在前人研究的基础上系统地总结整理历代绘画中的各类作品，探索传承与学习这些作品的方式与方法，出现了许多画史、画理、画法、品评、题跋等书画著录与其他方面的论著。

明代中后期，绘画持续发展，文人画家成为画坛的主流，他们开始追求对元人笔墨意趣的探索，呈现出丰富的面貌。不论风格与地域，他们都比较注重师承传授，课徒授业甚至成了不少职业画家的谋生手段。

其中《顾氏画谱》双桂堂刻本最为著名。顾炳，杭州人，受业于周之冕，后游山寻访，研习绘画成绩颇大，万历二十七年（1599）应选入京，成为明代著名院体画家。顾氏热衷于金石书画的传摹，搜罗名画和见闻，并悉心摹绘编成《顾氏画谱》。画谱遵循"图谱赏鉴"的体例，采编历代名家画作，以历代次序编排，采用宣和博古图制摹仿名画，每谱例后面附有题跋。其中也参以文人雅客所作和题跋，共四册，有图一百零六幅。

作为一本传摹经典绘画样式的画谱，《顾氏画谱》几百年间流传广泛，远至日本。

明代中叶，吴门画派总结了南宋院体周密不苟和严谨整饬的画法，有着浓厚的专业画家意味。明代晚期则出现了文人画家职业化的倾向，陈洪绶等的人物画木刻作品、张宏等人的风俗画作品也最为明显。从画谱传播的影响力来说，明代文人画家从不同视角审视绘画行家的做法，促使了不同画风样式的发展。

画谱与传承展现了古代名家早期是如何从画谱或经典名作中汲取营养，并且获得传统笔墨语言的例子。明代沈周少年时临仿古人的作品常能乱真，中年时山水画尤得王蒙真谛，如《庐山高》就是一例。文徵明终其一生以赵孟頫为楷模，书画处处较其长短。唐寅曾先后师从沈周和周臣，深得宋人山水画与人物画诀窍。仇英更是精于摹古，并从华夏、项元汴等大收藏家处获得大量的古代经典进行摹习，后又深得文徵明指点还与文徵明合作，使他成为明四家中唯一非文人出身的大画家。

另有明代董其昌在深刻研究历代名家经典后，按他对笔墨语言的理解和审美的倡导，以缩小本的形式画出《小中见大》的山水经典册页，并历数经典名家的技法和笔墨语言，作出了董氏解读，还把自己的衣钵传承给了"四王"之首的王时敏，以此构建了清初山水画之拟古系统和完备的法式系统。其影响不仅是清代，还一直延续至今，为中国画的经典传承作出了巨大贡献。

## 二、骨力和气韵

传统山水画的基础训练，必须强调对山水画经典和笔墨表现语言进行有步骤的学习和训练。

这些经典的山水画笔墨语言是植根于中国艺术精神的技巧系统中，但它同时又超越了技巧而成为一种精神符号和审美方式。我们不能简单地理解为把笔墨和一般绘画语言相加来完成，因为笔墨不是简单的造型手段，它强调造型上的"不似之似"，强调意趣和神韵，就是为了使笔墨得到独立地发挥，能具有独立的审美品格。笔墨的骨力和气韵渗透着人文精神力量，显示着高雅格调，它具有恒定性，不能轻易放弃，它是中国画风格的主要体现者。

我们在基础训练中，要维护它的基本部分，要突破和创造它的可变部分。作为基本部分的"骨力"和"气韵"是毛笔在纸上勾皴点画所形成的力的样式和所表现出来的形态感觉。一位出色的中国画家能控制各种各样的用笔力度与力感，并借助毛笔的锥形毫毛表现出对世界的丰富感受和主体的丰富体验。

在长期的历史实践中，中国画形成了一整套骨法用笔的方法和特性，如力透纸背、刚柔寓中以及平留圆重等体现骨力的准则。

骨力和气韵的审美品格是中华民族在创造和欣赏笔墨过程中，将其与中国文化对生命、情操的认知，通过笔墨技法的骨力使单纯的生物性感觉上升到人的感觉、人性的本体感觉，从而提升中国画审美的高格调的价值观念。树立这样的价值观很有必要，今天人们的价值观念与古人有所不同，但是一些基本的价值必须要坚持和保留。它的保留不仅仅是对笔墨的保留，还有中国人对审美的要求和人文精神的要求。

中国画的"六法"中骨法用笔和气韵生动仍然是山水画基础教育中的主要内容。

骨法用笔讲的是笔墨的力的表现，气韵生动讲的是韵味的体现，都属于精神层面的东西。中国画的接受方式讲的是"品"，包含着评论、鉴识等意思，骨力和气韵的品评靠的是鉴赏者的直觉和相关的审美经验，它是通过悟才能完成的活动。

在对笔墨的学习中，要从笔法、墨法这些具体的方法入手，在实践中深刻地体会到，中国画教育最大的缺憾就是忽视"师古人"，忽视甚至否定通过临摹等途径理解与把握传统，以至于一代代学习中国画的人不知笔墨为何物，出现一味浮躁、粗暴或甜俗、柔媚等弊病。所以，中国画基础教育必须让学生在临摹古代经典名作时，能体味先贤在表现自然和本我的过程中创造的笔墨语言的魅力。"存心要恭，落笔要松"这样的古训，其意是说：用笔之要，存心不恭，则下笔散漫，格法不具；落笔不松，则无生动气势，以恭写松，以松应恭，始得收放。就是恭则心无他用，松则手无拘碍。

### 三、笔法与墨法

我们在临摹经典名作的过程中，中国画在笔墨表现形式上，首先要解读笔法与墨法。由于中国画的作画工具是毛笔，圆锥形笋状的毛笔与西画油画笔不同，毛笔尖圆结合，锥形的体量在运笔和蓄墨方面有独特的功能，它在左右摇摆或旋转时，可以随着指腕的巧妙掌握，在纸上产生各种生动多变的线形和墨迹，有非常强的表现力和观赏性。所以在临摹时，首先要对毛笔熟练掌控，必须对用笔和性能加以研究。用笔主要讲中锋和侧锋。传统的笔法认为，执笔必须中锋，这是历代讲究以书入画的认同，故必须坚持中锋运笔。但是随着中国画的笔墨表现多样性的需要，言必中锋，排斥侧锋对毛笔功能的充分发挥是有失偏颇的。大家知道，中锋致圆和厚，是保证线质的饱满和圆润，这当然是非常必要的，但我们要兼擅侧锋，因为绘画的形象非常丰富，而且线型的披麻皴和面型的斧劈皴在中侧锋的需要上各有侧重。所以不要固化模式，而要在善变处发挥出毛笔的功能。

历代名家的笔法千姿百态，各尽其才，如黄公望善用中锋，长线拉扯，也兼侧锋，皴擦互用，发挥了笔墨的最大表现力，《富春山居图》就是典范。倪云林画山石以侧锋为主，并侧与中互用，中有转笔，故峭拔而能圆厚。李唐开创大斧劈皴，方折劲硬，力度为主也兼中锋补偏，故能雄浑有力。如马远、夏圭也擅侧锋，马远更为率意简洁，也强调力度的表现，以免刚硬而少含蕴。钱舜举多用小斧劈，但笔致柔劲，别有一番雅丽之态。再如吴昌硕以中锋为主，雄浑遒劲，画石也参侧锋。齐白石主中锋，取隶意，笔意雄厚中取方笔，与吴昌硕圆浑有别。又如清代的虚谷剑走偏锋，以侧锋表现形象，用笔如刀削，但寓含中锋，故能有浑成的意味。

恽南田的笔法多用中锋，强调尖毫新笔，落笔皆能见尖锋，笔含波折的扭动，笔墨显露灵动秀逸，故笔颖窈窕多姿，很少有人能超过其笔法灵秀之功。南田用笔秀润，稍有枯笔飞白，后代人用枯笔与虚笔多受明代陈白阳、周之冕的影响，与南田不甚相同。恽南田曾对笔墨法有过以下阐述：须知千树万树，无一笔是树；千山万山，无一笔是山；千笔万笔，无一笔是笔；有处恰是无，无处恰是有。其意高超处应是不似笔的笔，而是有树的意思；不是树的树，乃是笔的产物；不是山的山，而是笔墨的幻境。可见笔墨的高深处，就是既不能滞于物，也不能碍于笔。恽南田的画虽兼顾形似，但力求的却是画的神韵，所以南田的艺术观念产生了他特有的形式美与风格特征。

中国画用墨法，简而言之，有焦墨、浓墨、淡墨等，所谓墨分五彩，其意为墨色有非常丰富的表现力，可以胜过赋彩。在文人的水墨画世界里，崇尚单纯，追求朴素，故以墨为色是其特色，当然赋色也有墨不可取代的特色。

墨法，就是墨随笔形，笔因墨而显，两者本是一体，而枯、湿、浓、淡之取得无不是有方法的。古人用墨，山水画中，尤重积墨法和破墨法。积墨意为层层渍染致其深厚，破墨以水为媒，以浓破淡，或以淡破浓。由于水的渗化，随机而动，水墨交融，阴阳相错，产生水晕墨章、华滋生辉的艺术效果。奢用墨色的所谓"惜墨如金"，也为用墨难度很高的墨法，以淡墨为主，善用留白，计白当黑，同样能显现墨彩光辉。如李成、倪瓒、程邃都是惜墨如金的典范，墨法体现韵致，只有精审墨法才能使气韵灵动，富于生气。

笔法与墨法在中国画传统中尊重理法也必须要与时俱进，在笔墨传承中强调个性脱颖而出。如元代吴镇多用圆笔中锋，其画厚重湿润，他是出于董源，后受马、夏影响，然其笔墨情趣与他们大为不同。又如"元四家"之王叔明，家学赵孟頫，其细笔解索皴枯而能润，细而有力，略变北苑结构形式，在聚线而成的细皴中达到实而能松的特点。又如八大写字用中锋，用笔极简，作画则多用侧锋，一气呵成，笔意不浮躁，侧而能厚，全在侧中寓正。所谓侧锋，并非画时把笔尖横卧，而是利用锋尖前端之毫在运笔中中侧反正，变化很大，颇见功力。用笔中侧互用，使线条既有灵气，也含苍莽之味，但此者须知不可有草率之气。

徐文长大写意花卉把文人写意推向新境界。他纯粹以书入画，用写字手段置于画法上，起落分明，笔意跳腾，然洒脱毫无做作之态，所画之物在有法无法之间张弛，笔墨狂放，但收得拢散得开，潇洒磊落，实为一代宗师。

中国画线条以书为法，主张以写字为主。线即为笔，笔主气，自绘画起始，皆以线来表现物象，以写为手段，取精用宏，它不仅仅要用线框定一个形体，而所取物象已蜕化为画家的品性修养和情致。

## 四、图式与结构

山水画的笔墨基因决定了范式的特征，我们不仅要对其精神内涵加以体悟，更重要的是从它的范式入手找到解读的有效方法。

山水画的基本元素是树石山川，它们是构成画卷千岩万壑、云蒸霞蔚的基本符号。山水画技法由皴法系和林木系两大部分构成。

皴法系包括两个部分：披麻皴系以线性结构为表征，斧劈皴系以块面形式为表征，山水画中山石峰峦的形式结构由这两种皴法来完成。披麻皴属南宗画系，以董源、巨然、"元四家"为主体风格；斧劈皴属北宗画系，以范宽及南宋李、刘、马、夏四家为主体风格。线皴与面皴、中锋圆笔与侧锋削刷都是山水画技法中的主要笔法典范，披麻皴强调线的组合和柔润温腴的韵味，是一种含蓄美，而斧劈皴则强调峭拔雄浑有气势，这些法式都应在临习范围之内。

林木系也分为两种形式：一种是笔墨的点叶式，由单体的点式结构分别组成个叶、介叶，点叶更为丰富，有梅花点、菊花点、松叶点、胡椒点、椿叶点，有横点、混点、攒三聚五点等；另一种是双钩叶法，有圆叶勾法、夹叶勾法、椿叶勾法等。林木的画法，笔墨丰富，形态极富变化，与山石皴相谐，构成气象万千的自然形象。

这些皴法和树法都由中国画线形式构成，它的形态有单体式和复合式，但一经画家娴熟地巧妙组合，在运行于画作时，在笔墨的反复组合和叠加下，无穷变化的形态在预期表现的次序中蜕化为既有抽象笔墨的淋漓尽致发挥，又有生动的自然迹象的呈现。中国画语言独特的表形又表意的笔墨内里，可以感到力的张扬和蕴涵丰富的气韵。它可以细细地把玩，品味其有节律的笔墨魅力。

在临摹这些范式时，我们既要熟练掌握它的用笔特点，又要从简约的结构里品读出万千变化都呈现在这些形式元素里，能让我们在以后的创作中，撷取丰富的自然形态时能找到它的内在结构和节奏的变化。我们还须认识到，山水画笔墨基因决定其范式的特征，我们不仅要对其精神内涵加以体悟，更重要的是从它的范式入手找到解读山水画谱系的有效方法，因那些理法和招式是构成山水画要素的整体部分，利用图谱形式的变化和拓展，从纷繁的理法中梳理出个人的选择。因为那些范式是古人从自然形态中提取的表现形式，有很强的个性特点和承前启后的延续性，使学者能从中汲取许多有益启示，也为今后创作提供了厚实的借鉴经验。在临摹时，要尽量做到笔笔有来历，但不要固化它的可变性，要讲究笔墨的品性，做到精妙入微，不能掉以轻心，草草略过。唯此，始能撷取经典的原味，这是事半功倍的方法。

我们也应清醒地认识到，山水课徒稿本并不是刻板的标本，有强烈的符号特点，那些招式是自然造物的再造结晶，内里积聚着先贤们的心智和创造能力，具有极强的审美特征。

古人的创造力来源于对自然的体悟，古人从来不把临摹与造化对立起来，而是由此及彼，取长补短。"外师造化，中得心源。"我们应在积累中求变通，古人始终智慧地把个体与宇宙结合起来加以思考，每位学子手中要有本钱，要先打好基础，在人生的历练中才能做到心中不慌，这也是"入定"的支点。

2017 年 11 月

# 用"注经"的功夫解读经典

无论是山水、花鸟、人物，都有一个正宗性、纯粹性的问题。在中国画中尽管山水、人物、花鸟是相通的，但是，从严格意义上来讲，还是有区别的。每个画种，纯粹性非常重要。我也曾经画过人物、花鸟，甚至油画，但多是自娱自乐，最能代表我的还是山水。

每个画家都会在不经意间流露自己的特质，即天性。比如我喜欢浑厚，像恽南田作品中空灵的气韵，我可以欣赏，但不会去借鉴。我也喜欢浓的，但在浓的里面要有淡的意思；在淡的里面同样要有浓的意思。其实一味的浓黑，是大家都做得到的，但是，要能黑中见淡，就有意思了。在我的画里，无论是浓是淡，最终还要体现"厚"，重要的是浑厚中见通透。

近年来，董其昌的墨法给我很大启示。董其昌浓的地方很浓，淡的地方很淡，他在处理浓淡时虽然变化很大，但是，始终是一口气的，因此，有一种冲击力。董其昌告诉我：中国画应该是灰调子的。因此近年来我不喜欢很重的墨，主张用淡墨，灰且透是我追求的效果。董其昌将自己的个性融入画中，因此画得自由，但是每一笔又有法度。例如董其昌的《秋兴八景》，我选取某一局部，实际上把中国画图式中的一些元素提取出来，巧妙地组合，会产生新的形式与效果。

山水画要看到深度，即要有穿插。前后多重叠交，无须避让，这不仅在平面中体现深度、厚度，而且也增强了自由度。董其昌前后交错的方法非常了得，非常巧妙，看起来十分复杂的东西，在他手里一点一勾，两三下就好了，特别精彩。人们说中国画的"鲜头"，在这里有充分的体现，这和他的书法一样。所以，能够看懂董其昌，中国画也就可以入门了。

我之前更多地致力于八大、石涛、石溪，但是宋人和董源才是山水画的"三江源头"，找到源头后再重新回顾自己的作品，会有新的理解和感悟。有了渊源，我们在择取经典元素的时候，则更加明确创作需求与创作方向。因此，解构不是一味地"临仿"，而是选取你需要的东西。

宋画在材质上，大多使用绢；方法上，以浓墨起笔再用淡墨渲染。我是用元画的方法来画北宗的风格。因为，我觉得董其昌的"南北宗"是一个美学的问题，不是绘画史的问题。他说的是该不该学，这是他自己的趣味选择。我认为可以根据自己的特点交错反复来做，例如我对王原祁的解读，加入范宽的元素；对范宽的解构，融入董其昌的墨法等。这种做法类似清代乾嘉时期盛行的"注经"。今文、古文、大家争、大家注，在你注我注中，意思就出来了。山水画，现在也需要有研究"小学"的劲头。不是临过了就知道了，只有花了当年"注经"一样的功夫，文化才能真正落到根里面去。我现在就是"注经"，老老实实、一个一个注。在注的过程，我或许只得到了万分之一，但是，让人知道了传统，至于万分之二，就让后人去得到。

2008 年 12 月

## 传统经典是不竭的精神后援

前几年，我在刘海粟美术馆挂牌开设山水画工作室，专授山水画课程，缘于山水画教学的需要，以解读传统山水经典为中心内容。

山水画自魏晋六朝始，历经唐宋成熟为中国画的主体，它特有的文化身份和符号语言早被世人所乐见。传统是文化之根，是流动于过去、现在、将来的一种时间过程，是存活的资源；它蕴含着情感力量和神圣的感召力，并将历久弥新地影响时代与后人。尽管人们不顾一切、不惜成败地奔向现代化，但传统在远方的诱惑依然那么强烈，它是我们最惦记，却又愈行愈远的精神家园。

现时当下，时代步伐不断向前，但理智告诉我们，对传统遗产的梳理和传承，依然是多元文化共存现实中不可缺失的内容。

直面传统经典是山水画拓展在当下的急切需要。以解读的方式对丰富的图像信息进行梳理和解析，使被激活的经典基因成为山水画的巨大后援。山水语言的树石元素是构成山水画的主体。古人非常重视树石的训练，有"五日一石，十日一水"的讲究。每一位山水画家的本职就是必须对构成画面的诸多元素进行解读，并以个人的方式去重构形式的关系。

在山水画解读中，我们面对的不是一张纯粹描绘风景的画作，而是一卷慢慢展开让人品味的山水清音的图谱，几近抽象的形式所构成的超稳定的宇宙空间里，有着十分严密的内在逻辑。解读或重构不是随心所欲的拼图，也不是纯形式分析的最后探究，而是要靠悟性来解读，不能全盘推倒，只能用心智去转换，要从结构的内涵入手，悉心体味那些创造形式的大师们对山水的独特理解和睿智的表述，并读出他们的情绪品性、人文精神。解读不仅劳心劳力，更是对实力和智慧的考验。

就山水画而言，那些经典图式是历代名家对山水画符号语言的天才贡献，以奇妙的想象力概括出自然的不同形质，并且配置了相应的笔墨程式、灵活多变的表现力使图式语言气韵生动。"似与不似"是中国艺术特有的审美理念，"书画同源"的同构性树立了笔墨在中国画中的核心地位。山水画的表现形式是以二维的平面空间来展现自然的；鉴于书画的同构性，以书意的挥洒和笔墨元素搭建空间的构架；以随心所至的"游心"视点遨游自然，中得心源；用"三远法"来经营自然的秩序，采用重叠分合法来拓展空间深度；以诗化的情绪语言表现幽杳深邃的境界，而这一切的形式元素都以画家的"诗性"和恰当的把握来完成"以形媚道"和"畅神娱性"的目的。六朝王微曾说："望秋云，神飞扬，临春风，思浩荡，虽有金石之乐，珪璋之琛，岂能仿佛之哉。"宋人郭若虚在读画之后如痴如醉地叹道："每宴坐虚庭，高悬素壁，终日幽对，愉愉然不知天地之大、万物之繁。况乎惊宠辱于势利之场，料得丧于奔驰之域者哉。"可以想见，山水画的"畅神"意义，从陶冶人心、净化精神功能角度观察，是对人心堕落的一种拯救性努力，反激出对完美心灵的祈盼和追慕。

山水经典解读，主要通过"手谈"的方式。或"拟"或"临"是中国画主要的体道形式。就绘画体认来说，形式分析具有"形器"的含义，但那些符号的意味又是"以形媚道"来实现。"技近乎道"的观念可以说是由"器"入"道"的过程，是中国哲学精神对"形神"关系的一种把握。

不可否认，传统文化似乎是个"陷阱"，主要来自经典的巨大压力。由于经典图式的完整和严谨的笔墨形式，在转型的序列中受到其超稳定的惰性挑战，陷入得到非易、摆脱更难的两难境地。这种尴尬状况来自山水画特殊的表现形式。与欧洲风景画相比，传统山水画二维空间观以及图式的多重含义与欧洲风景画的创作理念大异其趣。自宗炳提出"澄怀味象"的体道观以来，其内涵是要求画家面对自然时，对"道"的观照和个人获得"畅神"的精神自由相结合，而并非仅仅对自然的外在形式进行探究。但是，自然是万物之母，它的常态和非常态都是画者要加以深入探究的。人与山水比较，人无疑是渺小的，对山水只有主动感受却不能完全掌控，所以，山水有很多不为人知的方面等待人的探索和了解。对山水的欣赏要发挥一个人的能动性，还要不失自身独特的意趣。"外师造化，中得心源"是唐人张璪提出的山水画创作原则之一，山水画家要体察自然、探究和发现自然中的形式因素。因为经典图式是彼时古人从自然中获取的样式，今时的人们只有再从自然中去验证、发现和修正现存图式的得失，从而获得创造新图式的后援，也只有从自然中汲取力量，才能消解经典压力造成的对画家的心理障碍。

现存的山水画图像史充分体现了解读心智的健全发挥。尽管我们所处的时代与前贤有很大不同，但民族的文化身份向现代转型并不因为时代的延展而消退。

传统不是"原罪"，我们不要因为与传统亲近而有原罪感，它是支撑我们向前走的精神后援。晋人王献之在被自然鼓舞时说："从山阴道上行，山川映发，使人应接不暇。"我们现今站在传统文化的山阴道上巡礼，无疑有一种无上的愉悦。

2010 年

# 笔墨的寻源与合参

一

"笔墨"与"图式"联系密切。

中国画的特点是以线为主,以墨为辅。描绘物象主要用线,这种技法在宋代就基本完备了,到了元代加入诗文。诗与画看似不搭界,但文人有自己的品位和价值观,他们体会山林之气,不拘泥于具体物象,而是要表达接近自然的环境感、气韵感,由此图式就与自然磨合在一起,视觉呈现出了很多变化。

"图式"与"空间"也是不可分离的。"图式"或者"范式",包括了空间和空间中的树石,犹如书法中的单字,大小、疏密会影响周围的空间,但谈问题时要分开。

图式上,我们对古人画的理解应是心理空间,而不仅是物理空间。对画中的树与石头,要将空间、气候、朝暮等划入认识范围。会画一棵树不够,要形成画,还需要一套方法。如董其昌画树的方法与古人不同,是通过深度和平面对比来表达空间的。一般三棵在前,一正一斜一歪,第二层空间中的树,形态要小一些,把它们组合在一起会形成大树与小树的远近深度空间,这些再与前面的坡石、山岭又形成新的深度空间。很多人只注意到平面的高低空间,而深度厚度明显不足。

笔墨的重叠交叉体现的就是空间的厚度和深度,所以,中国画"笔墨"是"空间"表达的核心存在。

画间记

萧海春《庐山高》

笔墨重要性在于，即使没有形象，仅仅几根线放在一起就有丰富的意味。书法的笔墨与绘画是不同的，书法更单纯，比如草书有字法结构的限定，不可以杜撰，乍看可以自由发挥，但其要求非常严谨。绘画吸收了书法的书写特性，提升了线条的质量，表达画家的艺术精神，这就构成了中国画的灵魂。比如八大山人画中的线条，可以视为独立的艺术存在；黄宾虹的山水与花鸟画，是相辅相成、互为补充的。董其昌的《烟江叠嶂图》靠笔墨把山水画引入到"心象"上，与自然形成了一种呼应。

笔墨表达深度空间可以通过虚实关系，诸如有浓有淡，有黑有白，有聚有散，有干有湿。董其昌画树简单而细腻，有程式但富于变化，用笔化繁为简，书法意识很强，严谨中散发出灵趣，有一种生动精妙的美，让人感到惊奇，明代以前极少有这种意韵。有时前面的树很淡，后面的树是很浓的几笔，大小疏密用笔不一样，疏密走向，形式很多。整个架构像建筑钢架，通过墨的浓淡、大小配置，画面黑白、疏密以及用笔虚实的对比产生了视觉上的空间深度，而这是中国人的理解，与透视所讲的近大远小不同。整体笔墨和空间关系的把握，可以摆脱审美格式化和表现对象的束缚。在一张山水画里，很多的内容关系错综在一起，即使一幅画的局部本身也有"三远"，作画时需要不断选择推进它们的深度。空间和笔墨处理是没法分开的，笔墨如果能充分表现空间就不用再加了。

## 二

"空间"和"笔墨"的关系，终归还要返回山水画的原点来谈。

宋画是山水画的原点，作为典范，其影响最深远的是在格局上。大山大水，层层深厚，有质有量，空间阔大，这也是我的审美理想。中国画的写意是有要求的，不是宣泄情绪，是在原点思考中的再创造。黄宾虹晚年也不断提到"层层深厚"，那是对自然内美的自觉表现，可以摆脱很多时弊。

黄宾虹用墨是有创造的，画面上错位的重叠与深度的空间就像织网，不讲究丘壑，而讲究整体的重合，撒网似的每个地方都要撒到，不讲究精确。其线条皆符合书法对线条的要求，质量非常之高，互相绞合时叠得非常厚，但又非常透，可谓"密不透风，疏可走马"。

他还喜欢改画，不断地重起炉灶，最后虚实画得很妥帖，也没有雷同。他晚年患白内障之后，看不清反而使他的迷乱状态有了本性反映，那不是用眼睛画，而是用心画。手术恢复视力后，他画过一个册页，可能是他作品的一个顶点，其中能看出其心中对中国画的"原点"非常敬畏，承认了渊源的价值。

现在很多人只想从黄宾虹身上找出一些东西来，这种功利的想法是有问题的。黄宾虹的启示就是他的执着：总是想在画里探求点什么。他认为中国画颜色不够，就借用了西洋画中的色彩，有时正面画，有时反面画，那种热情亢奋，让人很受感染。

他的点、皴、擦、用水、用墨，也基本回到中国画对笔墨的要求原点——明清对笔墨所达到的高度。我们为何要从黄宾虹、齐白石走出去呢？原点是有法度的，该如何走是有要求的。回到原点并不是说循规蹈矩，只从某派某人处作为出发点，有人临过一些石涛就洋洋自得，光石涛怎么行？石涛在中国画的体系里实在太小了。

三

由于实际需要，开始时的"经典解读"画稿是上课教学用的。有些人理解的传统是指海派的一些画家的作品，但我认为要以解读宋元为主，因为宋代绘画是典范。

我也反对学生直接临摹我的东西，因为我的风格会给学生打上印记。我尝试借鉴《芥子园画谱》这类分科图籍，配合日本二玄社曾经出版的中国历代经典高仿作品，经过临摹学习和经典解读，把一张画里的树、石、叶画法解构，把局部元件作为完整的部分来细读研究，之后再用办法"重构"。

重构就是"合参"，你可以不断使各种图式、画法、风格、笔墨互相交流，最终成为你选择的结果，这符合我对山水画的理想。重构会产生变体。每个人贴近、把握古人的程度是不一样的，一个优秀的画家也往往有很多面貌，比如树法结构可以用董其昌排列变换的画法，用笔可以借王蒙的，这样一参合就妙了。

单单临摹范宽也许可以很好，但合参会更自由，比方一幅画用范宽的结构来表现山的体量与质感，却可以选择虚柔的笔墨。石头边线太实，可以把水墨淋漓与层次通透的方法融进去。再如李唐用笔硬辣，可以参入唐寅的渲染画法。这个学习过程

萧海春《拟董其昌、倪瓒、八大合参》

就是要力求解决"贯通传统图式"的问题，寻找他们之间的联系，切勿泥古。董源的线条放长一点就变成巨然，短一点也可以变成范宽，于是诸法贯通，不必为了表现范宽或巨然的风格而硬要照搬原样，山石草木的质感、光影、虚实、着色等，感觉自然就足够了。

合参可以是"解构合参"，也可以是"重构合参"，两者都是对传统的理解与学习，这个过程肯定会打上很多人的印记。对于创作而言，合参只是准备阶段，此外还要有赏析的积累，再加上自然山水、个人秉性，最终在写生中对自己的画做修正。

我们面对复杂的自然山水，每个人需要自己的眼光去提炼自然，有自己的概括方法，写生时要敏锐地察觉到自然生态中出人意料的方面，把其生动的一面表现出来。采取的手段还是要与古人联系起来，因为古人也是受其生活地域的影响而有斧劈、披麻、雨点皴等表现手法的。自然、性情和经典图式合在一起，经过对照参合，主观感受与发挥会越来越明显。

写生也不是哪里都可以，要与之匹配的山水，这样才会对自己有启示。山水的天然形式关系与古人图式只能是大致吻合。对于如何组织画面架构、形式这些关系要素，还是取决于画家本身的悟性。

2010 年

# 山水课徒和写生

地位尊荣的传统山水画在过去的一个世纪里备受轻慢和肢解，几近穷途末路。新世纪又恢复了对民族文化的自信，山水画传统回到被尊崇的地位，它的价值又被重新激活，先贤们的经典名作和理法不断地闪现它的智慧，并为学子们提供学习的范式。

山水画笔墨基因决定其范式的特征。为了更好地传承其精华内涵，我们不仅要对其精神内涵加以体悟，更重要的是要从它的范式入手，找到解读的有效方法。从临摹入手，是步入山水画堂奥的唯一方法。山水画中的经典范式无疑会在传承时被学画者解读和进行重构，那些理法和元素招式应该成为学画的自觉行为。我们必须注意到理法与招式是构成山水画要素的整体部分，利用图谱形式来整理分析，从那些纷杂的理法中梳理出个人的选择。山水画课徒历来就从临摹入手，这是行之有效的方法，被学子们所采纳。

山水画中的树木和山石是构成山水画的基本元素，在学画过程中，先要对树木、山石法进行系统的解读，然后加以提炼、分析和研习。因为那些理法招式有其谱系化的特征，它不是单独成立的范式。在学习时，要尽量做到笔笔有来历，要悉心体悟，讲究笔墨品性，做到精妙，不能掉以轻心，草草而过。唯此，始能撷取经典的原味，这是事半功倍的方法。课徒稿本并不是刻板的标本，它应该具有强烈的符号特点，那些元素招式

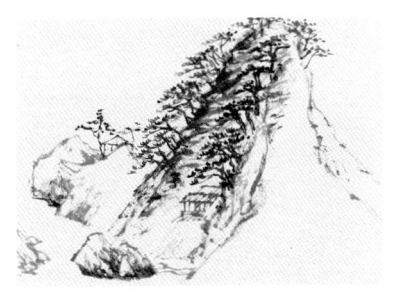

萧海春《拟石涛树法》　　萧海春《拟石涛山石法》

是自然造物的再造结晶，内里积聚着先贤们的心智和创造力，具有强烈的审美特征。

　　同时，我们不仅要认真做好传承的任务，还要师造化。古人的创造力都来源于对自然的体悟。他们从来不把临摹与造化对立起来，而是由此及彼，取长补短，故为至理。古人鼓励学子要读万卷书，在积累中求变通，然后再行万里路，以求真实始为真本领，古人始终智慧地把个体与宇宙结合在一起加以思考，而后再定取予。先打好基础，冲天大厦皆始于足下，每位学子手中要有本钱，在人生的历练中才能做到心中不慌，这是定力的支点。由此及彼，我们学习的经典范式是古代先贤们对自然体悟的积累，其中有非人能道的绝活，要用心智去慢慢认知。当然，彼时的范式无疑有时代的局限，所以我们对此不应有认识上的障碍，应该有目的地选取某些范式作为研习的支点，娴熟于胸，才会有深刻的体认和主见，然后运用范式所提供的招式和绝活去自然中验证。当然这种务实的态度必须要立足于山水画本体的角度去进行，不能盲目地取舍，而是在心智上构建胸中丘壑的宏图。古人之笔墨皆源出

萧海春《雁荡写生》

于自然,后学者也应该以天地为师然后决定取与舍。面对造化时,首先要撷取能感知的东西,并加以剪裁、重构,从造化中来加深理解先贤们的思与作。

　　传统遗存的经典范式是丰厚的,造化自然贮存着令人惊异的造物,我们需要有读书破万卷的恒心,信心满满地走进浩瀚的天地间。人生有许多进进出出的波澜,这种起伏曲折大概就是一种因果关系吧!迎难而上就是一种积极态度,超脱就是另一种动力。

# 山水画写生是"回到原点"

进入到自然山水中写生时,很多以前的记忆都开始复活了。年纪大了,对有些问题的理解慢慢开始有点理智了。我想,不要为了写生而写生,要有一颗平常心,不是功利性地赶时髦,而要把它作为一个山水画的精神层面的课题来研究。其实做任何事情都应心态自然,你强求也是没用的。

艺术要发展,画家要不断地走到生活中去,对山水与自然有新的感受,创作才可能出现变革与突破,所以必须要写生。唐代画家张璪提出"外师造化,中得心源","造化"是采集素材,"心源"是将素材与自己的心灵交流,这会产生一种对自然审美的感触,也就是审美价值。

山水画要有审美价值,少不了"变化",而写生就可以发现"变化"。所谓山水画"写生",是把自然写出来,而不是描摹。"写"就是自然、流畅,不拘泥于细枝末节;"生"就是生机勃勃,自然世界变化无穷,变化多得让人感到既生疏又新鲜,视觉经常受此感化,艺术就会在源泉上长进。否则,自然有限不变的话,人家去了一次就不会再去了。我每次到太行山以后,不会说:"哎哟,我来了很多次了。"

写生绝不是蜻蜓点水,因为写生肯定要有目的,是全身心地投入,这也是写生和旅游的不同。为什么要上太行山?因为这里以前是培养荆浩、关仝与李成的地方,是北宋山水画的诞生地,

萧海春《黄山写生》

是山水画的原点。我以前是画西北山水的，二十几年了，除了去太行山，更多的就是黄土高原。黄土高原的质朴、厚重、粗犷和南方山水是不一样的，因为那是中国文化的原点，是中国文化的摇篮，周、秦、汉、唐与其密不可分。这样的话，真正静下心来深入自然与生活，才会慢慢地体会到很多你以前没有注意到的东西。除绘画实践的体验以外，更重要的是自然山水会传递给你一种情绪，身心在山水之间得到一次放松，看得出画面更加生动，这对今后的创作发展会有非常积极的直接或间接影响。

一般人认为解读山水画就是临摹程式化的套路，这完全是误会，写生同样是中国非常重要的环节。在临摹过程中，掌握了画本，也要和自然交流，那些习以为常的东西需要回到经典画作所诞生的真山真水中去重新梳理对照。从传统经典里面吸收的养分，再到自然里面去消化，这样一来，体现出了当代人自己的情怀。在自然里面交流，要靠你个人的悟性和判断，那是你对当代山水画的一种看法。不要一味传统，要自然，还要时代，毕竟

萧海春《黄山写生》

不能总在古人的画笔里面讨生活。就像画松树，已经会画了，但进入黄山以后，通过对松树的观察，理解就完全不一样了，千姿百态，朝夕变化，总是能感觉到我心里面想的东西和手上表现的有距离，那么把学到的东西和自然、生活进行比较，发现你所需要的新东西，就使你原来的认识得到完善升华。

像荆浩、李成、范宽、郭熙等都对写生有深刻的体认，只要去看看真正的太行山水，便知道他们的画和自然是紧密相扣的。李成的作品可以看到山水的光与色的变化；郭熙的《林泉高致》里面甚至专门阐述了对自然的观察体会，形成了思维判断、价值判断，比如"春山淡冶而如笑，夏山苍翠而如滴，秋山明净而如妆，冬山惨淡而如睡"。自然对我们的认知是一种修正，中国山水画的很多皴法，并不是凭空想象的，也不是偶然的，古人通过概括的手段，把山水皴法和各种地貌与肌理表现出来了。

一个山水画家没看过真正的山水是不可想象的，艺术不可能离开自然和生活，人民与生活才是艺术家创作的源泉。深入生活就是"师造化"，师法大好河山。山水画家通过体验对自然的热爱来提升爱国的情怀，如果碰到穷山恶水，就要想办法去改变它，这才是催人奋进的。《延安文艺座谈会上的讲话》中"艺术深入群众、深入生活"其实也是谈的这个观点——不要"闭门造车"。

所谓"深入生活"，用古人的话说就是"读万卷书，行万里路"，我们要书本，也要自然。一个说的是多读书，多体会前人积累的东西；另一个就是读社会，那是活的知识。进入生活，你的生活积累深度有没有，它会在根本上决定你的专业高度。

传统山水画的命题就是把大自然博大的变化、气势、气韵表现出来。一方面，山水可以净化自己，让心灵愉悦与澄澈。另外，观众欣赏山水画后也有一种精神的享受，这实际上就是为人民服务。

总之，师法造化、师法生活是中国艺术的传统，一定要勤于和自然交流，不断地到自然中朝拜，关在书斋里是不会有长进的，也就成了"无源之水"。自然是一个大的母体，不单单是为艺术服务，也是为哲学服务——中国文化的精华很多都是来自山水之间。自然是最博大的，而且是非常慷慨的，它可以无穷尽地给予你需要的东西。

2012 年 5 月

# 中国山水画写生的时代融变
## ——以李可染和陆俨少为例

百年来山水画之变的主要特征，莫过于"中西艺术间的碰撞和融合"，而且是在矛盾反复冲突中的"传承"与"应变"，尤其是20世纪60至90年代间尤为激烈和紧迫。

中国画"融合中西"的实践结果，就是具体化为"笔墨之变"，笔墨语言必须保持山水画不同于西方风景的内质特征，同时又必须与时代相适应。因此，"融变"的过程是动态的，"融"的方式就是为了达到"变"的目的。

中国山水画构建发展到晚唐时，张璪提出"外师造化，中得心源"的艺术理论。张璪的生活年代，正是山水画初创期，还没有形成完整的技巧系统与精神模式，他强调"造化"与"心源"两个方面，是适当其时的，为五代两宋山水画的完整构建起了主导作用。就此命题，郎绍君先生有过深刻的解读："怎样看待与实践'师法造化'，怎样理解'中得心源'，怎样处理师造化与师古人的关系，向来因人、因派别、因艺术环境的变迁而有不同。张璪生活的唐代，正是山水画的初创期，还没有形成完整的技巧系统与精神模式；他强调'造化'与'心源'两个方面，是适当其时的。五代两宋是山水画的成熟期，那些开派的大家，一方面承继隋唐山水画的成果，一方面从造化自然汲取创造新的图式与形式语言的营养，山水画创作的精神模式与技巧系统得以确立。至元代，画家们继续着从造化自然吸取完善山水画体制与语言的过程，同时也突出了对五代两宋董巨、荆关、李郭和马夏衣钵的承继，二元性的'外师造化，中得心源'，变成了三位一体的'师人·师物·师心'（即师古人、师造化、师心）。至明代，'师人'即对既定模式的选择与承继演为主流，师法造化逐渐被淡化。清代强化了这一进程，以'正统'自居的画家，专注于派系性形式风格的承继与玩味，更加强调师法古人，也更加疏离造化和师心独造。20世纪以来，这一趋势被大大逆转——西潮汹涌而来，以西画为主课程的现代美术学校成为传承中国画的主要场所。西人'模仿现实'观念与对景写生方式受到空前重视。'师古人'受到蔑视，三位一体的有机传统遭受更加严重的割裂。"

中国画发展到了明清"师人"（即师古人）演为主流，"师造化"逐渐被淡化。此风直接影响了明清画家，专注"丘壑内营"脱离造化，忽视了绘画的具象特点，把移动古人丘壑搬前挪后视为能事，唯求笔墨风格出新成为一种倾向。中国画的程式化在明清普遍存在，只是流派各有不同。但是一种新的手法，疏离了"造化"，它的表现手法也会僵化，变成了机械样式，就不再是有生命活力的东西。

写生，是直接以实物为对象进行描绘的一种作画方式。20世纪中国社会所发生的一系列重大变化无疑使中国画所处实际社会文化情境与社会巨变相呼应，要求改变中国画不合时宜、与现实脱节的声音日益高涨，写生顺理成章地承担起将自然造化和社会现实靠拢与贴近的任务。所以，写生的展开是与各种问题缠绕在一起的，它体现了数代人多层面与多角度的执着追求,它面对各种问题进行修正与改变。写生虽然不是20世纪中国画的核心问题,却是解决核心问题的必经之路。

我们从"师造化"产生的"笔墨融变"的成果方面来考察,可以选择李可染和陆俨少两位先生为研究的切入点。他们是20世纪山水画创作时代的代表人物,我们从绘画观念、技法实践,尤其是学术修养、才情等内因和时代诉求、民族与政治环境等外因来考察、来解析他们山水画"笔墨融变"的时代特征。

李可染和陆俨少是20世纪的同龄人。李可染(1907—1989)、陆俨少(1909—1993),两人出生年代相近,去世年月也不过相差四载。他们处在同一时代中,在时间跨度上很有代表性,他们几乎经历了整个20世纪的大多数的社会重大事件。他们在陈陈相因的摹古风气弥漫主流画坛、山水画已经失去创新活力之时,感受到社会、文化的时代要求,走向自然,行万里路,以"外师造化,中得心源"为使命,"以最大的功力打进去,用最大的勇气打出来",将过人的才情和对笔墨的把握、精湛技巧以及融会贯通古今的能力,付诸艺术实践之中。

## 李可染

郎绍君评价说:"就山水形象的真实、强烈,风格的新颖和创造性而言,李可染胜出一筹。"李可染是以东方人的文化心理、伦理观念、艺术观念来理解中国山水画的,他认为中国画不讲"风景"而讲"山水",在中国人的传统观念中,山水、山河、江山,就是祖国,山水画就是为江山树碑立传。

李可染把山水画艺术视为表现人的艺术，可以借山水"见景生情"（写景即写情），他立誓要走遍天下名山，看尽天下名迹，但外国的好东西也要吸收，要坚持开放性，就是要解决好生活、传统、借鉴三者的关系。要做到对传统艺术和外来艺术不偏执，不轻易否定，讨厌浅薄、油腔滑调，也反对公式化，对待传统，他形容要用细筛子去筛选。他在创作中坚持把中西表现方法融汇和统一起来，并且创造自己的风格特色。钱松嵒先生认为李可染的山水画吸收了很多素描的办法，光、层次、气氛、明暗样样都有，但没有一点西洋画的味道。

李可染山水画艺术思想的开放性特点，与其本人的经历有直接关系。他接受过"四王"一派的熏陶，又学过西画（写实），最后选择师从齐白石和黄宾虹，并且在反复深入生活中"师造化"，得到大自然的滋养。十三岁时，他在徐州随乡贤钱食芝学画，学王石谷一派的山水，二十二岁考入杭州西湖艺院为研究生，专研油画，并得到林风眠的期许，希望毕业后留校任教，然后送法国深造。"一·二八"事变后，他从事抗战工作，后到三厅。由于经济原因到重庆艺专任教，重新画起"传统"画。画风儒雅潇洒，与后来的绘画风格和追求截然不同，当时"潜心传统，虽用笔恣肆，但未落前人蹊径"。老舍先生认为李可染很有才能，写意恣肆，风格独特，但指出他的山水画意境还是古人的，这对当时的李可染触动很大。

1946年，李可染三十九岁，在徐悲鸿的引荐下拜齐白石为师，同时并师黄宾虹，尔后十年间是李可染艺术发生转折的关键时期。李可染在这时期，对于艺术与生活关系作了辩证的解

李可染《山水》

读。他认为，艺术必须有生活的基础，而写生就是研究认识生活的重要手段。但生活不等于艺术，艺术应当高于生活，写生对象只是创作的资源，不是全部，不应刻板对待生活。所以他重视强调写生过程中发挥画家的主体性，对形成"意境"和"意匠"的经营有重要作用。

20 世纪 70 年代中期，年近古稀的老画师重提画笔之时，几乎是重新开始自己的艺术道路。他在创作上有两大变化：一是山水画创作摆脱对景创作，并拓为大幅；二是书法艺术高度成熟，成为一代巨擘。李可染将搜尽奇峰得来的全部感受披沙沥金，重新造景，制为巨嶂大幅，画面更完整、更老成厚重，元气淋漓。晚年的他，山水笔墨融变，充分掌握了大自然和艺术规律，进入心手相应的自由境界，落笔之际，大自然的千变万化齐赴腕底，他留下了许多代表当代李家山水最高成就的作品。

对景写生、创作是李家山水画风格形成的重要特点。李可染主张用传统"以小观大"的方法观察自然，写生选景时采取"游观"的方法，移动视点，要多角度、多方位地全面观察，不拘于一个视点，也不是鸟瞰，因为鸟瞰也是焦点透视。并且还借鉴了宋代郭熙的写生方法，"远望之以取其势，近看之以取其质"，这"取"字强调观察的主动性，将大的势、具体的质都把握在手。

李可染在取景中讲究选择好景，反复寻找"对景写生"的位置和方法，与五代荆浩在洪谷写生时相似。荆浩在《笔法论》中提出"搜妙创真"的美学命题，他在选景写生前，先四处搜罗各种自然造物，因"惊其异，遍而赏之。明日携笔复就写之，凡数万本，方知其'真'者"。在荆浩看来，真和似有不同内涵，以为"似者得其形者，真者气质俱盛"，所谓"质"是对象形体显现而已，"气"才是造物生命本质所在。

关于"对景写生"与"对景创作"两个概念的解读，李可染认为有不同层次：初学者对景写生和对景创作两个概念是递进过程，是积累掌握大自然规律的长期过程，到了造化在手时，画家便可以获得精神解脱，离开对象，自由发挥奔泻的感情，如古人说的"以情造景"，由矩度森严达到超神尽变，"有法之极，归于无法"就达到"化"。

"对景创作"的另一个问题是"意匠经营"。意匠，即艺术加工手段，要依据意境处理意匠。它包括剪裁、夸张、组织、笔墨等几个方面，要充分发挥画家的主体作用，主动择取，大胆剪裁，其可贵处，选择性留下重要的，对不重要的甚至可以减到零，留出空白。"计白当黑"，空白才能令人体味无穷。要达到此境界，就是要"狠"，辣手著文章，要夸张，所以李可染总结说，艺术"放弃夸张就是放弃权力"。

剪裁、夸张、组织，固然是创作过程中要解决的课题，也是观察、认识、研究对象的要求，与"中得心源"相类似。山水画最难解决的是层次（主要是墨法之变），李家山水出现的崭新艺术形象：逆光山景，第一次获得了巨大的体量感和厚重感。他认为山水空间感比体积更重要。

李可染为了表现好山水的空间层次感，认为必须要用好墨法，在用好笔法的同时，还要采用黄宾虹的积墨法。他与黄宾虹讨论过积墨法，他认为黄宾虹的墨法墨色鲜亮、气韵生动，并善用"水"，能使山水"浑厚华滋"。黄宾虹论积墨法的画法和它的长处时说："积墨之法，用笔用墨，尤当着于'落'，则墨泽中浓丽而四边淡开，得自然之圆晕，笔迹墨痕，跃然纸上。如此层层积染，物象可以浑厚滋润，且墨华鲜美，亦如永远不见其干者。"他还讲道："意在墨中求层次，表现山川浑然之气。"解决画面层次，主要靠皴、擦、点，不主张过多染，如光用淡墨染会软而空虚，作画前半段要尽量丰富，后半段追求单纯，不如此难获整体感。还说，要解决层次，有两个关键，必须掌握"中间调子"，要注意画面的黑白关系。黄宾虹指出"不怕积墨千层，怕的是积墨不佳有黑气"。

李可染说，在皴擦时，皴与皴相错而不相乱，皴与皴相让而不相碰，要能使黑的部分发光透亮。黑白关系是李家山水的一个重要特点，层次微妙，有弹性，在深厚之中令人感受到有一种氤氲之气流转不息，感染力极强，达到黄宾虹所言："岩岫杳冥，一炬之光，如眼有点，通体皆虚，虚中有实，可悟化境。"

此外，对笔墨的解读，李可染认为，线条与层次是山水画技法中的两个点。笔墨的审美价值，不应单纯追求笔力。主张黄宾虹提出的用笔规律，发挥了黄宾虹"平、圆、留、变"的美学见解，还强调，最后归结于"变"字。中国画以线条表现自然万物，要能表现巨大空间，以有限表现无限，咫尺千里之势和自然之气象万千。

李可染山水画艺术的构建，充分体现了他"可贵者胆，所要者魂"的主张。胆，就是敢于突破传统；魂，就是时代精神。

## 陆俨少

郎绍君评价陆俨少说："就山水境界与笔墨画法的多变，传统功夫的深厚与全面即古典修养而言，陆俨少则更为出色。"

陆俨少十八岁结识了清朝翰林王同愈，王把陆引荐给冯超然，受教于冯氏。在他二十岁时，王同愈问陆俨少有何进展，陆淡然地说："生性无功名想。"王老先生鼓励其要有作为，陆也只是坦然应对。陆俨少有志于学画，在冯超然处拜师时，老师对他说："学画要有殉道精神，终身以之，好好做学问，名利心不可太重。"这句话陆俨少印象深刻，始终铭记。

其时画界正有一股石涛热，而董其昌、"四王"成了人人唾弃的糟粕。王同愈视陆俨少为王石谷，让其逆流而上，可以说，陆俨少学习王石谷，在当年是甘冒天下之大不韪的。此后

陆俨少《山水》

陆俨少从王石谷集古人大成的笔墨技法入手，化古开今，创造出个人、又是中国画的新语汇。陆俨少破除了一个迷信，他证明了从董其昌到"四王"的传统，不是不可传承的。他逆流而上，从王石谷回溯宋元，继绝学，开新流，贡献出独树一帜的"陆家山水"。

陆俨少对古今画家的作品多有评点，都从大处着眼，细微处落笔，言简意赅，显示出很高的鉴赏力。他说："元季山水画，承南宋钱塘派，一变刻画之迹，而崇尚水墨韵致。钱舜举、赵孟頫实为先导。领袖群伦，创一代新风。黄、王、倪、吴随之，于是文人画兴，高峰突起，顿开异境。今上海博物馆庋藏钱舜举《浮玉山居图卷》，设色淡雅，精气内涵，一种书卷之气，益然楮墨之间。观其下笔，细如毛发，而不觉其纤弱。玩味咀嚼，其虚和冲夷之致，令人躁释矜平。"陆氏的青绿山水，正是师法钱舜举而有所变化，清丽古雅，秀逸超拔，与其对钱氏的认知，正相互表里。

"九一八"之后，民族危机四伏，山海关外已沦落敌手，陆表示"我当时义愤填膺，吟诗泄愤，但毕竟于事无补"。战争危机迫使陆俨少颠沛流离，入蜀避难，流亡生活拉近了与杜诗的距离。陆俨少受业于王同愈，接触最多的也是杜诗，而此时蜀地流亡有了感同身受的体验，对日后陆俨少创作"杜甫诗意图"有直接关联。

时局的变化确实改变了他的静态生活，三峡之行虽是一个偶然事件，也间接改变了他的艺术创作。陆俨少本来是一位以临摹起步的画家，他跟随传统名家以临摹入手学画，蓄意创新。抗日战争胜利后，尤其是1945年的三峡之行，他在木筏上饱览山川变化，深感犹如补上了一次重要课程，得益匪浅，以此由师古人转向师造化。

陆俨少在中华人民共和国成立初期步入中年，因为其性格和处世风格，使其一度受到打压。20世纪五六十年代，刘海粟已称陆俨少为同龄画家中第一人，而其名仍然不显。特定的社会环境对人的影响都不以个人意志为转移，陆回忆"我不善处世，做人戆直，看到不顺眼的事，如骨鲠在喉，非要一吐为快"，"当时讲了些刺痛某些人的话，于是前后得到一连串可怕的后果"。

陆俨少沉寂三十年，其间，李可染成为山水画坛执牛耳者，迅速崛起，陆俨少却默默无闻。这三十年，陆的画艺经历了太多曲折，而最终也在这一片冷寂之处，避开时尚，将陆家山水和绘画语言发展到一定高度。但是可以断言，如果没有改革开放的机缘，陆俨少或许会就此沉寂下去。

陆俨少居蜀八年，耳目所染，读诗观景，多有积累；中晚年居浙江，多游天目、天台、雁荡，而尤喜雁荡。巴蜀的山水以峡江云水为大宗，有特点，但易雷同重复。而浙江山水虽没有峡江云水，却雄奇多姿，在师造化时画法与境界都比较丰富。

陆俨少对山水形貌和地理特征很为关注，他认为山的形质较特别的，如黄山、三峡、桂林、黄土高原，画家表现其特点会受到局限，作画难于变化。凡山水本身不是很异常奇特的雁荡、太行、武夷，画家反而容易变化，而面目多样。他说，画山当得其精神面貌，所谓"典型"，虽不为何峰何水，而典型俱在，不可移易。他反对不管何山何水，只用一种笔法，但典型不具，也属枉然。这里的"典型"，是指山水的"神"，这种"神"离不开一定的形，也不是一般的外在的形。

五代两宋山水画，李成画齐鲁山，荆关画太行，董巨画江南山，都是从地域山水经验中提炼相应的画法。至元代，倪云林画太湖沿岸，黄公望画富春江，大抵如此。明清山水片面强调传承来的笔墨风格，不管是何山水，只用一种笔法画成，或只识笔法性格，而不识山水性的状况。陆俨少强调：一、要找到与那山"相适合的笔法"；二、要创出一个新的面目。陆俨少重视山水的"典型"，强调山水形态不雷同的主张，这种观念是对宋元山水传统的一种回归。首先是对"自然"个性的把

萧海春《空雾湿衣春冉冉》

握，也非西画式的"真实"。

陆俨少的作品在20世纪50年代至70年代，由于重视把握对象的个性特点，努力寻找适合那些对象特征的画法，同时还强调笔墨的个人特征，使对象的形质描写与笔墨表现都得到彰显。但要防止个性笔墨使画流于风格化，也要防止山水形式僵化，使笔墨缺乏个性流于临摹。以上两种情况反映出师古人与师造化之间的张力，如何跨越这一难点，是山水画家面对的基本课题。

陆俨少说："自古大家无不在传统基础上看山看水，做到'外师造化'，然后有所取舍，加入一己的想法，所谓'中得心源'。""不管怎样，在下生活之前，要有一定的基本功，这是前人的实践经验的积累，有些基本功，进而不断探索，才能创出新面目。""师造化"必须以"师古人"为前提，"师造化"的过程就是消化传统，体悟造化，探索发明的过程。师古人、师造化、探索创新是一

个循环往复、不断深化与提高的过程。

"师造化"是人主动和自然亲和的一种行为方式。南朝宗炳在《山水画序》中指出：山水画就是"以形媚道"的。人们在山水间发现了现实自然山水的"形质"和含有"趣灵"的性灵是可以用来审美的，人通过自然山水可以直接与"道"沟通，从"应目心会"的方法，得到自然赐予的愉悦感受，用心灵直觉的作用来对山水内在美和生命意蕴进行深层把握，获得"澄怀"后的"畅神"目的。

陆俨少不主张直接对景写生，而是靠"目识心记"。主要把握山川的神气，在体悟中探讨新法。在对景写生问题上，与新国画家的写生不同，后者依靠对景写生和摄像，而不在意培养记忆和体悟能力。他在大自然中写生主要是作"记录"，勾稿或写生的目的是更好地"记忆"。勾稿子费时少，主要解决山川的"起伏曲折""轮廓位置""来龙去脉"，针对的是山川的"结构问题",为山水创作所用。对景写生则不是着眼于山川的"结构"与"位置",而是探索表现对象的"技法"。即以技法去表现物象的质感、空间感,这种"技法"是在对景写生中探索创新,就是要强调对笔墨技法的探索。陆俨少还认为对景写生"不必选择很好的景",这与李可染写生有明显差异,李可染重视"情景交融",陆俨少则注重在写生中探索新的笔墨技法。

陆俨少注意到在写生中"光"的影响,"中国画的光照也采取自上而下,所以才会'石分三面',上面是受光处",其光源就是自上而下,或偏于上,很少是偏于下或绝对的左与右,这与传统画作中的山水画表现"顺光"是基本一致的。他擅长借鉴西画技法,"光"便是其中一个重要内容,并将其融入新技法的创造中。1964年,五十六岁的陆俨少在歙县练江边写生,一日下午二时许,"看到山上丛林边缘,日光斜影,显出一道白光,甚为好看。归与西画家言及,说是轮廓光,我遂由此创为留白之法。后来在新安江水库、井冈山等处,看到同样的现象,又加以改进、丰富,用到创作上,效果很好,遂多用之,形成我的独特面目"。陆俨少结合歙县写生所见"白光"创"留白法",这些经验在《山水画刍议》中做了系统阐述,他说:"我把它发展,不仅仅是一条二条,而是用上了许多条,也不是几根直条或并行条子,而是屈曲回绕,既像云气,又不仅仅是云气。去年从井冈山回来,反映满山林木,用上去说不定是什么,既可是表现云气,又可是表现流泉,又可是表现轮廓光。但在画面上有了这些条条,就变化多姿,增加装饰美。画这种留白条条，画时要注意到白处，使留白处造型美观。在分行布白上，也要有粗有细，有疏有密……然后再分细部，顺笔因势，曲折成型。首贵自然，切忌做作，如死蛇僵蚕，欲巧反拙。又须互相贯气，有气才活。"

需要指出，陆俨少强调传统基本功，对传统技法进行取舍，融入自己的想法进而探索出新的画法。他对物象的关注是结合传统表现技法，带有印证传统技法特点、尊重山水形象的客观属性、发现、分析其特征而不违背常理。

20世纪60年代，因集体"深入生活"的需要，画院组织创作人员对景写生。希望提高和强化画师的创作和造型能力，并能"真实"反映生活。陆俨少也认真对着实景进行写生，作品的"实景"描绘能力有了提高，但是他最出色的作品都不是"对景写生"所作，原因在于对景写生要求有较高程度的相似，但对陆俨少而言，即使在写生中可以运用"景物搬家"的方法进行取舍，他笔笔生发的作画方式仍无法正常发挥，在被限制的结构空间内，眼前的"胸中丘壑"失去了用武之地。陆俨少不属于习惯抄袭古人的画家，也不属于习惯模拟的画家，他是一个面对白纸纵情挥洒、将胸中丘壑变化于笔底烟云的画家。

陆俨少平时作画之余，手不释卷。他把看画叫作读画，认为画读得多了，胸中有十幅好画，默记下来，眼睛一闭，如在目前，时时存想，加以训练，不然没有传统。所以自古大家无不在传统基础上，看山看水，做到外师造化，然后有所取舍，加入自己一己的想法，即所谓"中得心源"。他认为画家"眼高手低"是常情，史上绝无眼低手高之人，因为"眼睛不高，见识不广"。

陆俨少经常与学生探讨画理，说理论简明扼要，很有思辨力。一次在讨论"气韵"和"南北宗"等问题时说，历来对气韵生动解说不一，首先要搞清何者为气韵。中国画主张似与不似之间，一幅画包括两个部分，即除去具象部分外，其他一切都包括在抽象部分的范围内，所谓"气韵"是作品整体效果，气韵包括气息、气质、品格、韵味、韵致、气势等。以上种种，首先要生动，即要有生气以及灵动的感觉。

陆氏在追求"典型"风格问题时，与黄宾虹把笔墨品质视为第一位的追求不同，与李可染借助于描绘实景对真实的追求也很不同。陆俨少的山水艺术的关注点始终是"中国文人山水画有一种超越世俗的诗性追求，即人与自然，心与物，道、技与造化合一的追求"。诚如郎绍君所说："20世纪山水画的主要倾向是亲近世俗化，把山水画变成世俗功利的符号和宣传品，这种'入世'，会从根本上泯灭山水画超世俗的诗性，把山水画等同于世俗的风景画。陆俨少的山水画，一方面继承与发扬传统山水画，坚持它的超越世俗诗性，这在他的古代诗意画中得到了集中的体现；另一方面，也在适应环境的过程中，创作了很多亲近世俗的作品。为了赋予世俗题材作品以超世俗的诗性，他有时采取'以古为今''以古喻今'的方式，也许可以说，这是以传统的超世俗诗性抵制非诗性的世俗现代性，即反现代化方式的现代性探索。"

2022 年 11 月

# 谈艺卮言

一

山水是有形的自然，也就是宗少文所谓的"质有"，它是构成烟云变幻的基本元素；烟云是"趣灵"，是虚。实与虚的相辅相成、互为融合，皆由画者的心绪所造，"神明降之"的高下，是"形与手相凑而相忘"的过程与归宿。所以，宗少文认为山水畅神而已。历代的山水画家则多谈技法，技进乎道，由技这个阶梯而上，能够攀达到神明之顶端。我用"烟云日课"作为这个过程的阶梯。

日课，就是学生天天做作业。分阶段临摹古人，又时时写生造化，烟云日课成了我日常的生活状态。

中国画山水传统底线是靠执着不倦的"手谈"来坚持的。在艺术中，持久性要比独特性更为重要，集中的瞬间价值命中注定要被永久性超越，只有持久性才能产生出神秘而恒定的力量。所以，日课已成为我生存的一种状态，这种看似执迂的体验，或许就是董其昌所称的"以画为寄，以画为乐"的状态吧。

二

去年浙江举办了《富春山居图》合璧展，邀请我临摹参展。我很喜欢《富春山居图》，但一直不敢画。为了画好这个临摹，我准备了两个多月，先做一点小练习，等精神上慢慢地接近那种状态了，再开始正式画，一口气完成，花了三天时间。

我临摹《富春山居图》的操作方法是：先定好要临摹的尺寸，用同样大小的白纸做底稿，在白纸上徒手勾出大轮廓，造型要简明，用浓墨简单地勾出就可以，主要用来确定基本的位置，但不画细节；然后把底稿垫在宣纸下面，对着底稿，用极淡的墨在宣纸上勾出山石的轮廓位置，勾的时候同时参考原作；最后去除底稿，对照原作放手临摹。画底稿的时候，重点抓大轮廓，不要拘泥细节，如果把过于详细的底稿垫在下面，就会束缚手脚。底稿的作用只是确定轮廓位置，便于后面的临摹放开手脚。临摹其他的古画也可以是这样的方法。有的同学临摹前用投影放大的手段作底稿，这也是可以的，但上手时也一样，只勾大轮廓，不能始终将画稿垫在下面画，那样太拘束，不得神采。也有人用木炭条直接在宣纸上起稿，那样也可以，只是我感觉会使画面有点脏，所以不用。

## 三

临董源的《溪岸图》，我是先用几根铅笔线轻轻地勾勒大的形，要简单；随后再用小笔以淡墨勾勒，很小心的，但作画时精神饱满。临画前已对原作做好读画和品悟的准备，松树的高度、山势的走向以及画面的体量等，尤其是一种郁勃苍涩深奥的情致，要在画面中体现出来。在临时尤要注意山形的体量不能变动。幽深的景致、渲淡的氛围是靠淡墨一层层上去的，不能急躁。整幅画面都是用手磨的墨汁画出来的，所以画面有层次、厚度、深透的感觉。朋友说你可以买一个磨墨机，可省力点，然我认为慢慢地磨墨有一种沉厚、舒心的感觉，尤其是可以在磨墨时思考。整幅画大约花了两星期的时间完成，我认为自己又上了一个台阶。我是只会画画，其他的不会。今后我还要临写几张经典的巨作，来验证自己对传统经典认识的高度，随后转入简约大写意的画风上。

## 四

为什么要放大了临摹？因为放大后的作品，视觉上与原作有较大的距离。本来一块拳头大的石头，放大了可能有桌子般大，这样原画上的笔触信息就不够用了，就要发挥你的主观能动性，不断地加入自己的理解。比如龚贤画五棵树，原作叶子只有十几片，放大了，就要用更多的笔、更多的叶子，才能把画撑起来。线条加粗后，要达到原作的效果，就要自己动脑筋，通过能动的手段达到原作的精神。这样的临摹，才能看出你对原作精神的把握，突出你个人对经典的理解。

我平常闲来无事，在案头画一些小册页做练习。但素材并不全是凭空想象，我经常翻看诸如技法、图典之类的书，看到一些局部的树石精彩之处，就选用过来。然后在这个基础上自己略加组合，变化生发新的画面。这不是完全意义上的临摹，是一种对经典的写生再创作。图典是一个启发，细节完全靠想象就很苍白。这种小创作锻炼思维，对忠实的临摹也是一种补充。

## 五

壬辰仲秋，余偕弟子驱车历数省，达河南辉县沙窑乡南坪写生。此行太行郭亮写生，为太行写照。五代荆浩于洪谷修行，朝夕于斯，以窥山川之精灵，得笔法，立创格，建山水之典范，延泽后学。北宋有关仝继承范式，发扬山水精神。后陕中范中立、青州李营丘也出入造化，构建新楷模，为山水史立家法。嗣后有郭河阳、王晋卿皆得法于太行，不断拓展。虽宋南移，有刘、李、马、夏皆于太行变法而构新体，更历元、明，频有变调，而太行山水之灵魂已为其骨，几经甲子转换，太行仍光彩不减。

北宋山水画的传承模式是太行，北方山水的模式也是太行。太行山形成了北方的山水画系统。到太行山写生，与太行山朝夕相处几个月，对传统技法的提高是巨大的。

## 六

世界上每个民族的文化存在和发展都是伟大的。没有传承，文化会断裂，这关乎民族的自尊心。

中国画从古代到现代，从传统中走出来，就像蛇蜕皮。

学传统，前面有几条路，都可到达目的地。在传统的路上，有的桥没架好，过河到对岸，就看你的本事。

临摹古画的关键是精神上的一致，中国画"道"的精神是"静""淡""和"，下笔熟了以后要笔笔到位。

临摹经典，当整体把握不好时，可以先从局部开始，把精力集中在某个局部，你仔细深入研究，把它解剖开来，做好解构的功课。

元朝的绘画与自然外形不像，但实际更像。拟古不是把画做出来，一模一样是不可能的，笔墨上、气质上，有这个"味道"

就可以了。从方法上接近古人，悟到精神，真正领悟就可以了。

清代"四王"的功劳，是将中国画绘画的精华都保存了下来。绘画法则是高的，有的是比较陈旧的、落后的，不适合当代人的要去掉。

什么叫现代艺术？现代艺术就是高度个性张扬。不是简单"现代"了就好，现代艺术也容易落入俗套。

画画要含蓄，要文雅，不要去听某些人的观点，不要让一些评论家洗脑。

凡·高为什么画得好，就是他对绘画的痴迷，把生命都搭进去了。凡·高生活潦倒，生存都困难，是他弟弟的帮助，才使他有物质条件支撑画画，没有他弟弟，也不可能有凡·高。

中国画也能与油画比，画要撑得起来，并列一起，在视觉上抓牢眼球。如何画是每一个人的事，把画画好是关键。

## 七

画画的人很多，大家看黄山，一千个人有一千个视角，主要是画出自己的视角。但要知道传统绘画里的高品位。画无新旧，太在乎新旧，太在乎自己的定位，太在乎自己的利益，反而走不远，损失了。

爬山好比有一到五个山头，有的人爬到了第三个山头，看到后面还有人，就满足了。每个人应该有个坐标。

艺术的起点要高，该做的事不偷懒，机会是均等的，机会是给有准备的人的，没有怀才不遇，现代社会东方不亮西方亮，每个人都会有自己的机会。

画有高级与低级，要与宋元画来比较。山水画要有气场，好画看第一眼，感觉一下子从画面中扑到身上来。

画家做人也要先做俗事，俗事做好了，才能做雅事，画画是雅事。神仙不吃饭，吃露水，只有神仙不需要做俗事。

绘画通过自然的一草一木来表现自己，还要超越自然，超越自我。许多人认为绘画苦，那是因为还没有超越自我。

画家要经常读画，画家不画画干什么？画家画画的时候就是工匠，是很艰苦的，画出的画就是美术。

我们学习传统与经典，如李可染所说的，要用最大的力气打进去，先要进入，没有捷径可走。只有登堂奥，然后再以最大的力气打出来。画家最有说服力的还是作品。学画画是做学问，是非常实在的事情，经典掌握到一定程度，技即是道，道即是技，当代人要把握好自己。

## 八

用古人的眼光看世界是不对的，用董源、王蒙的眼光看世界也是不对的，要学的是董源、王蒙的美学精神。

关于北宋董巨，早先我喜欢巨然，巨然画明静。临摹他的画用兼毫，古人画大多用狼毫。我喜欢巨然的水泉法，喜欢他水墨的堆叠。后来才懂得董源，平淡天真，轻烟淡峦，山谷隐显。干湿笔的韵味，不求形似，但求达意。

画要"浑"，浑指淡墨，线条不要太跳，线与线要浑。王蒙《春山读书图》主调子是灰的，前后浑然一体，既苍又浑，点子润含春雨，松针一次搞定。元朝的几个大师都是如此。

临摹王蒙的画，山石结构宜松不宜紧，有的地方几根线条清楚，有的模糊。掌握不好线条容易多而杂。横线、直线、光影、一水两岸，重形式感，重笔墨的抽象意味。抓住图式的形，精神出不来不行。中国画是有图式的，只有把握住了笔墨精神，把这些东西处理好，画才能深入下去。

王蒙《青卞隐居图》呈 S 型动态，有几条 S 型的弧线，他画山"石如云动"，远看是面，近看是线，一块山石没几道线。他的画很滋润，他是在画他自己的隐居生活。

学经典，自运传统，山头结构要改，画成方的也要有王蒙的意思，山形改变后，树也要改变，研究古人山水画是如何衍变的。学习要把精神贯注在自己的画中，逐步走出来。虽与王蒙画不一样，但精神上要一样。

绘画的微观入门了，宏观也要谈。王蒙的山不是自然之山，而是在表现士大夫的品格。王蒙山水画的意境都是风水宝地。《具区林屋图》水波荡漾，有一人撑船，对面有人呼应，气息相通。王蒙每张画都有草屋，几棵高松，山也奇特，他隐居在幽深的环境中，这是一种隐喻。

王蒙画线条越看越多，但仔细看其实并不多，皴擦少，主要是勾勒，整个画面像一张网，全是空隙。王蒙画线感强，线条有篆书的感觉。

王蒙画三个面，三个空间，皴法层层叠加，但不能用最深的墨，只能用六成墨。线要浑，一个山头是一个整体。画黑容易，而淡墨、灰调子、中间色调不易掌控。

宋画才有大美境界，清朝人画不经看。扬州八怪太浅，没有深度，要多看王蒙的画。

米芾的画是画面空间，局部看是抽象的，仔细看是整体的。绘画有时不要太清楚，山石模模糊糊气势就"大"，太清楚气势就"小"。如何把握，非常需要分寸。

## 九

注意石涛用笔的内敛性，而非一味霸悍。石涛用笔故意夸张，他是能使笔病转化成奇妙的大师。石涛用墨胜过用笔。

临摹石涛画要注意勾线的变化，浓、淡、干、湿都须在简淡中解决。

石涛写生能力很强，他把自然的东西结合得特别好。石涛绘画体现了儒家的精神。

用笔太平均，墨法太一致。用墨看龚贤和石涛，这两个都是墨法大师。龚贤用墨敦厚，石涛点子一层层，有才情。两人一个是智者，一个是仁者。

弘仁用渴笔侧锋，用笔很讲究，用笔轻，用墨淡。若你的画用笔不讲究，弘仁一片清光何在？

临摹弘仁画，线条须淡而少，下笔简而肯定，细部结构要讲究。

仿弘仁画，你的皴、线太硬。弘仁画较抽象，他画出了黄山的精神，你的画实线与结构不相符，线条用得好，作用超过用墨。

临弘仁画干笔为主，要以浓淡写出结构。临弘仁画线条要注意浓淡变化。

## 十

许多人认为金冬心不会画画，这个认识也许是对的，但他与人家不一样，他画的梅花与王冕的差不多。梅花对文人来说是人格精神的象征，金冬心的梅花体现的人格精神与别人不一样，枝的开张与自然不一样。他是懂书法的，他的书画相互关系是无法剥离的。

金冬心绘画没有严格训练过，实际上就是不会画。他的画简，和八大山人又不一样，其实是因为他不会画繁。他用书法入画，造型线条有个性化，风格化，在绘画中加入了新的东西。

"简"，要把绘画精神表现出来，金农把"意"表现出来。金冬心梅花树枝用隶书，小枝用楷书，梅花用小楷画。古人画细部没有草率的感觉。

学虚谷画，弄不好易俗，往往只学他松的一面。实际虚谷画画笔致非常紧，这一点很重要。他用笔像用刀一样绝，他营造画面的疏密有办法。

"黄山画派"，梅清是一个非常重要的人物。黄山是个好地方，我每年都要去朝拜。要画得与古人、今人都不一样。画黄山古人有石涛、弘仁，当代有张大千。

## 十一

开始创作，面对笔墨问题，应该确定一家经典范法。如董源、王蒙、石涛，笔法、墨法从何而来？西画也有笔法，也同样面临这样的问题，怎样用自己的想法去表现出来。

山水画不要像画照片一样，画几十遍，这种画法我试过，没意思。用笔不是越多越好，意到就可以了。细部是存在的，大多数细部画点子，关键地方画点细部。

要能下笔有物，精神处在笔墨讲究，不在多少。

要注意线条和笔墨的协调，用笔不宜快，要留意笔走过的每一次感觉。太快是你的毛病，用笔宜慢，去草率。笔墨须留得住，在慢中求得。用笔要少而简，慢一些，淡墨点染则意到即可。

笔法要有收敛、干净、整体。要注意笔墨聚散，笔墨酣畅也要有节制，太放纵不行。

意笔，也能笔笔分明，画之有物。意、气在联贯，笔笔互为相照，能有一气呵成之意。

用笔须讲精妙，放笔直下，能顾盼左右，始能为笔。

用笔、用墨技术与气息相比较，气息要高于技术。

意笔能下笔收得住，意在气静，而笔放，则欲擒故纵是也。

笔要层层积，先干笔皴擦，后再墨色层层积。

线条不能太平均，要讲究虚实、结构变化。皴擦要有变化，不要条状形的呆板。

线、形、皴互为映发，线要有形，始能下笔有物，皴擦在积墨。

墨线变化要能与结构接合起来，此法要旨为多在结构上练习。

干笔之皴线，要有多变和神采。

用笔硬与柔，要结合好，画大写意，小的地方也要讲究，用线用得好效果超过用墨。八面出锋，笔性要糯。

注意笔的细微变化，注意形与用笔间的协调，干湿、轻重、疏密、浓淡诸因素要有节奏地展开。

## 十二

墨色色阶用 1 到 10 来作比喻，画时要少用 1 与 10，多用 5 到 6 的灰调子。要善用灰色。

墨法上要多学龚贤和石溪，他们的湿笔、干笔都特别好。

注意墨色变化，明代画枯硬，其病因在于墨法未能尽情发挥。

墨色不宜太过湿，墨分五色，除湿之外，干也是其中之一。

积墨乃为山水厚重要旨，八成的画先画至五成，剩下三成是最后逐步加的。

墨法有干湿之分，墨并不是全为湿，干墨也为墨法之一，反复皴染并非反复加，黄宾虹八十岁后有的画一遍过。

画画干湿互用，湿易少骨，用笔要大处入手，务去纤琐。

干湿浓淡间的配置要得当，始能分出画之高下。画面黑白关系要加强，墨法有干湿、轻重之分，一概而论则平矣。

醒笔太多，应慎之。

浓淡主次要强调，清、淡、柔、糯、雅，妙在引而不发。墨要淡，气要畅。

墨分五色，自然界的一切都是有色的，空气虽然是透明的，但在画上表现时也是有颜色的。

墨法须有层次，焦墨靠点，不靠染。

淡墨还须下功夫，尤其是淡墨的烘染是一门功课。

林风眠画颜色在宣纸上没火气，滋润，主要是灰调子在起作用。

## 十三

中国画计白当黑，就是中国式素描。

墨色配置要以黑白为主，大块黑白之间的对比，是画之要旨。墨色浓淡的变化要在大块对比上下功夫，否则事倍功半。

画面的大块黑白缺乏强调，墨色太过平均。

墨色对比需强调黑白对比要强烈，黑白关系始终要占画面的主导。浓淡缺乏大块变化，画就平。留白与黑宜分明，但又要浑然一体。

黑处见出淡意，白处见出精神，互为补正，润中见笔墨。墨要有清的感觉，墨厚不是光靠染，倪云林的画不染，墨也厚。

墨色要有厚积的层次。黑处要在淡中求。墨燥易脏，润笔能枯。

墨色渲染要有深浅，体积的渲染要有控制地表现浓淡，否则易灰。

黑白关系要强调，黑处要深入，加强厚度，白处也要有层次。

画画要控制火候，太狂放不入雅，不入雅是形而下，用墨要淡，淡就文静，有修养。现在展览会里，作品越画越黑，当代人只会用浓墨，焦毛气太重，都是"肌肉"要吓人的。

淡墨部分要多层次，画面黑白不是山头形状的黑白，而是整个一座座山的黑白。

黑色变化要强调，浓淡和形状要有聚散，不然画面太平，有的地方不要想到留白就是云，画云也要似云非云。

## 十四

实中要见虚,先把非常抽象的东西画出来,再画具体的物体,再抽象,再具体,如此反复,画面更苍润厚重。

能实者,必以灵为之。

要在虚中求实,反之则易塞实板滞。

大处入手,抓住整体,去其琐碎。这两棵树太考究,刻画要在浑的基础上深入。绘画意念上要周全,实际画时不用太周全,艺术空间距离与自然空间距离不一样。

画面还须有主次,否则画就没精神。皴法也要有主次变化,山石也要有主次变化。

我画了一幅二十米的长卷,画面分几个段落,每段画从开始到结束,一段段的故事情节,对创作训练有好处。画长卷是造山运动,有起、行、断,断后再加,处理好虚实,会产生幻觉。长卷忌画得太实,太实没有幻觉。

## 十五

山石形制,须有结构。结构为画之基本要素,形之大小,远近质感诸关系间互为关联。

笔墨与结构互为映托。笔与结构相互映发,其关键在于下笔有形有笔。

山形要有气势,在结构上下功夫,看龚贤的画,较写实,他处理结构有特点。

山石结构需加强练习,在画时要心中有数,山石结构了然于胸,并且要以变化之线来表现。

木工接榫要牢，画画讲尚意，气接住就可以了。

注意形体的立体关系，不要用平面的方法来对待多变的山体形状。

当代人讲平面构成，平面不是画图案，平面里面线条有深浅，平面也讲大小、位置、上下、色块、松紧。当代国画要讲平面构成的话，不是去画图案，那个层次不高的。

笔墨所在与构成结合，再抽象的画也要有形，使形丰满。王蒙画也讲构成，与西方的构成是相通的。

写山须讲究整体气势，突出形体量感，用笔须整体，不能琐碎。

山石形体要有结构，虽松但仍能结构明确。

传统绘画，每个部分不是都清楚的，笔精墨妙，五日一石，十日一水，勾的时候塑型，不足的地方笔勒几下即可。勒的时候要错位，不要在原来笔道上画，用笔错位是中国画的处理方法。

画面四个角要注意，边线的处理要讲究。明清画坛除了几个大画家外，画不完整，绘画的残缺美只是一个方面，只是与完美相比较而言。

## 十六

一组树和山的笔墨变化不要太多，太多了反而画面弱。

画上的树与周围的环境没呼应，撑不住。董其昌的树构成处理最好，有非常奇特的表现。龚贤和石涛画树也有绝处。

山水画泉水容易落俗套，范宽的《溪山行旅图》瀑布，水口画得好，感觉像天刚打雷下过雨似的。

李可染画的瀑布没有范宽的那种感觉，较为失败。瀑布不是天上来水。

李可染的树画得好，虽然只有一两棵树，但能与后面的山交融，以少胜多，森茂山谷。自然树的空间和艺术空间是不一样的，自然是物质的，而绘画要表现精神。

傅抱石的山水画瀑布，相对来说缺少含蓄性，我不喜欢。

## 十七

自然的山水无法移动，产生惊奇是不同的观察角度。切入自然时不是游山玩水。在黄山看山，体会弘仁；看松树，与王蒙相互磨合。

生活需要甜，但不要腻，画得太甜又腻，不高级。画要脱略，王蒙画里也有点甜，但不腻。

绘画是对自然的组装，可以不合乎逻辑，这是对自然的选择性重组。画不自然不好，太自然也不好。画面处理要有选择性，包括结构、虚实、松紧。

艺术就是你有多少胆，想如何画。艺术就是要你表现出来，非常自由地表现出来。把握好，心中有意，天马行空，这就是艺术。形而上，是中国画的当务之急。

艺术是宽泛的，是物化的东西。"术"是具体的，"艺"是精神的。有领导艺术、指挥艺术、谈判艺术，我们追求的是绘画艺术。思考因为有不同的思想，就有不一样的品味。

## 十八

我在家读帖比较多。我喜欢颜真卿的《东方朔画像赞》，此帖是颜鲁公四十五岁时写的，深厚雄健，气势磅礴。

我最喜欢临颜真卿《争座位帖》《八关斋报德记》，以及黄庭坚的大字。米芾纯粹的草书不佳，行书佳。

《兰亭序》当时摹本有许多，其中冯承素摹本最精，比褚遂良摹本要好。有人说太刻意，我觉得他入笔线条严谨，像看曹操的《观沧海》，有一种秋天的感觉。

怀素字飞动圆转，法度具备，变化无常。

苏东坡字对后世影响极大。其书字厚，给人以"大海风涛"之气，笔意纵逸豪放，赵冷月晚年说还是感觉苏东坡字好。

草书我喜欢黄庭坚，通篇结字雄放瑰奇，如轻云缓行，飘幻隽逸，非常有个性。他的楷书有仙气，他认为"楷法欲如快马入林，章法欲左规右矩"。

黄庭坚《松风阁诗帖》是其晚年作品，笔画苍劲，力拔山河，可以把字放大，写成八尺屏风，体会婉通之力。

米芾字博采众长，得力"二王"最多，行书非常有力，草书不及王羲之。

我画上题字有的较方，是为了与山配合。可以根据画面个性要求，题词方一点。

一幅画题款应尽量切题，不能太笼统。题款显示的：一是书法，二是学养，三是画面整个布局的综合素养。

## 十九

王希孟《千里江山图》，是北宋统治者心目中的天下太平图景。

中国画的画家好像在航天飞机上看宇宙，既抽象，又整体。王希孟的《千里江山图》就有小宇宙的感觉，山水、房舍、树木有在水里飘起来、升腾超脱的感觉。

王蒙《葛稚川移居图》有道家气。《青卞隐居图》墨法十分出色，临习此图，墨法如果运用不当，就会有焦毛气。《具区林屋》很精彩，这样构图的作品在传统中极少见。很多学生临不好，我老师也画不好。

积墨多则易灰，可以用破墨法救，则灰处又可现淋漓滋润。石涛笔墨淋漓，破墨法用得极多，往往先破、后破、破了又破、反复破。

皴不要都实，结构相交的地方，有些要留有余地，最后以其他的笔法打浑，完成后效果更显空灵。树与树之间也要透，不要都填实，要使树周围如有空气流动。

看王原祁用笔，往往出乎意料，有神龙气象，不愧是真正的大师！

用色要少，只要组合得好，画面就能秀丽。色用多了画面显花，这是不善用色。

赭色石性太重，用得不好，画面容易感觉灰暗沉闷。可以将赭石上在画纸的反面，古人善用此法。我几乎不要纯赭石，常常在赭石中加入胭脂、藤黄等色，色泽更显清嫩。

有时笔墨只要轻轻带过，再用颜色塑造，有时用颜色醒。

画秋景，其中的秋树用朱砂、胭脂一吊，再用很淡的汁绿轻轻一罩，就可以去其粉气。宣纸粉气重，用淡色罩，可以压粉气。

墨气重，颜色就不能多，多了会伤墨气，使画面变灰。

## 二十

天分很重要。有些人的画功夫很到位，但总觉得缺一口气。艺术是属于有特殊禀赋的人玩的东西，近乎癫狂的人才能成为大师。但天分太足也未必是好事，这类人往往半途而废，因为他们一眼就看到了事物的终点，感觉不过如此，那就不玩了。

宋画造景很到位。宋人的视觉整体性强，元人有性灵，明清的东西对运笔有帮助，但不能以之画大画。用明清的笔墨画大画，感觉画面撑不住。大画不能用小画的线条。大画不是技术问题，是气势问题。大画要养气，画大画是一种超状态的发挥。

画中只有宋画最讲究厚度。中国画不是剪纸式、平面式的。

宋人很多东西，严格上讲有点像行画。

我画过很多金帛画，技法比较熟练，自以为此道无人可及。

画金笺的时候，浓墨不容易出精神。需要勾重线时，可以先将墨倒出来，蒸发一下，让墨变得更稠，浓度高，勾线就能出精神。

大羊（朱忠民）是聪明人，也肯下功夫。我劝他要少画些工笔，如果他现在三十岁，可以再画十年工笔，但他现在近五十了，就要少画工笔。年轻人学画工笔很快，不能去跟年轻人拼体力精力。

## 二十一

《明皇幸蜀图》我研究了很长的时间。唐人青绿山水的特点，几乎是纯白描，在白描的基础上上色。

写生勿要草草，草草的东西，画本里有的是。写生须非常痴迷地投入进去，了解山与树之间以及其他的关系。魔鬼式的写生现在已经没有多少人做了。

用写生来改变头脑中某些固有的东西！

我曾经教学生要对自然作客观细致的研究，比如画一棵松树，我曾对一棵松树连画几天的写生，作非常细致深入的研究。

泼墨、泼彩有时要泼很多次，让色彩产生厚度，让画面近乎有一种触摸感。

我所谓的"解读"，就是对传统表达自我的体会；所谓"合参"，就是把传统打乱重组。（郎绍君说："那就是北方人说的'乱炖'！"）

"四王"中用墨最好的就是王时敏。

董其昌给我最大的启发就是用墨淡，其次就是多变。

有人说《晴峦萧寺图》不是李成的真迹，但画到这个水平，不管真假，也不损了李成的格。传为董源的《溪岸图》也是如此。

## 二十二

刚开始学习山水画技法，需要用累加法。加不进去，我也要叫你们千方百计地加进去。山水画要深入进去。然而现在部分学员的临摹与创作要做减法了，现在要少。懂得删繁就简，才是山水画的更高层次。

画面有的地方皴染过多，但不起作用，反而把画面平均掉了。每个地方都面面俱到，平均了不好，要有思路与中心思想。

一幅画勾好后，有的地方要密集的皴擦，某些地方只需用淡墨挥两三下就可，无须过多皴染。较疏的山石前面置树，能烘托出树后的空间与淡墨线条。

介叶点、梅花点、胡椒点等点叶法，蘸墨时要以水相参。须有书法写意之用笔，浓淡相间，有层次，有方向，有空间。点的方向要有变化，整体为古人说的疏可走马，密不容针。

## 二十三

黄宾虹的作品哪些地方疏，哪些地方密，读懂了可见大师的本领。

山水画之难处，这个有了，那个就没有了——充满着变化。作品中要有戏剧性的东西。

一张画整体如何把握：层层叠加容易把最敏感的线条淹没，有了画面体积感但没有了线条。积墨能将线条表现出来，才是高明的画家。

作画的步骤说起来就是：一点墨，添些水，画到无穷尽。就是一生二，二生三，三生万物。

有画家用嘴舔笔，墨能堆起来，意境淡远，这是古法。

图式的高度，体现一个人的审美眼光。

一幅画纸张的底子肌理也很重要，裱托出来有时会很精彩。

整幅画之点法：古人画好一幅大画后，挂几天审视，而后养足精神一气点出，可谓一气呵成，落笔成金。

山石写生要有出入关系，不要只知外部的轮廓线，画得似个蒙古包或者大圆馒头。

松树表现的是旧时文人士大夫高洁的品格与风范，松针挺直且坚硬。

## 二十四

画中有时看似细部丰富，然多了就显小气，大气就失去了。染的成分只需一点点，有时湿皴一些，画面滋润，有时染上一点颜色画面足矣。

观画要注意灵动的东西。一幅画既要保持厚度，又要保持新鲜度。浑厚有了，即兴的东西一定要有，否则画面会闷。看了经典之简单用笔用墨法，就要经常检查自己，画中有否灵动的东西——即通过心灵随意流淌的情致。

巨然《秋山问道图》将树与树之间的点与面统一起来，山石施以点，使平面有跳动感，否则画面就缺乏生机。龙腾虎跃之点不一定要贴近石线，点与线形成了结构自然的东西，点亦是将死的东西变成活的东西。

同样之经典，不同的解读进行重新的构成、合参、塑造，会产生不一样的经典，解读要有创造性的思维方法。与经典之画情感上的沟通尤为重要，再合参、重构、移情变为自己的东西。如果不能重构，合参学得再像也只是模仿，没用。

郭熙《早春图》有泼墨的意味，绢面将干未干时所产生的水彩般渗化之效，妙！松一般伸向四周，然无深度。而《早春图》之树有深度，八面生发，也就有了立体。先浓墨，后用淡墨整理。破墨，干笔用湿的墨破，密的地方重叠，疏的地方伸展。树上有很多植被，枯藤寄生于上面，有的地方像水彩，很写意。此幅章法随便怎样放置，结构很到位，线的质量非常有力，笔墨精彩。

黄公望《天池石壁图》所画之地乃苏州虎丘，离城市较远，南方的山形小，树较多，土质丰厚。单体树线条与《富春山居图》较为接近，地貌特征强化出了它的气势别有洞天。古人对景作画心机妙用，整幅画雄伟又富有变化，内在结构复杂，百看不厌。

元代的画，以斋舍成主线，宋代以行旅为主线。

## 二十五

"桃花源"的主题，是中国人特有的。与世隔绝，溪山无尽，视角不一样，心情不一样。

画画，不要热衷搞市场操作，心中一定要有高度和深度。山水画不是一种公众艺术，不是酒吧间，可以说只有少数人能欣赏它。

有些经典要知道他们的好处，不一定要全部照着临，先从局部开始，从小到大反复临，深切领会其精妙之处。

心灵有多透明，画里就有多透明。

没有积墨不行，都是积墨也不好。龚贤的积墨有些死掉了，简单的却很好，非常有情感。

松树叶是向上的，底部不能很平，要有水分透气，虽然是符号，但要表现自然物之层次、疏密、浓淡的变化。树干不要太复杂，否则松叶装不上去。细部加一点枝，有些地方没有长叶。

山石组合的时候，开始是从结构出发，外沿轮廓之线要似女人体之背，有弹性与美感。

## 二十六

皮纸用枯笔画，石涛、石溪有此。画中有苍凉的感觉，能将江南的味道非常真实地描写出来。

王蒙画松先浓墨再用淡墨皴，黑、白、灰就出来了。干后再在淡墨上提出来，像波涛一样翻滚。山里之岚气又有空间，很虚，然画面感觉又很饱满，用笔很淡。浓墨是醒，似烹饪最后味精吊鲜，有鲜头。

王蒙年轻时画中之树比晚期之树要收敛一点，如《具区林屋图》。

王蒙《具区林屋图》画面非常满，属满构图，感觉又非常虚，上面没有天，完全是构成关系，几乎没有空隙，但无窒息的感觉。

王蒙《具区林屋图》不是黑白的对比关系，而是虚实的对比关系。

古代中国画实际不太关注明暗。

中国画除了预期的效果，其他多是在朦胧状态下达到的，很少有神来之笔。

学董其昌的画在乎墨，学元人的画在乎线，两者之间异曲同工。

许道宁《渔父图》，为北宋到南宋的过渡画法。山峰一个节奏比一个节奏高，从左到右于很小范围中表现一种山脉，亦是一种对比。直上直下没有感觉单调，有空间处理，一层层穿插。平远朝深度发展，中间有"之"字形一层层深进去，有深度，然近景简化。山后面一层层不断交叉，形成了深度的感觉，水气慢慢升腾。勾勒中有表现山石质感，一层层皴好后逐步渲染，不是完全染，用墨积染有变化。勾勒中有像刀劈一样，在边上山石用淡墨润，有的地方用破墨法。难怪古人亦谓"山水唯有长安许道宁"。

## 二十七

艺术家画画的时候，作品的结果是不知道的；行画画一百张从头到尾都清楚。这就是区别。大山水中间一段很重要，行画都是面面俱到的。行画，什么都平。所以画家不能进入行画，是为低层次的。

结构一定要用线，这根线到那根线，线连起来就有了关系，有了深度，线与线是能动的关系。也可三点两点，寥寥几笔产生结构。

山为什么有气势？因为有几根线支撑。山形不要太正，有斜势就有气势。这得细细领悟。

坡分三种，在下者为沙渚，在中者为河岸，在上者为远山。中坡、下坡不宜太厚，远山不宜太薄。薄者为远岸，远岸用于江景或湖景。

房舍，南方、北方都不一样，我喜欢画草屋。古代的房子，宋人基本为写实，到了元代大多为草屋，作为隐居的象征，到了明代更简单，清代变成了符号。平时外出将不同的房舍记录下来，就是画画的素材。

画没有旧就没有新，还是要回归到绘画的本体。走得实际一点，今天画好一棵树，明天画好一块石，这是件很具体的事。

## 二十八

我始终是在画一个关系，关系对了，画也就对了。

画之染，把纸的毛细孔堵住了。皴擦的话，它始终有松松的感觉。

传统、自然、个人、时代，要将这些扭在一起。

雁荡山基本没有松树，也没有高大之树。一个地方有一个地方的特征。雁荡山基本是方的，黄山是圆的，太行山是叠糕式的。

龚贤画最忌刻板，画得死掉，亦最忌染得过头。高调的东西最后搞，下笔要准。

龚贤笔法从范宽出，用笔太实，太质直，缺少灵秀气，这是他很大的缺点。王原祁《雨窗漫笔》说："广陵、白下，其恶习与浙派无异，有志笔墨者，切须戒之。""白下"就是南京，指的就是以龚贤为代表的"金陵画派"。这个批评是有道理的。

石分三面，勾的时候要慢。笔斜一点，睡倒，有点拖，画时侧锋要多，但基本用圆线。将所有的东西放在一个平面上要呈现立体感。

## 二十九

石涛之画每根线条都不一样，松针也要有起止。落笔与收笔、线条与章法都是个性的张扬。

画画笔、墨、水、纸要讲究，这是非常重要的。

浓墨在画里是很少很少的，就像鸦片、白粉，用多了就是病，极少量是治病。重墨用零点七分，偶尔有几点，画就活了。

画规正的画要想办法有变化与变通，写随意的画要有点规正。

倪云林的画似是而非，若即若离，然有富贵的大家子气。写意部分把握非常精确，干瘦而不干枯，精气神非常充沛，每根线与纸的结合都非常到位。

郭熙《林泉高致》、恽南田《南田画跋》，一个很具体，一个很诗意，我主张读画论先读此二本。

黄大痴的形与神，王石谷承继了形又有神。王原祁我看是从王蒙中得到的较多。学某家之画，要找出其源头，对自身画画成长有好处。

展子虔《游春图》，江面辽阔，山不高，然画面感觉很高，此画很有诗意。画面中颜色，石绿涂得非常薄而含蓄。此画游春题目很恰当。画上部空能使画面产生动感，渡船象征着能达到自由的彼岸，表达了画家对自然的崇尚与想往。

中国画是多视点的画面，背景部分一定要有臆造。

## 三十

宋人的小品画，房子造型很准，线条很挺，但不生硬，房子感觉很敞亮。

画面染得不要板，要讲究笔触有隐约的感觉。画中见笔的地方一定要有。

成功要靠悟，基本功要多画，创作要少画。

画家没有思想，只知道不断地画、不断地画，会把自己的精力玩光，也要停下来。太熟练了画面容易俗，要思考，要清醒，客观地分析问题，解决问题。

作画很顺的时候，比如三十至五十张宣纸的目标画完了，就要有停顿，分析小结，找出缺陷，以利更好地作画。

学画，你不走弯路已经是快捷方式了。对画认识的问题一定要回到原点，对事物的认识亦是无尽的。

王时敏之画主要是用墨透，滋润得像夏天吃冰淇淋，很舒服。他将画面空间关系处理得好，前后、左右、高低，关系恰到好处，亦就显出了树的风姿。

金冬心之画呈现的有如天空发亮的河汉，高级宁静。对古人花鸟画的研究，要看到金冬心。

画画最聪明的做法是，把生活里的东西加一点到传统中去，就是你的风格。

古人画树最为明理的是龚贤，然缺少变化。他主要是墨的贡献，与非常统一的结构配置融合在了一起。

## 三十一

点有不同之点，范宽之点有如农民锄地，锄下去之后再翻出来，很有力量。

点要有空隙与空间，透气特别要紧。

赵孟頫与董其昌之不同，一位是儒家正统的文人，画出来的东西典雅精致；后一位是禅意的倡导者，其画有飘然欲仙的感觉。两者都为不可逾越的高峰。

山水画中深度的景致、硬朗的东西须尽量将其体现出来。不要多染，拿起笔就要出东西，这是能力与本事，我认为这也是山水画的写意精神。

画的东西太多了往往精神就乏，画面精神不起来的时候就要少。

临摹一张画，将常规的画面临得反常也是本事，也称为"重构"。

山水画丘壑色阶是很清楚的，但一味地加加加，就会钻到死角里去。

山水画往往是一笔可，二笔好，三笔多，五笔就不对了。

当今越是现代的东西越要有节制，到了饱和已来不及了。慢慢地体会就会发现很多不对的东西。

树丛出秀的地方一定要慢一点，形式关系要考虑周到。出秀之地方要潇洒，虚虚的。

一排树中有棵朝外挂的树就显得有变化，后面之树疏一点，意思到即可。前面之树有疏密关系，后面可一排排，用浓一点的树插进去就有浓淡的变化，小的地方要丰富一些。所以中国画有无尽的变化，可随机生发。

## 三十二

李可染七十多岁后跟同学讲，画家最好活两百岁，一百岁学传统，一百岁搞创作。他此时亦刚懂董其昌的画笔墨用得极好。艺术永远是有遗憾的，等知道，就已到了晚年。大艺术家有真善美的大气度，错了就错了，不会掩饰自己。

黄公望之作气息比较空灵，最主要是来源于写意。他的画作很多人都临过，临摹时要朝简里画。写意有几种，点可干一点。黄公望之树很简单，画几下就很丰富。上来时就画几颗树，后再加，上来不可排满树。临黄公望之画不能用龚半千的思路去画。

清王时敏学黄公望不是笔胜而是墨胜。中国画笔墨最有修养的是董其昌，其他的画家的画朝实里画，董其昌朝虚里画，他反其道而行之，很有智慧。真正要如董其昌那样有天赋，学他形神兼备的能力，而且是用最简便的方法。

临董其昌不可擦得太多，墨不能脏，结构要准，要有空间。学传统，脏字一定要去掉。

董其昌有些画作也是很平庸很差的。据说董其昌的画桌很小，所以画画相对很小。

画画有技术了就要讲究品位，画得慢一点，少一点。景深意深，代表了山水画深度与高度。

## 三十三

宋画要求形画准，然后慢慢地皴染，就会成功。

选一两张经典之作好好地研究，举一反三，成为自己的绘画语言。我从王蒙、董其昌的画中，研究成为现在自己的画风。

明朝人的画除了仇英之画，其他我基本不看。明朝画一般格调不高，文徵明的画看了很累，唐寅偶尔有几张画很好。

仇十洲是画死的，画得很累，折寿啊！我们要注意。

最细腻的皮纸要数韩国产的，纤维复杂，墨能加进去，用笔可生辣，效果好。

画画最后是自己跟自己过不去。

画岔了不要紧,有如骑车可以调整。画"四王",技法上相对来说不能太到位,否则易变成行画。

丘壑与风景:中国山水画是一个代名词,美术学院非常熟悉的。东方人与西方人的看法不一样。东方人认为自然是有生命的,为亲和的关系,是相互和谐的;西方人探索自然,以人为中心。

明代晚期,董其昌提出了山水画南北宗论。重新疏理了古代绘画史,将书法真正引入到绘画中来,提出"笔墨至上"的绘画观。弱化了细部,皴法走向了图式化。色彩很淡,画面虚虚的,有静的感觉,与自然接近。山水画走了一千年真正实现了"畅神"。一些画家画面老是专注细部,容易将大气的东西丢掉。要简!

## 三十四

图式具有某种暗示,看"元四家",观其画即能看出他们是否具有高远的志向。黄公望早期作品都是竖式的,有一种进取感,向上的精神;而后期都变成横式,人可以在画中游、住,正如在园林一样。吴镇是嘉兴人,属于太湖画系,他的一山一水与"渔隐"主题分不开。他的画感觉很滋润,很少重山复水,都是简单明洁的,其风格是属于隐逸的。倪云林的高洁个性就更不用讲了。王蒙的画层次最丰富,层层叠叠,主题常是隐逸的,而表现却是高远的。王蒙受赵孟頫的影响,起点和定位比较高,事实证明今天对王蒙的评价也是可以经得起推敲的。王蒙的《具区林屋》，我喜欢的是它的技巧、形式，图式丰富，王蒙的画尽管画面很满，但是没有压迫感。

山都是非常丰富而深厚的，看到的是同样的山，而清"四王"用几笔简单的横线和竖线勾勒点染，尽管与前朝绘画有一些变化，但主要还是传承下来的绘画图式。他们的山水温润柔和，表达的主题是国泰民安，所以不会使用直露方正、刚猛的笔触。比如董其昌扬弃了一些刚猛，而增加了一些秀润和细腻感，这也是人性的表现。另外宣纸以其柔性和渗透，使笔墨充满变化，恰能达到这一特点。北方的画作刚猛笔触会多一些，但需要富于变化，否则就会生板。

## 三十五

八大山人的画，从专业角度看，都是很好的；但从大众观赏者的角度看，就属于是另类的。有些画不能凭直观感觉，既然历史的主流评价是好的，那应该就有一定的道理，需要去研究他。历史上，大文人是价值评价的主导者，他们的学问和思想决定了解读和判读水准。文人的思想意识就是清高，不趋炎附势，不随波逐流，所以这种画风正迎合了他们的思想。八大山人从艺术角度来讲是好的，但不是正统主流文化。

龚贤的画构图造型过于简单，丘壑太平，这一点王原祁"金陵白下"批评的是有一定道理的。从笔法角度而言，与"四王"之变化丰富相差很大，但是他的技法适合现代人。

张大千的绘画风格属于秀润的，在当时也属于画家中的佼佼者，但也是一个智慧的、狡猾的画家。尽管有很好的艺术成就，但是其超级"仿"技所造成的负面效应,也是一直遭到诟病的。

## 三十六

归根到底,艺术是为人服务的。所以作为一个艺术家要追求的是"好",如果一味地追求色彩、笔法渲染的"作家"路子,势必会走向"陈腐气"。比如民国的画风,处于一个动荡迷茫的时代,许多艺术审美显然不是朝阳的,画面都比较暗淡,民族气节已经极其淡化,充满柔靡之气,是需要被淘汰的。这一点要向黄宾虹学习,他尽管出于那个时代,但是他逐渐摆脱了这个画风,使传统得到传承和创新,创立了中国画的新气象。黄宾虹的笔法比较柔,变化丰富,几乎没有刚猛。他思想比较偏执,而且贯穿一生,其实有些偏执是需要坚持的。他自小酷爱中国传统文化和绘画艺术,并且刻苦学习钻研,宾虹的绘画之所以杰出,这与他深厚的学问是息息相关的。

李可染的写生有浓厚的生活意境,这一点比传统方法突出得多。他也经过了几个变化过程,早期的作品因为欠缺方法,像水彩画。后来他也考虑到以传统手法来表现,强调点、线、面和主次、虚实等关系,同时吸取黄宾虹、齐白石等人的厚重感,将生活理念贯穿进去,展现了一种崇高的气质,这种气质正是古今中外文人共同追求的。他是当代画家中与美术史接轨的人,是1949年后的主旋律格调画家,其思想内涵是积极的。

## 三十七

作画前如果不能确定,可以先根据思路勾一下。在训练创作之前，先要学习小构图，画几块小稿，挑几块完善以后，进行色彩渲染后，创作就逐渐成型了。

"四王"的山水中是有一个主峰的，一个个山脊搭上去就像一个脊梁，主峰走的是一根主脉，称之为"龙脉"。翻来翻去是要有游动感，如果你仔细读画，就能体会到。否则就是直的或平的，没有动感。我们在观察自然界山势的时候，是有关系的，尤其是群山。山水画关键是气势，所以龙脉的另一层意思就是整幅画是不是气息贯通流转，用现在的流行语就是"互动"。山群连绵不断，才会有这种生气，如果画得像桂林山水，就缺乏这种气息和气势。

大的有了以后，小细节要慢慢画，需要多用一些时间，不能急。这里主要是树，一排排画上去；这里是小的梯田，这样画下去，深度逐渐就出来了。其实我们就是在画一个个小山包，加起来就是大山包。

一天内不同时间山势感觉是不同的。一日四时，阴晴雨雪，不同的时间、时节，山势山情是变化很大的，一定要多观察。我们观察山体的时候，一定要联想到山体崩裂倾泻时地心引力所形成的山石的动势感，应该有非常强烈的气势。比如这里这样的石头，初学者一看就会感觉凌乱，实际上要抓住落笔关键点，从大处起手，抓住几个体面，形成多个结构组合块，随后就可以连成一片，一气呵成。

只有从体量上理解山脉、丘壑，才能很好地体现叠层、凹凸、深度和厚度。几条线就要把大的轮廓画出来，哪里树、哪里山包、哪里水等，要有统筹构图的全局思维，不能只会画局部。有了这个意识，再复杂的结构都不难处理，然后再考虑如何出彩。

画面如同网络。我讲的是一种方法，具体实践是由绘画者自己判断。绘画前后要有关联感，比如山与山、石与石、石与树、树与山等之间的位置关系，肯定地下笔勾勒最基本的特点结构。如果这个关系没有先确定，而是看一笔，想一笔，画一笔，到最后整体必定走形。初学者或者基本功不扎实的情况下都会遇到类似的问题。

## 三十八

一幅山水画，山峰相对比较简单，除了山峰以外，很多的变化是需要通过树来表现的。一两棵树可以是直的，三棵就要有变化，五棵树与一丛树，前后与主次更要多于变化，这样画面才能丰富。石、山、树、水等必须穿插学习，万不能偏学，否则顾此失彼，必须在组合上花功夫，时刻想着每一步都要兼顾。

山水是一个大概念，而山石是具体的表现元素。所以读画者看到的是山水，而绘画者眼里的是山石。一幅画直观的主题应该是鲜明的，在这么一个平面尺幅间，要表现过于丰富的思想内容，如同影视作品那样，这是不可能的。

绘画空间是以形式空间构成的，自然空间是物理空间构成的，将物理空间和绘画空间有机结合，在有限的绘画空间里表现出物理空间，比如深度、广度等复杂的结构。我今天使用的手法你以前可能很少见到，这是一门难度很大的技术和艺术表现手法，很多学生因此坚持不下去而放弃学画。

大的江山构图，每一步都必须认真思考，不断地完善深入的过程，不确定的就应该暂留，不能盲目入手。每一个风景都有它的特征，要思考为什么选或不选这个景色？山水不在于景奇，而要注重堂正之气，"四王"以及黄宾虹的画都比较堂正。今天我选的画境也是出于这样的考虑。大的山水表现是需要经营的，既要堂正还要变化，适当"造奇"，甚至还可以加一些妩媚，否则就会古板。堂正与造奇需要辩证地处理，不能一味追求某一种，其中实践过程也很深刻，许多过程还是需要从理论、实践、再理论、再实践的阶梯型的提炼。比如王原祁的绘画过程即是如此。

这幅画的用笔比较流畅大胆，但是这里缺少衔接关系，比如虚的地方与实的地方需要有一个过渡衔接，不一定要生硬地画在一起，但是最好用虚淡墨呼应一下，需要"换气"。丘壑之间要有穿插、层次关系，像龙蛇舞动，这样就可以更加生动。这幅画的构思比较朴实，写生就是看到什么就画什么，而程式化以后的画家就会把很多实实在在的东西都回避掉。

你们目前的学习过程不应该追求风格、老练，自然流露最好。方法需要矫正，比如这里两座山需要有呼应关系，气象也会生动，其实自然界山水也都是有性情的，看你如何去感悟。

## 三十九

这里面很有厚度，要一层层斜地贴上去。要先归纳出来，把大结构画准，其他细节还可以修正。针对写生中丰富的素材，要有选择地入画，再将结构用线连起来，整个工程比较浩大。

对象是有明暗关系的，先用线画出来，勾出大关系，否则有些东西是不容易排列的。架子搭好，形式定好，随后渲染，大势就稳定不走样了。

先把结构分开，再皴擦。尽管像蛋糕一层一层，内结构各有特点且丰富，所以要分开，不能太笼统。虽然现在看着是分散，但是通过皴擦一联就能融合了。最麻烦最困难在这里，只有这样的山才会有深入感。强化第一层，第二层深度就出来了。

（问：在画面各处皴擦渲染的时候，是否会忘掉前面所做的步骤呢？）小处有时会有，大的不可能，所以一定要先把大结构定好。以我目前的记忆和精力来看，这种概率很低，但是今后不确定。

在大结构还没有完全确定的时候，先把小细节留出来，所以有好多小的细节没有突出来，但不能忘掉。等大结构确定，小的自然就连起来了。但如果现在把小的画好，虚实就不明显，所以这是需要一层一层上去，逐步显现的。

现在这一张画都是用线画的，没有皴染，也只是画一个大结构关系，就需要四五个小时，相当于速写，回来再整理画细节。

写生时，光线会影响到视觉效果，尤其是投影，直接影响绘画的感觉。如果有经验就能纠正因光线移动而产生的差别，另外要抓紧时间，尽可能快的确定大结构。所以阴天最好，光影的变化不大。

## 四十

作品要感动观赏者，一定有吸引人之处。许多画家在绘画过程中，每个山水、树石局部都很好，而合成以后主次取舍处于困惑纠结之中，无法形成有机的整体——山水画难就难在这里。所以要训练，除了写生之外，还要有目的地临摹优秀的作品，领悟其中核心结构和技法。

构图要有时代感、自然感和生活感的表现力，一味地按照传统的程式，就不可能达到这样的效果。

生活本身就是如此，而并非现代化如此。古代就曾经有部分使用这样的手法来表现的，只是当时是没有画全景，比如古人赵伯驹和赵伯骕，一层层的山都是这样画的，所以有很多的技法和表现方法，我们必须时刻根据实际去摸索。

在写生之前要思考你看到的第一感觉，你希望表现什么。一个景色吸引你是有原因的，你是受过专业训练的，那么就应该如何取舍。最后完成后，要看这幅画是否与你当初想要表达的主题相一致。经常发生的事情是，在过程中因为过度关注细节，而忘掉了最初的主题，偏题了，这与写文章的原理是相通的。

## 四十一

中国画与西画素描是有差别的。中国画是通过勾皴、擦、染等方法，把对象的形状和透视度画出来，素描当然可以借鉴，但有的学生画法过于像素描，具体创作时要改掉。我们必须明确地认识到，所谓用几种皴法就是一幅中国画，那是完全错误的。这是我的一贯思想原则，这也并不是偏激的讲法。作为自娱自乐，不论什么方法，只要画面好看都行。但是我们是从事中国绘画艺术研究的专业画家，就不能是这样的想法，更不能有这样的做法，否则不易纠正。

这就像荆浩所讲的"有形之病"与"无形之病"。"有形之病"容易发现，也好改，而无形的却比较难。比如有些画初看很好，技法也不错，细看俗气，这就是一种"无形之病"，这是专业画家必须摈弃的。我在评论画时，对于非专业的，就会告诉他这个草怎么改，那棵树怎么改；但对于专业的，除了笔法之外，更重要的是告诉他气息、意境、品位等，评价角度是完全不同的。专业画家要脱"俗"，必须不断提高和深化学养。

有一种讲法"绘画不是技术问题"，这句话听上去有一定道理，但是最终成为作品还必须通过技术表现而实现的。最通俗的来说，"美术"就是通过"术"来展现"美"的。没有技术不能谈绘画，但是只有技术也会成为一个画匠。只有训练有素，才能把思想充分地表达出来。所以所谓的创新，不是凭空意想的，好的想法要以高妙的技术来实现。

## 四十二

写生，树是庐山好，山是黄山好。黄山丘壑好，但是要有云雾，没有云雾，那就是一张风景画；有云雾就是山水画。黄山有仙气。每画到关键的时候，我就想要上黄山去，所以我每年都会去。

通常在我们眼前的现实画面场景是非常丰富的，不可能也不必要面面俱到，要把握主题，并表达你要表现的思想。在确认组合得当的情况下，有许多地方是有意放虚或者先放下不处理，有的用亮块，有的用线条，每个过程都要自己斟酌，到最后逐渐就形成了固定的定式。

有人在留白处总想画点其他的什么，结果越画越乱，最后无法收拾。比如要想在留白处画云，而云是虚的，是不能渲染的，否则就会僵硬。所以画虚的，只有通过画实的来衬托，把山的一角加深，效果自然就出来了，即"山厚则云厚"。虚即无，是无法画的，越画越实，适得其反。画面中的进与出的视觉感，也是以虚与实来表现的。所谓的"养虚"，这是一个相对论，就是在实处加，并且加的得当，如此检验拟定的虚是否适宜。王原祁的画法就是如此，这个技法也是需要自己长期修炼的。

## 四十三

纯赭石是不常用的，需要复色时可以加点胭脂，或加朱砂，或加赭绿，或加点墨。这种调色，可以使冷暖色变化丰富。民国的画中常用赭石、赭绿，有一种俗气感，也就是常说的"陈腐气"。假如一张画展示出来，一看颜色太陈旧暗淡，对感官的冲击就不好，会令人生厌。所以色彩一定要变化，尤其是设色反差。有时候白的地方勾线，黑的地方点一点。比如这幅画亮的地方有点紫，最亮的一条一条的地方又有一点淡赭石的感觉，因为淡赭石有粉质感，是非常不错的。

经过时代的变迁，我们也接受了中西绘画的设色，与民国人相比，眼光是不同的。所以对画作的色彩感觉、欣赏以及思维方式和应用也是不同的。设色不在于厚与薄，而是在于冷与暖。暖色体现出的是明亮感，而且要清爽，但这种亮感又与西洋画严格的光线效应要求不同，不是明暗，而是一种对视觉、色调的感觉。这是科学的色差感，比如紫色与黄色就有强烈的冷暖色调对比，不一定就是反映背光和迎光，这就没有西画对光效应那么严格。

暗部就用淡墨，用黑墨就容易腻掉、黑掉。腻掉的原因，第一是色彩之间距离太近，否则很多笔触就会糊掉、软掉；第二是要"涩"，太湿，破墨时被花掉了，这个要注意笔的干湿，控制好水分。另外就是耐心，一层一层的上，一着急就会过，使原来透明的虚的东西都花掉，或者板掉。另外纸也很重要，纸灰了画面再也不会有精神。

## 四十四

勾形用稍尖一点的淡干笔，太粗太深会画死，后面无法补改。勾的时候还要根据山的明暗、走势转折，以各种变化表现面、点、线，要达到心手相应，需长期训练学习和感悟。比如表现深度、或者更深度，以及体量、结构，一密一疏，一粗一细，一浓一淡，一直一斜，明暗、深浅、前后就是这样逐渐表现出来的。线与线的交搭是有讲究的。画一个山，不能一条线画到底的，要找结构性的点再转折。这根线应像写字一样，要有必要的提按、转折，不可死板平直。不论长短粗细，每一条线都应表现结构，即使是很细的线，也应达到这个效果，才能表现出山形的微妙变化。

用笔时始终要思考体量感、层次感以及关联感，下笔时就胸有成竹。这没有任何秘诀，只有长期努力训练，并且不断总结、理解、感悟。尤其是皴法的穿透力要训练，而且要按照传统的方法来学习。再要采纳众家之长，最终成为自己的东西，这个道理如同做一件"百衲衣"。遇到问题是正常的，也要坚信每个问题都是有方法解决的。

## 四十五

表现草木的茂密，就要充分考虑团块、笔触的结构、浓淡问题，尤其是茂密的树林，点染大有讲究。黄宾虹能够把这样的山以强烈的浑厚感画出来，并且还有水的感觉，使他的"浑厚"成为现近代的佼佼者，正如黄宾虹自论其画"浑厚华滋"。

现在的画大都比较密，像古代简单高逸的很少了，这是内行与外行的问题。另外就是现代人接受西方的绘画理念多了，实用性、实体性的"在场效应"强了。密体画更易表现写实效果，内行外行都看得懂，而两三笔的逸品画，有几个人读得懂？而且越简单越不容易表现。欣赏也一样，在讨论一幅画的时候，多数人是谈直观感受，而非学术。这就是"外行看热闹，内行看门道"。

## 四十六

我看到丢勒的几张铜版画，那形与形的构成很受启发。达·芬奇的画是理想状态的、光影下的圣母，表现的是神圣感，宗教感很强烈，是心灵感受的虚幻形象。而丢勒的素描刻画各种人物形象，生动深刻，不加掩饰地刻画丑恶、善美，甚至达到了偏执。我们要研究的是真实的事物，再加入高远的思想境界，将其升华。关于这种思想、意境和品位等，是需要在学术界经常性的学习交流的，但这不是一种普及型的教育方式。

其实绘画教育大部分应该是在民间的，将这种美学文化广泛传播，培养和积蓄画匠式的人才。另一种组织应该是学术研讨性的，是引领当代艺术潮流的，比如导师带领研究生研究课题。两者侧重面是不同的。而社会现状是很多人都在绘画，还有不少学生是为高考而学习绘画，其实他们很痛苦，他们的绘画过程是不会快乐的，结果必然是画不好的。所以每个学习绘画的人都应认清自己的目标。绘画艺术是处于人类精神世界最高端的，同时也是很痛苦的，尤其是没有感觉的时候。

我在教学过程中是不允许学生停下来的，否则不进则退。并且他们自己感觉很满意的东西，我还要提出新要求，不能只说好。优秀的学生很喜欢老师提意见，或者提出问题，但我不是马上提出来或者解答，要等他自己深刻体会、非常纠结的情况下，才帮助解决，这样学生的印象会更深刻。《论语》说："不愤不启，不悱不发。"就是这个意思。

## 四十七

我觉得以"书家"来称呼苏东坡，定位太小，他的书法可以说已经形成了一个书体。就苏东坡的字来说，初看好像不怎么样，但最后大家还是会认为他的字最好。文人写字与贵族写字是两回事，一个是守古法，一个是如何表现自我个性。不同的出发点，但最后都是要实现法、理与个性的结合。我一直很喜欢苏东坡，比如他的《黄州寒食帖》，作为天下第三行书，他在书写时与他那时候的境遇有关系，更多表达个人的情绪。

书是心中所发，情绪的宣泄，不仅是法度的问题，还要表意，苏东坡的书法体现了魏晋潇洒的风韵。

苏东坡的书法初看没有米芾、黄庭坚二人的风格强烈，但他抓住了正统的要点。米芾更注重势，跌宕恣意，八面出锋；黄庭坚的字如长枪大戟，极具张力；苏东坡的字扁平丰腴，藏巧于拙，再加上才情与修养，更有气象雍容的大家风度。这不仅体现出他"信守点画"的意趣追求，更体现了他一任天然、不故作姿态的人品与学养。

苏东坡的字里常含有隶意，但他的骨子还是颜鲁公。五代时杨凝式的价值是由苏东坡提出来的，他也是从"二王"到颜鲁公走出来的。传统的理法在苏东坡这里得到了很好的体现，也可以说他是在非常理智地对待这些传统。

## 四十八

颜鲁公的《争座位帖》对我影响很大。隶书里我不喜欢《曹全碑》，我喜欢风格硬朗一些的；魏碑里有几个字帖给我启发很大。唐代除了颜鲁公，我还写过不少李北海，他的气象很大，董其昌说的狮子搏象，有这个意思。宋代的米芾、黄山谷，我都花过很大力气，至于王字，立意高，我看得多。王羲之的很多帖都好，《丧乱帖》更妙，但那个要从更专业的角度进入。

宋朝两位书法大家苏东坡和黄庭坚，黄庭坚在握笔时候是全身用力，在完成一幅作品后，他会觉得浑身都累。苏东坡则是以单勾的形式作书，顺畅自然，应该是轻松的。对此黄庭坚颇为艳羡，苏东坡与黄庭坚在亦师亦友之间，但是黄庭坚的执笔并不像苏东坡，其实这是个人喜好的问题。黄庭坚的字有张力，比较能撑得开；苏东坡的字较为流转，这也形成了风格上的不同。

我对专业书法的理解是古人理解的书法，具有非常高度的那种，专业性是要从书法典范的角度来理解的。所以我说"书法没有创新"，一些人说要通过当今的书法创作来改变书法的形态，这是徒劳。因为传统本身有一整套写法的经典，各种书体的表现形态有非常完整和丰富的形式，或者说表现情感的方式，如果要把这些东西解构，是不可能的。因为它本身就已经非常严谨。那些经典作品并不是非常保守的、呆板的一个个如法炮制出来的，而是那个时代最顶尖最有智慧的才俊积累下来的，是经过时间的考验的。所以我认为当今的书法创作首先还是要尊重书法的传统，无论在"理"还是"法"上，都要尊重传统书法的观念。传统不是原罪，相反的，在传统理法中待得越久越深的人，在他出来的时候越能体现书法本身的东西。

## 四十九

中国画最有特色的是山水画。山水画家要在山林中体会丘壑，感悟自然。丘壑是结构、气象和整体的构架。一张画最重要的有三个部分：最下面的一块主要是水；中间的一块是山和树，要有深度；上面的是山头，山头是人的头面，就像人要装点门面一样，一定要画得精彩。点苔，就是一个人的眉毛，快慢干湿相结合，用笔方向多变化。

艺术要体现"平"和"奇"的辩证关系，要平中见奇，即不落俗套。艺术的奇，不是旁门左道，为奇而奇，就走偏了。从正道来讲，自荆浩开始，所说的奇，就是巧。

在历代山水画大师里，王蒙的遗产不论在笔墨表现或技法上，在学习和创作层面上，都是个关键人物。选择王蒙作为基础作业，是有效的。可以说王蒙是山水画本体发展的一个转折性人物，他对山水画图式符号和表现力的贡献是无人可及的。他画中的笔墨元素吸收了自然的成分，形成个人图式如牛毛皴和种类繁多的"点"式，对后学如何合成图式，以及自然和个人间的转换，无疑是个范本。我认为他的范本具有很大的包容量，王蒙是立体范例，而"元四家"之首的黄公望是写意和提倡简约的范例，黄公望的意义在于山水画的正脉和写意传统，后学者能从中悟到许多。

传统山水画不能仅靠学习一两家来完成，这不仅是个技术问题，很多人以为传统经典笔墨就是临摹一下，只需要解决单纯的技术问题，这就是长期对传统艺术疏远所产生的一种非常肤浅、无知的看法。临摹的背后，需要的是理解。职业的画家，就是要有职业化的思考。画家不要把自己想象得过于伟大，这只是三百六十行中的一行而已。很多画家过分自恋，感觉自己是万能的，就太离谱了。

# 后记

萧海春

《画间记》内容来自20世纪八九十年代至2020年前后一时间段内，我对有关中国山水画创作与传承的问题的思考和想法，时间跨度大，谈艺内容较杂。但问题有很强的现实性，反映了当前中国山水画创作和拓展的许多思考，以及新思潮、新水墨在其中所经历的碰撞。早在20世纪80年代，为了应对当时的"文化价值"的讨论，我选择了中国山水画作为应对的文化立场，并参与讨论。我在1987年5月7日《美术丛刊》上发表的《寻找耕耘的乐土——西北印象记》这篇文章中写道："这条在人类文明史上留下深深轨迹的黄金古道，虽历经千年，但在微弱的脉搏中至今仍然流淌着华夏民族与世界交融的血液，屡建屡毁的变迁被自然用金沙掩藏起来，大量古文物闪烁着古代先民们不可思议的创造力，自然的雄奇伟力和深厚的文明相交辉，神秘的土地用深沉、粗犷、幽远、悲壮的旋律震撼着我的心，在不可捉摸的命运面前，它激起我内心深处的情感，企望用手中的画笔来表达心中早已寄存的热望和对这片土地的恻恻之情。"

时间已经过去很久，翻看谈艺录，那时的讨论情景，仍然让我心底泛起波澜。那时年轻，对中国山水画的文化价值还没有深切的理解，态度有些偏颇。作为当事者来说，当年颇有青涩感的自我，虽因时间冲刷场景已渐模糊，但仍让我感到我的执拗和不妥协的性格。

这本谈艺录结集三十多篇，分上中下三编，十多万字。内容可分为"创作·画论""画史·题跋"和"传承·教育"。为了便于阅读，做了必要的梳理，让读者能比较好地理解我在山水画创作领域里的思与行。

刘勰在《文心雕龙》中指出："情者文之经，辞者理之纬；经正而后纬成，理定而后辞畅，此立文之本源也。"为文必先有情，有情才有表现的要求，才会激荡心灵，才会写诗、作画、赋歌，它是艺术之本。

魏晋南朝宗炳在《画山水序》中指出山水画"以形媚道"，画出来的山水文章是为满足人之澄怀的需要，为表达对"道"的追求。山水画通过创作可以激发画家的思想灵府，也可将画就的作品陈设于居室，在人身心疲惫的时候通过"卧游"的方式进行赏析，来达到"不下堂筵，坐穷泉石"的"畅神"作用。所以文以载道和怡情的传统山水画历经千年的创造，成为中国画的核心文脉之一。

现今已很少有人会公开反对传统山水画的传承和发展，认识到它是人们精神慰藉的"家山"。传统山水画的经典是画家胸中的"家山"，也是人们在赏析之余平添"乡愁"、热爱家乡的精神慰藉。

山水画的经典以及宗师们的创造具有神圣性，它自身具有很强的更新能力，它是"通古今之变"的精神力量。

中国山水画讲传统是天经地义的，大文化背景和中国画自身的发展都是以自己的民族形式来表现对世界的看法，它与其他民族的艺术共同支撑世界文明的发展。

学习经典是每位山水画家必修的功课，这种学习我把它看作是"深山问道"。学习的途径必须进入深山才有可能"问道"，"深山"是比喻对山水画经典的深入把握。传统山水画之道，存在于书意和笔墨元素搭建的空间架构与气韵生动的笔墨程式、似与不似的物象造型、游心自然的空间秩序以及情感化的诗性追求中。用现代概念说，解读就是求得对经典图式的"验证"和"修正"。

传统中国画，以临摹为入门和传承手段，但也提倡师法造化。这方法包含着从师古、师物、师心三者相互依托和转化的意识。

我强调师古，把"拟与临"作为唯一可与古人"对谈"、进入山水画境界的方式，当然也要进行写生，在写生中参与图式并获得"修正"的提炼。师古与师物的交流可以把写生中获得的图像储备与临摹经验合而为一。

传统绘画的"传移摹写"并不是单纯的复制，而是为了传承发展。临摹过程，同时是对传统的再发现、再创造的过程。有些画家自书"拟某某"的作品大都含有变古和临摹者个性因素。强调临摹的意义，有补偏矫枉、打通古今的作用。

我把经典解读分为"合参"与"重构"。"合参"重在相互参合，"重构"重在拆解再造，但两者都无定式。现略举例说明。如《拟董源溪岸图》，是把漫漶失真的《溪岸图》临摹得清晰可辨，好像是"复原"，实际上在强化清晰的过程中参入己意而发生变化。又如原作中双钩枝叶变成了没骨写画等，加入了临摹者的想象与超越。又如四幅《拟李唐万壑松风图》：第一幅画临主体部分；第二幅删其溪涧流水，只画松石，改斧劈皴为块面形态的积墨皴染，物象由静态转向动势；第三幅弱化笔法而强调染法；第四幅改变笔与形制，变严整为疏松。如《拟王蒙笔意图》力求将"密"与李唐之"骨"、北派丘壑、南派笔墨融合起来。又如标为《拟董其昌》的十多件作品，皆从董氏"拟古"之作放开去，可以说是借临古以抒己意。其中《思翁宋人法》以略过董氏秀润的笔墨写宋人丘壑；《拟董其昌董范合参》把董其昌"合参"董源、范宽的画法再加以变化，以求别裁；三幅《拟董其昌烟江叠嶂图》，皆变卷子为立轴，可以看出对董源、巨然、梅花庵主和董其昌的重构。"合参"与"重构"都是把不同古人、不同文脉的画法加以融会再造，这一较独特的经典解读方法被人视为当代山水画的一道特别景观。

"20世纪山水画的新变，主要是借鉴了西方风景画，包括新材料（纸质、水粉及丙烯颜色等）、对景写生方式（写实描绘）、结构空间方式（焦点透视或平面构成）以及光色画法，这使得以笔墨为基本语言的山水画逐渐分化为笔墨山水、非笔墨式的彩墨风景、介于两者之间的山水风景等。"（郎绍君语）其中，20世纪前半叶，笔墨山水占了主流，出现了齐白石、黄宾虹、张大千、傅抱石、陆俨少等杰出大家；彩墨风景画家如徐悲鸿、林风眠等为代表；介于山水、风景之间的作品，则处于探索试验阶段，尚不成气候。之后半个世纪，笔墨山水仍属大宗，但传承无力，以对景写生为途径的彩墨风景有较强的发展趋势。引导这一潮流的画家徐悲鸿、林风眠、李可染、石鲁、张仃、吴冠中以及他们众多的追随者，从20世纪写实、表现派、形式派或日本画寻求借鉴，追求现代感、真实感或形式感，不同程度疏离了笔墨语言和抒写超然之气的精神传统。近三十年来，又引入抽象表现制作法以及非笔墨、反笔墨的自由涂写等，中国绘画的这种多元趋势，也使山水画家面临身份认知与价值目标的困惑。（郎绍君语）

郎绍君先生以深刻的学术视野，客观地剖析了百年来中国画的发展现状，十分清醒地指出笔墨山水的本土价值的不可替代性与传统山水画的精神和形式一脉相承的特征，其基本特点是"以丘壑境界为核心，笔墨服从于丘壑境界的需要。即笔墨是塑造山水形象的主要手段，又有相对的独立性，这一特点主要是接续了宋元传统。在山水画的两大系统即斧劈皴系统与披麻皴系统中，以承继披麻皴系统（南宗）为主，在各种墨法中，相对多用积墨，因之多深重浑厚的风格。黄宾虹曰'积墨作画，实画道中的一个难点'"。"喜欢笔墨的繁密、饱满与力度，但也能取借董其昌的幽淡清润。"（郎绍君语）

中国画艺术的成功与否是以"技近乎道"的标准来论定的。在问道的过程中需要行者体道的功夫，包括精神修养与技巧的功夫。这技巧是体现在难度上，须要经久的修炼，如要熟继而熟后生，要巧，再由巧入拙，最高的技巧要近乎"道"，体现高洁的人格。中国画还需要"文"的修养，通晓诗词、书法与篆刻，所谓"诗与画"的修养，这些都需要功夫火候。缺乏功夫，天才也走不远。古人警告画家"不要求脱太早"，认为传统根柢不深，修养不到家则难以成器。

作为一位中国画家，创作路很长，尤其画家处在现今的社

## 后记

会，对于每一个个体，他的选择会很多，在抉择的时候常常感到困惑，会有许多干扰，会给学术的纯粹性带来负面影响。所以，对每一位"问道者"来说，画道的修炼与人道的完善要走的路会很长……

我合上这本谈艺录稿本，眼前和脑海里不断浮现许多"碎片"：2003年，刘海粟美术馆中国画高级研修班学员作品集问世，这本薄薄的小册子里的作品都是一些怀揣着复兴中国画情结的老大不小的学子们的答卷，在品画之间让我感到一种成就感和丰收的喜悦。承蒙刘海粟美术馆给了我这次机会，和同学们相识相知。这个高研班与大学不同，它最大的特点就是务实，在为期一年里设置的课目与山水画创作直接挂钩，突出重点，结合诸多课题进行探索和实践。同学们可以自设课题，在导师的协助下，力求在山水画传承与创造的深层次里解决问题，学员在其间得到了个性的发展。从学员风格迥异、表现丰富的作品里感受到作者专注的传统精神，是对中国画的一种现代支援力，学员们皆有较好的专业素养和求新好古的审美情趣。

这本谈艺录的问世，其中的原动力就是来自那一群"深山问道"的学子和在探寻中互为砥砺的结果，他们现在已是海上山水画坛的中坚力量和明日之星，他们会成功的。

好好对待自己，一以贯注到始终。

在此，我要对整理这本集子的执事者俞丰、顾村言等表示深深的谢意。

2023年6月

图书在版编目（CIP）数据

画间记/萧海春著. --上海：上海书画出版社，
2024.7. --（海上题襟）.
-- ISBN 978-7-5479-3407-4
Ⅰ. I267.1
中国国家版本馆CIP数据核字第2024AH5402号

海上题襟
## 画间记
萧海春　著

| 丛书主编 | 王立翔 |
| --- | --- |
| 责任编辑 | 凌云之君 |
| 审　　读 | 雍　琦 |
| 封面设计 | 王　峥 |
| 责任校对 | 郭晓霞 |
| 技术编辑 | 包赛明 |

| 出版发行 | 上海世纪出版集团<br>上海书画出版社 |
| --- | --- |
| 地址 | 上海市闵行区号景路159弄A座4楼 |
| 邮政编码 | 201101 |
| 网址 | www.shshuhua.com |
| E-mail | shuhua@shshuhua.com |
| 印刷 | 上海盛隆印务有限公司 |
| 经销 | 各地新华书店 |
| 开本 | 889×1194　1/32 |
| 印张 | 10 |
| 版次 | 2024年8月第1版　2024年8月第1次印刷 |
| 书号 | ISBN 978-7-5479-3407-4 |
| 定价 | 98.00元 |

若有印刷、装订质量问题，请与承印厂联系